D0388571

EL LEGADO DE LOS ESPÍAS

JOHN LE CARRÉ

EL LEGADO DE LOS ESPÍAS

Traducción de Claudia Conde

Obra editada en colaboración con Editorial Planeta – España

Título original: *A Legacy of Spies*

Diseño de portada: Planeta Arte & Diseño
Fotografía de portada: © Hayden Verry / Arcangel Images
Fotografía del autor: © Nadav Kander

Bajo el sello editorial PLANETA M.R.
Avenida Presidente Masarik núm. 111, Piso 2
Colonia Polanco V Sección
Delegación Miguel Hidalgo
C.P. 11560, Ciudad de México
www.planetadelibros.com.mx

Primera edición impresa en España: enero de 2018
ISBN: 978-84-08-18064-7

Primera edición impresa en México: enero de 2018
ISBN: 978-607-07-4722-9

Impreso en los talleres de EDAMSA Impresiones, S.A. de C.V.
Av. Hidalgo núm. 111, Col. Fracc. San Nicolás Tolentino, Ciudad de México
Impreso en México –*Printed in Mexico*

1

Lo que sigue es una relación verídica —la mejor que puedo ofrecer— de mi participación en la operación británica de desinformación, de nombre en clave Carambola, organizada a finales de los años cincuenta y comienzos de los sesenta contra el servicio de inteligencia de Alemania Oriental (Stasi), y que tuvo como resultado la muerte del mejor agente secreto británico con el que he trabajado y de la mujer inocente por la que dio su vida.

Un funcionario profesional de los servicios de inteligencia no es más inmune a los sentimientos que el resto de la humanidad. Lo importante para él es la medida en que puede suprimirlos, ya sea en tiempo real o, como en mi caso, cincuenta años después. Hasta hace un par de meses, mientras yacía por la noche en la apartada granja bretona donde vivo, oyendo los mugidos de las vacas y el parloteo de las gallinas, solía enfrentarme con resuelta determinación a las voces acusadoras que de tanto en tanto intentaban perturbar mi sueño. Era demasiado joven —protestaba yo—, demasiado inocente, demasiado ingenuo, demasiado novato. Si queréis cortar cabezas —les decía a las voces—, buscad a los grandes maestros del engaño: a George

Smiley y a su jefe, Control. Su refinado ingenio —insistía—, sus tortuosos y cultivados intelectos, y no el mío, fueron la clave del triunfo y de la angustia que fue la operación Carambola. Sólo ahora, cuando el Servicio al que dediqué los mejores años de mi vida me ha pedido cuentas, me veo obligado —a mi edad y con absoluto desconcierto— a dejar constancia cueste lo que cueste de todos los aspectos de mi participación en el asunto, con sus luces y sus sombras.

El modo en que me reclutaron los servicios secretos de inteligencia —el Circus, como solíamos llamarlo los jóvenes entusiastas en aquellos tiempos supuestamente más felices en que nuestra sede no se encontraba en una grotesca fortaleza a orillas del Támesis, sino en un pomposo cúmulo victoriano de ladrillos rojos, construido sobre la curva del Cambridge Circus— sigue siendo un misterio tan profundo para mí como las circunstancias de mi nacimiento, sobre todo si tenemos en cuenta que los dos acontecimientos son inseparables.

Mi padre, a quien apenas recuerdo haber tratado, era según mi madre el hijo derrochador de una acaudalada familia anglofrancesa de las Midlands, un hombre de apetitos desenfrenados, con una herencia en rápida desintegración y un amor por Francia que lo redimía de otros defectos. En el verano de 1930, tomaba las aguas en el balneario de Saint-Malo, en la costa norte de Bretaña, donde frecuentaba casinos y *maisons closes* y causaba en general una gran impresión. Mi madre, única descendiente de una antigua estirpe de granjeros bretones, tenía por entonces veinte años y se encontraba casualmente en la misma localidad, haciendo de dama de honor en la boda de una amiga, hija de un rico subastador de ganado. O al menos eso me contó. No dispongo de otras fuentes y sé que mi madre no habría dudado en adornar un poco la realidad de haber tenido los hechos en su contra, por lo que no me sorprendería que hubiera acudido a Saint-Malo por motivos menos inocentes.

Según su versión, una vez finalizada la ceremonia de la boda, otra dama de honor y ella se escaparon de la recepción tras haber bebido un par de copas de champán y, vestidas aún de fiesta, salieron a dar un paseo por el frecuentado bulevar, por donde también paseaba mi padre. Mi madre era preciosa y un poco ligera de cascos, y su amiga no tanto. El resultado fue un romance vertiginoso. Mi madre hablaba con comprensible vaguedad de la rapidez con que se desarrolló el idilio. Hubo que organizar una segunda boda a toda prisa, y yo fui el producto. Parece ser que mi padre no era muy proclive a la vida en familia, e incluso en los primeros años de matrimonio se las arregló para estar más ausente que presente.

Entonces la historia dio un giro heroico. La guerra, como bien sabemos, lo cambia todo, y en un abrir y cerrar de ojos también cambió a mi padre. Cuando aún no habían acabado de declararla, él ya estaba llamando a la puerta del Ministerio de Guerra británico, dispuesto a ofrecer sus servicios a quien los quisiera. Su misión, según mi madre, era acudir al rescate de Francia. Puede que también quisiera huir de las obligaciones familiares, pero decirlo habría sido una herejía que nunca me permití formular en presencia de mi madre. Los británicos acababan de crear una nueva Dirección de Operaciones Especiales, que recibió de Winston

Churchill el famoso encargo de «incendiar Europa». Las localidades costeras del suroeste de Bretaña eran un hervidero de actividad submarina alemana, y nuestro pueblo de Lorient, antigua base naval francesa, era el punto más caliente de todos. Mi padre se lanzó cinco veces en paracaídas sobre las llanuras bretonas, se alió con todos los grupos de la Resistencia que encontró, sembró el caos y la confusión, y conoció una muerte espantosa en la cárcel de Rennes a manos de la Gestapo, dando así un ejemplo de sacrificada devoción que ningún hijo podrá igualar jamás. Su otro legado fue una injustificada confianza en los colegios británicos más selectos, por lo que, a pesar de su desastrosa experiencia en uno de esos internados, me vi obligado a sufrir el mismo destino.

Mis primeros años de vida habían transcurrido en el paraíso. Mi madre cocinaba y charlaba, mi abuelo era severo pero amable, y la granja era próspera. En casa hablábamos bretón. En la escuela católica del pueblo, una monja joven y guapa que durante seis meses había sido *au pair* en Huddersfield me enseñó los rudimentos de la lengua inglesa y, por decreto nacional, también del francés. Durante las vacaciones escolares, corría descalzo por los campos y los acantilados en torno a nuestra granja, recogía alforfón para las crepes de mi madre, cuidaba a una vieja cerda llamada *Fadette* y jugaba con salvaje entusiasmo con los niños del pueblo.

El futuro no significaba nada para mí hasta que me alcanzó.

En Dover, una oronda señora apellidada Murphy, prima de mi difunto padre, me separó de la mano de mi madre y me llevó a su casa en Ealing. Yo tenía ocho años. Por la ventana del tren vi mis primeros globos de defensa antiaérea. A la hora de la cena, el señor Murphy dijo que todo acabaría al cabo de un par de meses, y la señora Murphy replicó que no estaba tan segura, hablando lentamente y de manera repetitiva para que yo la entendiera. Al día siguiente, la señora Murphy me llevó a Selfridges a comprar el uniforme del colegio y guardó con cuidado todas las facturas. Un día después, me despidió llorando en el andén de la estación de Paddington, mientras yo la saludaba agitando mi gorra nueva de colegial.

El deseo de mi padre de convertirme en un niño inglés no requiere demasiadas explicaciones. Había una guerra. Los colegios tenían que arreglarse con lo que tenían. Dejé de ser Pierre y me convertí en Peter. Mis compañeros se burlaban de mi inglés defectuoso, y mis atribulados profesores, de mi francés con acento bretón. Nuestro pueblecito de Les Deux Églises —me informaron casi de pasada— había sido ocupado por los alemanes. Las cartas de mi madre me llegaban, cuando llegaban, en sobres marrones franqueados en Londres con sellos británicos. Solamente muchos años después comprendí que habían tenido que pasar por muchas manos valientes antes de llegar a las mías. Las vacaciones eran una borrosa sucesión de campamentos infantiles y padres subrogados. El colegio de ladrillo rojo se convirtió en internado de granito gris, pero el menú siguió siendo el mismo: la misma margarina, las mismas homilías sobre patriotismo e imperio, la misma violencia arbitraria, la misma despreocupada crueldad y el mismo impulso sexual sin atender ni apaciguar. Una tarde de primavera de 1944, poco antes de los desembarcos del Día D, el director me llamó a su despacho, me informó de que mi padre había caído en combate y me dijo que debía sentirme orgulloso. Por razones de seguridad, no podía ofrecerme más detalles.

Yo tenía dieciséis años cuando al final de un segundo semestre particularmente tedioso volví a Bretaña, ya en tiempos de paz, convertido en un inglés inadaptado que aún no había crecido del todo. Mi abuelo había muerto. Una nueva pareja, un tal monsieur Émile, compartía la cama de mi madre. No me cayó bien. Les habían regalado a los alemanes la mitad de *Fadette* y a la Resistencia la otra mitad. Para huir de las contradicciones de mi infancia, e impulsado tal vez por cierto sentido de la obligación filial, me metí de polizón en un tren con destino a Marsella e intenté alistarme en la Legión Extranjera, añadiendo un año a mi edad. Mi quijotesca aventura acabó abruptamente cuando la Legión, contra todo pronóstico, aceptó las alegaciones de mi madre en el sentido de que yo no era extranjero, sino francés, y me envió de vuelta a mi cautiverio, que esta vez se desarrollaría en el elegante suburbio londinense de Shoreditch, donde Markus, un improbable hermanastro de mi padre, propietario de una empresa importadora de pieles y alfombras de la Unión Soviética —que él siempre llamaba Rusia—, se había ofrecido para enseñarme el negocio.

El tío Markus es otro de los misterios sin resolver de mi vida. Hasta hoy mismo no sé si quienes más adelante serían mis jefes inspiraron de algún modo su oferta de empleo. Cuando le pregunté cómo había muerto mi padre, su expresión fue de reprobación, pero no hacia mi padre, sino hacia mí, por mi falta de tacto. A veces me pregunto si la inclinación al secretismo puede ser innata, del mismo modo que lo son a veces la riqueza, la estatura elevada o el oído musical. Markus no era malo, ni hermético ni descortés. Simplemente sabía guardar sus secretos. Era centroeuropeo y se apellidaba Collins. Nunca supe qué nombres había tenido antes. Hablaba un inglés muy fluido con acento extranjero, pero nunca pude averiguar cuál era su lengua materna. Me llamaba Pierre. Tenía una amiga llamada Dolly, dueña de una sombrerería en Wapping, que venía a recogerlo a la puerta del almacén los viernes por la tarde; pero nunca supe adónde iban los fines de semana, ni si estaban casados entre sí o con terceras personas. Dolly tenía un Bernie en su vida, pero nunca supe si era su marido, su hijo o su hermano, porque ella también había nacido con el sello del secretismo.

Y ni siquiera en retrospectiva sé si la Transiberiana de Pieles y Alfombras Finas era realmente una empresa de importación o una tapadera montada por los servicios de inteligencia. Cuando más adelante intenté averiguarlo, di contra un muro. Sabía que cuando el tío Markus se preparaba para asistir a una feria comercial, ya fuera en Kiev, Perm o Irkutsk, solía temblar mucho, y cuando regresaba bebía bastante. Y que en los días previos a una de aquellas ferias, un inglés de cuidada dicción llamado Jack visitaba nuestro local, encandilaba a las secretarias con su encanto, me saludaba asomando la cabeza por la puerta de la sala de clasificación («Hola, Peter —nunca Pierre—. ¿Todo bien?») y se llevaba a Markus a comer a algún sitio. Después de comer, Markus volvía a la oficina y se encerraba en su despacho.

Jack decía ser un comerciante de pieles de marta, pero ahora sé que su mercancía era la información secreta, porque cuando Markus anunció que su médico le había prohibido seguir asistiendo a las ferias, Jack sugirió que lo acompañara yo en su lugar y me llevó al Travellers Club de Pall Mall, donde me preguntó si habría preferido la vida en la Legión, si iba en serio con alguna de las chicas con las que salía, si podía explicarle por qué había abandonado el colegio, teniendo en cuenta que había llegado a ser capitán del club de boxeo, y si alguna vez había considerado prestar un servicio a mi país —se refería a Inglaterra—, porque si sentía haberme perdido la guerra a causa de mi edad, ahora tenía la oportunidad de ponerme al día. Mencionó a mi padre sólo una vez durante la comida y lo hizo tan de pasada que tuve la sensación de que perfectamente podría haberse olvidado del tema.

—Ah, en cuanto a tu admirado padre... Lo que voy a decirte es extraoficial y negaré haberlo dicho, ¿de acuerdo?

—De acuerdo.

—Era un tipo muy valiente, que hizo un trabajo condenadamente bueno para su país. Para sus dos países. No hace falta añadir nada más, ¿verdad?

—Si usted lo dice.

—Brindo por él.

Levanté la copa y brindamos en silencio.

En una elegante casa de campo en Hampshire, Jack y su colega Sandy, junto con una eficiente joven llamada Emily, de la que me enamoré al instante, me impartieron un curso breve sobre la manera de recoger el contenido de un buzón clandestino en el centro de Kiev, que consistía en una baldosa suelta en la pared de un viejo quiosco de tabaco, del que tenían una réplica montada en el invernadero. También me enseñaron a interpretar la señal de seguridad que me indicaría si podía actuar (en este caso, una deslucida cinta verde atada a un pasamanos), y a indicar con posterioridad que el material había sido recogido, arrojando un paquete vacío de cigarrillos rusos en una papelera situada junto a una parada de autobús.

—Y cuando solicites el visado ruso, Peter, quizá sea mejor que presentes el pasaporte francés en lugar del británico —me sugirió Jack en tono despreocupado, antes de recordarme que la empresa del tío Markus tenía una filial en París—. Y, por cierto, ni se te ocurra intentar nada con Emily —añadió por si estaba pensando lo contrario, como de hecho lo estaba haciendo.

Aquélla fue mi primera salida, la primera misión que desempeñé para lo que más adelante conocería como el Circus, la primera vez que me consideré un combatiente secreto, a imagen y semejanza de mi difunto padre. Ya no recuerdo con exactitud las otras salidas que hice en un par de años, pero debieron de ser por lo menos media docena a Leningrado, Gdansk y Sofía, y, más adelante, a Leipzig y Dresde, y todas ellas sin incidentes, hasta donde yo sé, si excluimos la tensión de la preparación y la adaptación a la vida diaria tras el regreso.

Durante largos fines de semana en otra casa de campo

rodeada de otro hermoso jardín, fui añadiendo nuevos trucos a mi repertorio, como la contravigilancia o la manera de rozar apenas a un desconocido en medio de la multitud para efectuar una entrega furtiva. En algún momento en medio de aquellos juegos, en una discreta ceremonia organizada en un piso seguro de South Audley Street, me hicieron entrega de las medallas al valor de mi padre, una francesa y otra inglesa, y de los diplomas que justificaban su concesión. ¿Por qué la demora? Podría haberlo investigado, pero para entonces había aprendido a no hacer preguntas.

Sólo cuando empecé a viajar a Alemania Oriental entró en mi vida George Smiley, barrigón, con gafas y en estado de permanente preocupación. Fue una tarde de domingo en West Sussex, donde yo estaba informando sobre el cierre de una misión, pero no con Jack, sino con un tipo de aspecto aguerrido llamado Jim, de origen checo y más o menos de mi edad, cuyo apellido, cuando finalmente le permitieron tenerlo, resultó ser Prideaux. Lo menciono porque más adelante desempeñaría un papel fundamental en mi carrera.

Smiley no hizo muchos comentarios durante la presentación de mi informe; se limitó a escuchar y a mirarme con ojos de búho a través de sus gafas de montura gruesa. Pero cuando terminé, me invitó a dar un paseo por el jardín, que parecía interminable y continuaba en un parque. Conversamos, nos sentamos en un banco, caminamos un poco más y volvimos a sentarnos sin dejar de hablar. ¿Vivía aún mi querida madre? ¿Se encontraba bien? Sí, George, gracias. Un poco excéntrica, pero bien. ¿Y mi padre? ¿Conservábamos sus medallas? Le conté que mi madre les sacaba brillo todos los domingos, lo cual era cierto. No mencioné que a veces me las colgaba del cuello y lloraba. Pero, a diferencia de Jack, no me preguntó por las chicas con las que salía. Debió de pensar que mientras fueran muchas estaba a salvo.

Cuando recuerdo aquella conversación, no puedo evitar la idea de que consciente o inconscientemente se estaba ofreciendo para ser la figura paterna que más adelante llegaría a ser para mí. Pero quizá ese sentimiento estuviera en mí y no en él. En cualquier caso, cuando finalmente me hizo la pregunta esperada, tuve la sensación de haber vuelto al hogar, aunque mi casa estuviera al otro lado del canal, en Bretaña.

—Nos gustaría saber —dijo en tono distante— si has considerado trabajar para nosotros de manera más continuada. Nuestros colaboradores externos no siempre encajan cuando entran. Pero, en tu caso, confiamos en que te adaptarás. No pagamos mucho y aquí las carreras tienden a interrumpirse abruptamente. Pero nos parece que es un trabajo importante, siempre que creas en los fines y no te preocupen demasiado los medios.

2

Mi granja en Les Deux Églises consiste en un sobrio *manoir* de granito del siglo XIX sin elementos destacables, un establo medio derruido con una cruz de piedra en el frontón, varios restos de fortificaciones de guerras olvidadas, un antiguo pozo de piedra actualmente en desuso pero requisado en su momento por miembros de la Resistencia para esconder sus armas de los ocupantes nazis, un horno de pan igualmente arcaico, una obsoleta prensa de sidra y cincuenta hectáreas de prados sin rasgos particulares que bajan hacia los acantilados, al borde del mar. La finca ha sido propiedad de la familia durante cuatro generaciones. Yo soy la quinta. Poseerla no confiere nobleza ni beneficios. A mi derecha, si miro por la ventana del salón, veo el nudoso pináculo de una iglesia del siglo XIX, y a mi izquierda, una ermita blanca con techumbre de paja. Entre las dos han dado su nombre al pueblo. En Les Deux Églises, como en toda Bretaña, se es católico o no se es nada. Yo no soy nada.

Para llegar a nuestra granja desde Lorient, primero hay que recorrer durante media hora la carretera de la costa sur, flanqueada en invierno por álamos desnudos, y continuar hacia el oeste, pasando junto a sucesivos fragmentos del

Muro Atlántico de Hitler, que, al ser inamovibles, están adquiriendo rápidamente la categoría de moderno Stonehenge. Al cabo de unos treinta kilómetros, aproximadamente, hay que empezar a buscar a mano izquierda una pizzería con el grandioso nombre de Odysée y poco después, a la derecha, un pestilente desguace donde el mal llamado Honoré, un vagabundo borracho que mi madre siempre me recomendaba evitar y que la gente del lugar conoce como «el enano apestoso», compra y vende chatarra, neumáticos viejos y estiércol para abono. Al llegar a un maltrecho cartel que reza DELASSUS —el apellido de soltera de mi madre—, hay que torcer por un camino lleno de baches y pisar el freno para salvar los socavones, a menos que el conductor sea monsieur Denis, el cartero, porque en ese caso acelerará y sorteará los obstáculos a toda velocidad, que es justo lo que ha hecho esta soleada mañana de comienzos del otoño, para indignación de las gallinas del patio y ante la sublime indiferencia de *Amoureuse*, mi querida setter irlandesa, demasiado ocupada en lamer a los cachorros de su última camada para prestar atención a un asunto meramente humano.

En cuanto a mí, desde el instante en que monsieur Denis —alias *le Général*, a causa de su notable estatura y de un supuesto parecido con el general De Gaulle— salió de la estrecha cabina de su furgoneta amarilla y se encaminó hacia los peldaños de mi puerta, supe que la carta que llevaba entre los dedos huesudos provenía del Circus.

Al principio no me alarmé, sino que me hizo cierta gracia. Algunas cosas del servicio secreto británico no cambian nunca. Una de ellas es el obsesivo afán por el tipo de sobres utilizados para la correspondencia. No pueden ser demasiado formales ni de aspecto excesivamente oficial, porque eso sería malo para las operaciones encubiertas. No pueden ser traslúcidos, por lo que preferiblemente han de ir forrados. El blanco resplandeciente se ve demasiado, de modo que es mejor elegirlos de color, siempre que no parezcan románticos. Un azul aburrido o un tono gris son aceptables. Éste era gris claro.

Siguiente cuestión: ¿imprimimos la dirección o la escribimos a mano? Para dar con la respuesta adecuada, hemos de tener en cuenta —como siempre— las necesidades de nuestro hombre sobre el terreno, en este caso, yo: Peter Guillam, antiguo miembro de la organización, felizmente retirado y residente desde hace tiempo en una zona rural de Francia. Sin asistencia conocida a reuniones de veteranos. Sin relaciones sentimentales registradas. Beneficiario de una pensión y, por tanto, susceptible de extorsión. Conclusión: en una remota casa de campo bretona donde los extranjeros son una rareza, un sobre gris de aspecto semiformal, con la dirección impresa y sello postal británico podría suscitar la curiosidad de más de un lugareño, por lo que es preferible escribir la dirección a mano. Y ahora la parte más difícil. La Oficina, o comoquiera que se llame actualmente el Circus, no puede resistirse a indicar el nivel de seguridad, aunque sólo sea con un simple sello de «Privado». ¿Y si añadimos «Personal», para que el mensaje adquiera mayor fuerza? ¿Y qué tal si ponemos «Privado y personal; sólo para el destinatario»? Demasiado largo. Mejor «Privado» y nada más. O, mejor, como en este caso: «*Personnel*».

Artillery Buildings, 1
Londres SE14

Estimado Guillam:

No nos conocemos, pero permítame que me presente. Soy el director de negocios de su antigua empresa y tengo bajo mi responsabilidad los asuntos actuales y también los casos históricos. Una transacción en la que, por lo visto, desempeñó usted un papel destacado hace algunos años ha vuelto inesperadamente al primer plano, y no me queda otra salida que requerir su presencia en Londres cuanto antes para ayudarnos a preparar una respuesta.

Estoy autorizado a ofrecerle el reembolso de los gastos de viaje (en clase turista) y una dieta de 130 libras esterlinas al día, ponderada según el coste de la vida en Londres, durante todo el tiempo en que sea necesaria su colaboración.

Como no nos consta su teléfono, le rogamos que se ponga en contacto con Tania en el número arriba indicado, a cobro revertido, o en la dirección señalada más abajo, si dispone de correo electrónico. Aunque no es mi intención importunarlo, debo insistir en la urgencia de este asunto. Para terminar, permítame que le recuerde la cláusula 14 de su acuerdo de finiquito.

Atentamente,

A. Butterfield
(AJ del JS)

P. D. No olvide traer el pasaporte para presentarlo en la recepción. A. B.

Donde dice «AJ del JS» debemos leer «asesor jurídico del jefe de servicio». Donde dice «cláusula 14» debemos interpretar «obligación perpetua de acudir siempre que lo requiera el Circus». Y donde dice «permítame que le recuerde» debemos entender «no olvide quién le paga la pensión». No, no dispongo de correo electrónico. ¿Y por qué no fecha la carta? ¿Por motivos de seguridad?

Catherine está en el huerto con Isabelle, su hija de nueve años, jugando con un par de cabritos malcriados que recientemente acogimos en la granja. Es una mujer delgada, de ancho rostro bretón y serenos ojos castaños que lo estudian a uno sin ninguna expresión. Cada vez que tiende las manos, los cabritos saltan a sus brazos, y la pequeña Isabelle, que se divierte a su manera, entrelaza los dedos y gira sobre sí misma con íntimo regocijo. Aunque Catherine es robusta, tiene que estar atenta para recibir a los cabritos de uno en uno, porque si le saltaran los dos a la vez, podrían derribarla. Isabelle no me mira. Le molesta el contacto visual.

Detrás de ellas, en el campo, el sordo Yves, que de vez en cuando viene a trabajar a la granja, recoge coles doblando el espinazo. Con la mano derecha les corta los tallos y con la izquierda las arroja a un carro, pero el ángulo de su espalda arqueada es siempre el mismo. Lo contempla una vieja yegua gris llamada *Artemisa*, otro de los animales rescatados por Catherine. Hace un par de años acogimos un avestruz perdido, que se había escapado de una granja cercana. Cuando Catherine alertó a su propietario, el hombre le dijo que se lo quedara porque ya estaba demasiado viejo. El avestruz expiró con elegancia y nosotros lo despedimos con un funeral de Estado.

—¿Querías algo, Peter? —me pregunta Catherine.

—Tendré que irme unos días, me temo —contesto.

—¿A París?

A Catherine no le gusta que vaya a París.

—A Londres —respondo. Y como incluso retirado necesito encubrir mis actividades, añado—: Ha muerto una persona.

—¿Alguien que apreciabas?

—Ya no —respondo con una firmeza que me sorprende.

—Entonces no importa. ¿Te vas esta noche?

—Mañana. Cogeré el primer avión de Rennes.

En otra época, el Circus sólo habría tenido que silbar para que yo corriera a Dinard a coger un avión. Ahora ya no.

Solamente alguien que se hubiera formado como espía en el antiguo Circus podría haber entendido la aversión que se apoderó de mí cuando, a las cuatro de la tarde del día siguiente, pagué el taxi y empecé a subir por la pasarela de hormigón hasta la nueva sede del Servicio, escandalosamente ostentosa. Tendría que haber estado en mi lugar en el apogeo de mi carrera de espía, cuando regresaba exhausto de algún remoto puesto de avanzada del imperio —del imperio soviético, más que nada, o de alguno de sus satélites— y me iba directamente del aeropuerto de Londres, primero en autobús y después en metro, hasta Cambridge Circus. La gente de Producción me estaba esperando para recibir el informe final de la misión. Subía los cinco destartalados peldaños hasta la puerta del engendro victoriano que conocíamos con diversos nombres: el

Cuartel General, la Oficina o, simplemente, el Circus. Y estaba en casa.

Entonces olvidabas todas las disputas que hubieras podido tener con Producción, Normas o Administración. No eran más que discusiones familiares entre la base y el personal sobre el terreno. El conserje en su garita te daba los buenos días con un cordial «bienvenido, señor Guillam» y te preguntaba si querías dejarle la maleta. Tú le respondías «gracias, Mac», o «Bill», o quienquiera que estuviera de guardia ese día, y no te molestabas en enseñarle el pase. Sonreías sin saber muy bien por qué. Te parabas delante de los tres ascensores viejos y chirriantes que aborreciste desde el primer día y descubrías que dos de ellos se habían quedado atascados en los pisos de arriba. El tercero estaba reservado para uso exclusivo de Control, así que ni siquiera lo llamabas. En cualquier caso, preferías perderte en el laberinto de corredores y pasillos sin salida que eran la materialización del mundo en que habías decidido vivir, con sus escaleras de madera atacadas por la carcoma, sus extintores desportillados, sus espejos de ojo de pez y un ambiente que apestaba a humo rancio de tabaco, Nescafé y desodorante.

Y de repente, esta monstruosidad. Este parque temático del espionaje a orillas del Támesis.

Sintiéndome observado por severos hombres y mujeres en ropa deportiva, me presento ante el cristal blindado del mostrador de recepción y veo cómo una bandeja metálica deslizante se traga mi pasaporte británico. La cara detrás del cristal es femenina, pero el absurdo énfasis y la voz electrónica son los de un hombre, que por su acento podría ser de Essex:

—Deposite, por favor, *todas* sus llaves, teléfonos móviles, dinero en efectivo, relojes de pulsera, plumas, bolígrafos y *todo* objeto metálico *dentro* de la caja que encontrará encima del mostrador, *a su izquierda*. Conserve el resguardo *blanco* que identifica su caja y proceda, con los *zapatos* en la mano, por la puerta marcada con el cartel de VISITANTES.

Recupero el pasaporte. Procedo hacia la puerta indicada, donde una risueña joven que no puede tener más de catorce años me recorre el cuerpo con una pala de ping-pong y me somete a radiaciones en el interior de un ataúd de cristal invertido. Cuando ya he vuelto a ponerme los zapatos y a atarme los cordones —proceso que por alguna razón resulta mucho más humillante que quitármelos—, la misma chica risueña me acompaña hasta un ascensor sin identificación y me pregunta si he tenido un buen día. No, no lo he tenido. Tampoco he pasado una buena noche y podría decírselo si me lo preguntara, pero no me lo pregunta. Por culpa de la carta de A. Butterfield, he pasado la peor noche de la última década, pero no puedo contárselo a ella. Soy un animal curtido sobre el terreno, o al menos lo fui. Mi hábitat natural son los espacios abiertos del espionaje. Lo que estoy aprendiendo ahora, en los años de mi supuesta madurez, es que una carta concisa e inesperada de la nueva encarnación del Circus, que requiere mi presencia inmediata en Londres, puede desencadenar en mí toda una noche de examen de conciencia.

Hemos llegado a lo que parece ser el último piso, pero no hay nada que lo indique. En el mundo que yo solía habitar, los mayores secretos siempre estaban en el último piso. Mi joven acompañante lleva al cuello un montón de cintas, de las que cuelgan tarjetas electrónicas. Abre una puerta sin rótulo, me hace pasar y la cierra detrás de mí. Pruebo la manija. No se mueve. He sido encerrado algunas veces a lo largo de mi vida, pero siempre por el enemigo. No hay ventanas; solamente figuras infantiles de flores y casas. ¿Serán dibujos de los hijos de A. Butterfield? ¿O quizá grafitis de otros prisioneros?

¿Y qué se ha hecho del ruido? El silencio se agudiza cuanto más intento escuchar. Ya no se oye el alegre repiqueteo de las máquinas de escribir, ni timbres de teléfonos que se cansan de sonar sin que nadie conteste, ni el traqueteo de un desvencijado archivador con ruedas que avanza por el pasillo como el camión del lechero, ni un furioso rugido masculino que exhorta a un compañero: «¡Deja ya de silbar de una condenada vez!». En algún punto del camino entre Cambridge Circus y la ribera del Támesis algo ha muerto, y no es solamente el chirrido de los carritos archivadores por los pasillos.

Me acomodo en una silla de acero tapizada de piel. Me pongo a hojear un ejemplar mugriento de *Private Eye* y me pregunto cuál de nosotros habrá perdido el sentido del humor. Me levanto, pruebo otra vez la manija de la puerta y me siento en otra silla. A estas alturas, he llegado a la conclusión de que A. Butterfield está realizando un detallado estudio de mi lenguaje corporal. Si es así, le deseo buena suerte, porque cuando finalmente se abre la puerta y entra una mujer de cuarenta y tantos años, pelo corto, traje sastre y aspecto ágil y me dice con acento neutro: «Ah. Hola, Peter, fantástico. Soy Laura, ¿quieres pasar?», ya he revivido en rápida sucesión los fallos y los desastres en los que me he visto involucrado a lo largo de toda una vida con licencia para mentir.

Marchamos por un pasillo vacío y entramos en un despacho blanco y aséptico con ventanas dobles. Un chico de gafas y mejillas sonrosadas de edad indefinible, en camisa y tirantes, con aspecto de estudiar aún en un internado británico, se levanta de un salto de detrás de una mesa y viene a estrecharme la mano.

—¡Peter! ¡Cielo santo, estás *estupendo*! ¡No aparentas *ni la mitad* de tus años! ¿Has tenido buen viaje? ¿Café? ¿Té? ¿De verdad que no? No sabes cuánto me alegro de que hayas venido. Serás una ayuda *enorme.* ¿Os habéis presentado Laura y tú? Sí, claro que sí. Siento muchísimo haberte hecho esperar. Tenía una llamada de arriba. Ahora todo está en orden. Siéntate, por favor.

Va diciendo todo eso mientras aprieta los párpados de vez en cuando, para mayor intimidad, al tiempo que me conduce hasta una silla de respaldo recto y apoyabrazos, que me hace pensar que estaré mucho tiempo sentado. Después vuelve a sentarse al otro lado de la mesa, donde hay muchas carpetas del Circus amontonadas, marcadas con los colores de todos los países. Apoya los codos en un lugar de la mesa que no llego a ver porque me lo tapan las pilas de carpetas y entrelaza las manos debajo de la barbilla.

—Por cierto, soy *Conejo* —anuncia—. Un apodo estúpido, ya lo sé. Me ha perseguido desde la infancia y no me lo puedo quitar de encima. De hecho, ahora que lo pienso, puede que sea la razón de que haya acabado en este sitio. No puedes defender un caso ante el Tribunal Superior de

Justicia mientras todos vienen detrás de ti llamándote «¡Conejo, Conejo!».

¿Será ésta la cháchara habitual? ¿Así es como hablan ahora los abogados de mediana edad del servicio secreto? ¿Con un discurso entre chabacano y anticuado? Mi oído para el inglés contemporáneo ya no es muy fiable, pero a juzgar por la expresión de Laura mientras toma asiento a su lado, sí, así es como hablan ahora. Sentada en su puesto, la mujer tiene algo de fiera preparada para saltar sobre su presa. Lleva un anillo con un sello grabado en el dedo corazón de la mano derecha. ¿Será de su padre? ¿O será una clave para indicar sus preferencias sexuales? Hace demasiado tiempo que no vivo en Inglaterra.

Charla intrascendente a cargo de Conejo. Sus dos hijas adoran Bretaña. Laura ha estado en Normandía, pero no en Bretaña. No dice con quién.

—¡Pero tú naciste en Bretaña, Peter! —protesta de repente Conejo sin que venga a cuento—. Deberíamos llamarte Pierre.

Peter está bien, le digo.

—Entonces, Peter, sin rodeos, lo que tenemos aquí es un tremendo barullo legal que es preciso arreglar. —Ahora Conejo habla más lentamente y en voz más alta, porque acaba de reparar en mis nuevos audífonos, que asoman entre mis mechones blancos—. Todavía no es una crisis, pero el asunto está activo y me temo que puede ser bastante volátil. Realmente necesitamos tu ayuda.

Le contesto que con mucho gusto colaboraré en lo que pueda, y añado que es agradable sentirme útil después de tantos años.

—Obviamente, yo estoy aquí para proteger al Servicio. Es mi trabajo —continúa Conejo como si yo no hubiera dicho nada—. Y *tú* estás aquí a título personal. Como antiguo miembro, desde luego. Como alguien que lleva muchos años felizmente retirado, sin duda. Pero lo que no puedo garantizarte es que *tus* intereses y *nuestros* intereses vayan a coincidir siempre y en todo momento. —Sus ojos son dos hendiduras. Su sonrisa, un rictus—. Lo que intento decirte, Peter, es que, si bien te respetamos enormemente por todas las cosas espléndidas que hiciste para la Oficina en el pasado, esto es la Oficina y tú eres tú. Y yo soy un abogado mortífero. ¿Cómo está Catherine?

—Bien, gracias. ¿Por qué lo preguntas?

Porque no he registrado su nombre en mi ficha. Para meterme miedo. Para hacerme ver que va en serio. Y que los ojos del Servicio son enormes.

—Estábamos pensando que quizá deberíamos añadirla a la lista más bien larga de tus relaciones sentimentales —me explica Conejo—. Ya conoces las normas del Servicio.

—Catherine es mi inquilina. Es hija y nieta de los arrendatarios anteriores. Vivo en la granja porque quiero y, hasta donde pueda ser asunto vuestro, no me he acostado nunca con ella ni pienso hacerlo. ¿Quedan resueltas vuestras dudas?

—Admirablemente, gracias.

Mi primera mentira, contada con habilidad. Ahora, un rápido cambio de tema:

—Empiezo a pensar que me hace falta un abogado.

—Una apreciación prematura. Además, no puedes permitírtelo, al menos con las actuales tarifas. Nos constas como casado y posteriormente divorciado. ¿Son correctos ambos datos?

—Lo son.

—¡Todo en un mismo año! Me impresionas.

—Gracias.

¿Pretende bromear? ¿O provocarme? Sospecho que lo segundo.

—¿Una locura de juventud? —sugiere Conejo en el mismo tono de interrogatorio cortés.

—Un malentendido —contesto—. ¿Alguna pregunta más?

Pero Conejo no se da por vencido tan fácilmente y quiere hacérmelo notar.

—Entonces, la niña... ¿Quién es el padre? —añade con la misma voz melosa.

Finjo reflexionar.

—¿Sabes una cosa? Creo que nunca se me ha ocurrido preguntárselo —respondo, y mientras aún está meditando al respecto, sugiero—: Y ya que estamos hablando de quién le ha hecho qué cosa a quién, quizá podríais explicarme qué está haciendo Laura aquí.

—Laura es *la Historia* —replica Conejo con contundencia.

La Historia, encarnada en una mujer inexpresiva de pelo corto, ojos castaños y cara lavada. Ya nadie sonríe, excepto yo.

—Entonces ¿de qué se me acusa, Conejo? —pregunto jovialmente, ahora que nos estamos acercando al meollo del asunto—. ¿De incendiar los astilleros de la reina?

—¡Por favor, Peter! Hablar de acusaciones es un poco

exagerado —protesta él con idéntica jovialidad—. Asuntos que resolver y nada más. Pero déjame que me adelante y te haga *una sola* pregunta antes que los demás. ¿De acuerdo? —Vuelve a apretar los párpados—. La operación Carambola. ¿Cómo se montó, quién la dirigió, por qué salió tan mal y cuál fue tu participación?

¿Disminuye la angustia cuando uno se da cuenta de que sus peores expectativas se están cumpliendo? En mi caso, no.

—¿Carambola has dicho, Conejo?

—Carambola —repite con más fuerza, por si su voz no ha alcanzado mis audífonos.

No te precipites. Recuerda que tienes una edad. Últimamente la memoria no es tu fuerte. Tómate tu tiempo.

—¿Qué era exactamente Carambola? Refréscame la memoria, Conejo. ¿De qué fecha estamos hablando?

—Comienzos de los sesenta, más o menos. Hasta hoy.

—¿Una operación, dices?

—Encubierta. Llamada Carambola.

—¿Contra qué objetivo?

Entonces interviene Laura, saliendo de mi punto ciego:

—Unión Soviética y satélites. Dirigida contra la inteligencia de Alemania Oriental, también conocida con el nombre de Stasi.

Lo dice casi a gritos, para que yo la oiga.

¿Stasi? ¿Stasi? A ver que recuerde... ¡Ah, sí! La Stasi.

—¿Con qué propósito, Laura? —pregunto cuando ya he conseguido ordenar mis ideas.

—Desinformar, engañar al enemigo, proteger a una fuente vital de información. Infiltrarse en el Centro de Moscú con el objetivo de identificar al supuesto traidor o traidores dentro de las filas del Circus. —Abruptamente, el tono de su voz se vuelve quejoso—. El problema es que no tenemos *nada* en los archivos al respecto. Solamente un puñado de referencias a expedientes que se han volatilizado. Que quizá han sido robados.

—Carambola, Carambola... —repito meneando la cabeza y sonriendo como suelen hacerlo los ancianos, aunque no sean tan viejos como quizá piensen los demás—. Lo siento, Laura. No me suena.

—¿Ni siquiera lejanamente? —pregunta Conejo.

—No, ni siquiera. El nombre no me dice nada, lo siento —respondo intentando apartar de mi mente las imágenes de un yo juvenil vestido de repartidor de pizza, encorvado sobre el manillar de un ciclomotor, llevando a toda prisa un pedido especial de archivos de última hora de la sede del Circus a algún lugar de Londres.

—Y por si no lo he mencionado o no lo has oído —me está diciendo ahora Conejo en su tono más soso y uniforme—, tenemos entendido que en la operación Carambola participó tu amigo y colega Alec Leamas, del que tal vez recuerdes que se hizo matar en el Muro de Berlín cuando corría a ayudar a su amiga Elizabeth Gold, que para entonces ya estaba muerta al pie del Muro. ¿O eso también se te ha olvidado?

—¿Cómo demonios se me iba a olvidar? —digo bruscamente. Y sólo al cabo de unos segundos añado una explicación—: Me estabas preguntando por Carambola y no por Alec. Y la respuesta es «no». No recuerdo esa operación. Ni la he oído mencionar. Lo siento.

En cualquier interrogatorio, la negación es el punto de inflexión. No importa que previamente el clima haya sido cordial. A partir del momento de la negación, ya nada volverá a ser lo mismo. En el nivel de agente raso de la policía secreta, la negación suele suscitar una represalia inmediata, entre otras cosas porque el oficial medio suele ser más tonto que el interrogado. El experto en interrogatorios, en cambio, no intenta derribar la puerta a patadas cuando acaban de cerrársela en la cara. Prefiere reagrupar fuerzas y avanzar sobre su objetivo desde otro ángulo. Y a juzgar por la sonrisa satisfecha de Conejo, eso es lo que está intentando hacer.

—Muy bien, Peter. —Me habla con su tono para duros de oído, pese a haberle demostrado previamente que lo oigo a la perfección—. Dejemos de lado por un momento la operación Carambola. ¿Te importaría mucho que Laura y yo te hagamos un par de *preguntas generales* sobre el tema de fondo?

—¿Qué tema es ése?

—La responsabilidad personal. El viejo problema de la frontera entre la obediencia debida y la responsabilidad de cada individuo sobre sus propias acciones. ¿Me sigues?

—Con dificultad.

—Estás en una misión sobre el terreno. La Oficina Central te ha dado luz verde, pero no todo sale según lo previsto. Hay derramamiento de sangre inocente. Todo parece indicar que tú o un colega muy próximo a ti os habéis excedido en el cumplimiento de las órdenes. ¿Has considerado alguna vez una situación como ésa?

—No.

O bien se le ha olvidado que estoy un poco sordo, o bien ha decidido que oigo bien.

—¿Y no puedes imaginar, desde un punto de vista personal y de forma puramente teórica, que en alguna ocasión podría haberse producido una situación con ese nivel de estrés? ¿Puedes concebir esa posibilidad, si te detienes a reflexionar acerca de los muchos momentos delicados que debiste de experimentar a lo largo de tu extensa carrera operativa?

—No, lo siento. No puedo.

—¿Ni una sola vez sentiste que te habías excedido con respecto a las órdenes de la Oficina Central? ¿Nunca tuviste la sensación de haber puesto en marcha algo que no podías detener? ¿Nunca pusiste tus sentimientos, tus necesidades o incluso tus apetitos por delante del cumplimiento del deber, quizá con consecuencias nefastas que no habías previsto ni buscado?

—De haberlo hecho, habría recibido una dura amonestación por parte de la Oficina Central, ¿no? O me habrían mandado de vuelta a Londres. O si la infracción hubiera sido grave, me habrían expulsado del Servicio —le sugiero con cara de honor profesional herido.

—Trata de ampliar un poco el panorama, Peter. Lo que intento decir es que pudo haber terceras partes afectadas: gente corriente del mundo exterior que, como consecuencia de un error tuyo, o a causa de la tensión del momento, o quizá solamente porque la carne es débil, sufrió daños colaterales; gente que quizá haya decidido años más tarde, o toda una generación después, que tiene pruebas más que suficientes para querellarse contra este Servicio, ya sea para reclamar daños y perjuicios o, en caso de que no prosperase el intento, recurrir a la vía penal con un juicio por homicidio o algo peor. Contra este Servicio, o tal vez... —aquí sus cejas se arquean en fingida expresión de sorpresa—, o tal vez contra uno de sus antiguos miembros, identificado con nombre y apellido. ¿Nunca has considerado esa posibilidad? —me pregunta en un tono que ya no parece el de un abogado, sino el de un médico que prepara a su paciente para recibir malas noticias.

Deja pasar el tiempo, Peter. Ráscate un poco la cabeza. Esto pinta mal.

—Supongo que estaba demasiado ocupado complicándole la vida al adversario —respondo con sonrisa cansada de veterano—. No te queda mucho tiempo para filosofar cuando tienes al enemigo delante y a la Oficina Central espoleándote por detrás.

—El procedimiento más sencillo para ellos sería solicitar una comisión parlamentaria y preparar el terreno mediante una notificación previa al inicio de la querella para no tener que ir hasta el final.

Me temo que sigo pensando, Conejo.

—Después, una vez iniciado el proceso judicial, toda investigación parlamentaria quedaría en suspenso para dejar que la justicia actuase libremente. —Espera en vano y al final me pregunta, con más intensidad que antes—: ¿Sigue sin decirte nada el nombre de Carambola? ¿Una operación encubierta que se prolongó durante tres años, en la que desempeñaste un papel destacado, que para algunos incluso fue heroico? ¿Sigue sin sonarte?

Laura me hace la misma pregunta con sus imperturbables ojos castaños de monja, mientras yo finjo rebuscar otra vez en mi memoria de anciano y —¡caray!— no encuentro nada, pero supongo que a todos los viejos nos pasa lo mismo y así lo expreso con frustración, meneando tristemente la cabeza cubierta de canas.

—¿No fue una especie de ejercicio de entrenamiento? —pregunto animadamente.

—Laura acaba de explicarte lo que fue —replica Conejo.

Y yo contesto:

—Ah, sí, desde luego. —E intento parecer de alguna manera avergonzado.

Dejamos a un lado la operación Carambola y volvemos a considerar el fantasma de una persona corriente del mundo exterior empeñada en perseguir a un antiguo miembro identificado del Servicio, primero a través de una comisión parlamentaria, para rematarlo después en los tribunales. Pero aún no hemos dicho qué identificación es ésa, ni de qué antiguo miembro estamos hablando. Digo que no lo hemos dicho, porque en todo interrogatorio, como bien sabrán los que hayan participado en uno, surge una especie de complicidad que sitúa al interrogado y a sus inquisidores a un lado de la mesa, y todos los asuntos que es preciso analizar a fondo, al otro.

—No sé, Peter, piensa por ejemplo en tu expediente personal, o en lo que queda de él —se lamenta Laura—. No es que lo hayan depurado un poco, es que lo han mutilado. Sí, supongo que contenía anexos sobre temas delicados, asuntos demasiado secretos para que figuraran en el archivo general. Nadie se quejaría de eso y, de hecho, no nos quejamos. Para eso están los anexos secretos. Pero cuando consultamos el archivo restringido, ¿qué encontramos? Nada. Un gran vacío.

—Ni una jodida mierda encontramos —interviene Conejo a modo de aclaración—. Toda tu carrera en el Servicio, según tu expediente, se reduce a un puto fajo de certificados de destrucción.

—Y ni siquiera eso —comenta Laura, aparentemente indiferente ante el despliegue de lenguaje malsonante de su colega, tan poco propio de un abogado.

—Aunque, por otra parte, Laura, si hemos de ser justos —interviene Conejo, asumiendo el espurio papel de amigo del interrogado—, existe la posibilidad de que estemos ante la obra de Bill Haydon, de nefasta memoria, ¿no crees? —Y volviéndose hacia mí, añade—: ¿También se te ha olvidado quién es Haydon?

¿Haydon? *Bill* Haydon. Claro que sé quién es. Un agente doble de obediencia soviética que, estando al frente de la omnipotente Dirección Conjunta del Circus, vulgarmente conocida como la Conjunta, entregó con traidora diligencia todos los secretos al Centro de Moscú durante tres décadas. También es la persona cuyo nombre me viene a la mente a diario, a todas las horas del día, pero no pienso levantarme de un salto y gritar: «¡Maldito bastardo, podría partirle el cuello!», que por lo demás fue lo que hizo alguien que casualmente conozco, para satisfacción general de sus adversarios.

Mientras tanto, Laura sigue hablando con su colega:

—De hecho, no me cabe ninguna duda al respecto, Conejo. Todo el archivo restringido lleva impreso el sello de Bill Haydon. Y Peter fue uno de los primeros en sospechar de él, ¿no es así, Pete? Cuando eras asistente personal de George Smiley. Su guardián y su discípulo fiel, ¿verdad?

Conejo deja escapar un suspiro de admiración.

—¡George Smiley! El mejor hombre que hemos tenido. La conciencia del Circus. Nuestro Hamlet, como lo llaman algunos, aunque quizá no le hagan del todo justicia. ¡Qué gran persona! Aun así —continúa dirigiéndose a Laura como si yo no estuviera delante—, ¿no crees que en el caso de la operación Carambola quizá no fue Bill Haydon quien retiró los documentos del archivo restringido, sino George Smiley, por la razón que fuera? Hay algunas firmas bastante raras en esos certificados de destrucción, nombres que ni tú ni yo hemos oído mencionar nunca. No digo que lo haya hecho Smiley en persona. Probablemente debió de enviar a un tercero, alguien dispuesto a obedecer ciegamente sus órdenes, aunque no fueran del todo legales. Aunque era un gran hombre, nuestro George no era muy amigo de ensuciarse las manos.

—¿Alguna opinión al respecto, Pete? —pregunta entonces Laura.

Desde luego que sí. Una opinión muy firme. Detesto que me llamen Pete y la conversación se me está yendo de las manos.

—Vamos a ver, Laura, ¿por qué demonios iba a necesitar George Smiley (¡precisamente George Smiley!) robar documentos del Circus? De Bill Haydon, en cambio, no me extrañaría. Bill habría sido capaz de robarle la pensión a una viuda y bromear al respecto.

Me echo a reír entre dientes y meneo la cabeza como para indicar que vosotros los jóvenes ni siquiera os podéis hacer una idea de cómo eran las cosas en aquellos tiempos.

—Sin embargo, a mí me parece que George pudo tener un motivo para sustraerlos —replica Conejo en nombre de Laura—. Fue director de Operaciones Encubiertas durante los diez años más gélidos de la guerra fría. Se enfrentó con la Dirección Conjunta en su particular guerra interna, una guerra en la que valía todo, desde robarse mutuamente los agentes hasta reventar las cajas fuertes del adversario. Organizó las operaciones más negras que ha conocido este Servicio. Dejó aparcada su conciencia cada vez que lo exigía el bien común, y parece ser que lo exigía con bastante frecuencia. No me cuesta nada imaginar a tu George ocultando un par de carpetas debajo de la alfombra. —Ahora me habla a mí, mirándome directamente a la cara—. Y tampoco me cuesta imaginarte a ti ayudándolo sin rechistar. Algunas de esas firmas desconocidas se parecen notablemente a tu caligrafía. Ni siquiera tenías que robar los documentos. Te bastaba con retirarlos en nombre de otra persona. En cuanto al malogrado Alec Leamas, el que encontró una muerte tan trágica en el Muro de Berlín, su expediente personal ni siquiera está mutilado. Sencillamente, ha desaparecido. Se ha volatilizado. No ha quedado ni su ficha en el índice general. Y tú pareces curiosamente indiferente.

—Estoy desconcertado, por si te interesa saberlo. Y también impresionado. Mucho.

—¿Por qué? ¿Sólo porque acabo de sugerir que sustrajiste la carpeta de Leamas del archivo secreto y la escondiste en el hueco de un árbol? En tus tiempos robaste unos cuantos documentos para tu tío George. ¿Por qué no la ficha de Leamas? Un recuerdo suyo, para tenerlo presente después de hacerse masacrar al lado de aquella..., ¿cómo se llamaba la chica?

—Gold. Elizabeth Gold.

—¡Ah, te acuerdas! Liz Gold. Su expediente *también* ha desaparecido. Podríamos ponernos románticos y pensar que las fichas de Alec Leamas y Liz Gold han huido juntas a un lugar lejano. Por cierto, ¿cómo os volvisteis tan amigos, Leamas y tú? Hermanos de sangre hasta el final, por lo que cuentan.

—Hicimos algunas cosas juntos.

—¿Cosas?

—Alec era mayor que yo. Y más inteligente. Si tenía una operación en marcha y necesitaba un asistente, pedía que me asignaran a mí. Si Personal y George estaban de acuerdo, nos emparejaban.

Laura vuelve a la carga:

—¿Podrías ponernos un par de ejemplos de ese *emparejamiento*?

Lo dice en un tono claramente reprobatorio, pero yo me alegro de poder desviarme un poco del tema.

—Bueno, Alec y yo debimos empezar en Afganistán a mediados de los años cincuenta, según creo recordar. Lo primero que hicimos juntos fue infiltrar pequeños grupos en el Cáucaso, hacia el norte, en dirección a Rusia. Quizá a vosotros todo eso os suene un poco anticuado. —Otra risita nostálgica. Un leve movimiento de la cabeza—. No fue un éxito arrollador, debo admitirlo. Nueve meses después, lo trasladaron al Báltico, donde ayudaba a nuestros peones a entrar y salir de Estonia, Letonia y Lituania. Volvió a solicitar mi presencia y entonces fui a echarle una mano. —Y para iluminación de Laura—: En aquella época, los estados bálticos formaban parte del bloque soviético, como probablemente ya sabes.

—Y los peones eran agentes, sí, eso también lo sé. Ahora los llamamos «activos». Y Leamas tenía oficialmente su base en Travemünde, ¿correcto? ¿En el norte de Alemania?

—Correcto, Laura. Con la cobertura de ser miembro del Grupo Internacional de Prospección Marítima. Protección de las pesquerías de día y desembarco en lanchas rápidas de noche.

Conejo interrumpe nuestro diálogo.

—¿Recibían algún nombre esos desembarcos nocturnos?

—Operación Navaja, si no recuerdo mal.

—¿Y no Carambola?

Finjo no haber oído la pregunta.

—Navaja. Estuvo un par de años en funcionamiento y después se desmanteló.

—¿Cómo funcionaba?

—Primero había que conseguir voluntarios y llevarlos a entrenar a Escocia, a la Selva Negra o a donde fuera. Estonios, letones... Después preparábamos su regreso al lugar de procedencia. Una noche sin luna. Una lancha. Una fueraborda que no hiciera demasiado ruido. Visión nocturna. Una señal de la brigada de recepción en la playa. Y allá íbamos. O, mejor dicho, allá iban nuestros peones.

—Y cuando los peones habían desembarcado, ¿qué hacíais Leamas y tú? Aparte de descorchar una botella, obviamente, porque tengo entendido que eso era la práctica habitual de Leamas.

—¿Tú qué crees? No podíamos quedarnos allí sentados —replico sin caer en su provocación—. Teníamos la consigna de largarnos cuanto antes y dejar que se las arreglaran solos en la playa. ¿Por qué me lo preguntas?

—En parte, para intentar conocerte un poco mejor y, en parte, porque me está pareciendo un tanto extraño que recuerdes con tanto detalle la operación Navaja y, en cambio, Carambola se te haya borrado por completo de la memoria.

Otra vez Laura:

—Cuando dices que dejabais «que se las arreglaran solos», ¿quieres decir que los abandonabais a su suerte?

—Si quieres expresarlo de esa manera, sí, Laura, eso hacíamos.

—¿Y cuál era? Me refiero a su suerte, claro. ¿O se te ha olvidado?

—Los masacraban.

—¿Literalmente?

—Algunos caían nada más desembarcar. Otros, un par de días más tarde. A otros los utilizaban para hacernos alguna mala jugada y los ejecutaban después —respondo, sintiendo crecer la rabia en mi voz, pero sin hacer un verdadero esfuerzo por controlarla.

—Entonces ¿a quién culpamos de todo eso, Pete? —sigue interrogándome Laura.

—¿De qué?

—De las muertes.

Una pequeña explosión de ira no puede hacer ningún daño.

—¡Al hijo de puta de Bill Haydon, el maldito traidor que teníamos dentro de casa! ¿A quién, si no? Esos pobres diablos ya estaban vendidos antes de zarpar de la costa alemana. ¡Vendidos por nuestro querido jefe de la Dirección Conjunta, la misma dirección que había planeado la operación desde el principio!

Conejo baja un momento la cabeza y consulta unos apuntes detrás del parapeto de carpetas. Laura me mira primero a mí y después mira sus manos, que parece preferir. Tiene las uñas cortas como un chico, escrupulosamente limpias.

—Peter... —Es el turno de Conejo, que ahora dispara salvas completas en lugar de tiros sueltos—. Como principal responsable jurídico del Servicio (y no como abogado tuyo, insisto), me preocupan algunos aspectos de tu pasado. Si al final el Parlamento se inhibe para que actúen los tribunales (Dios no lo quiera), una buena acusación podría crear sin mucho problema la impresión de que a lo largo de tu carrera te viste asociado a un número exorbitante de muertes y de que tu reacción en todos los casos fue de relativa insensibilidad ante ellas. De que te asignaban (es posible que por iniciativa de nuestro impecable George Smiley) un tipo de operaciones en las que la muerte de personas inocentes se consideraba un resultado aceptable y tal vez necesario. O, ¿quién sabe?, incluso algo deseado.

—¿Deseado? ¿La muerte? ¿Pero qué tonterías estás diciendo?

—Carambola —insiste entonces Conejo con infinita paciencia.

3

—¿Peter?

—Dime, Conejo.

Laura guarda un silencio desaprobador.

—¿Podemos retrotraernos por un momento a 1959, año en que, según creo, se suspendió la operación Navaja?

—Me temo que no soy muy bueno para las fechas, Conejo.

—La suspendió la Oficina Central, por improductiva y costosa en recursos y vidas humanas. Sin embargo, Alec Leamas y tú sospechabais algo turbio en el frente doméstico.

—La Dirección Conjunta nos acusaba de haberla pifiado, pero Alec se olía una conspiración. Daba igual en qué punto de la costa desembarcáramos; el enemigo siempre se nos adelantaba. Caían nuestros enlaces de radio. Perdíamos los contactos. Tenía que ser alguien de dentro. Alec lo sospechaba, y yo, desde mi humilde posición, solía compartir sus puntos de vista.

—Entonces los dos decidisteis hacer una gestión ante Smiley. Supongo que habíais descartado a Smiley como potencial traidor.

—Navaja era una operación de la Conjunta, bajo el mando de Bill Haydon, y Haydon trabajaba con Alleline, Bland, Esterhase... Los llamábamos «los chicos de Bill». George no tenía nada que ver con ellos.

—Entonces ¿había enemistad entre la Dirección Conjunta y Operaciones Encubiertas?

—La Conjunta siempre estaba conspirando para absorber a Encubiertas. George lo consideraba un intento de concentrar el poder y se oponía con todas sus fuerzas.

—¿Y qué hacía a todo esto nuestro galante jefe del Servicio? ¿Qué hacía Control, ya que así debemos llamarlo?

—Alimentar las diferencias entre Encubiertas y la Conjunta. Jugaba a dividir y a reinar, como siempre.

—Pero también había algún asunto personal entre Smiley y Haydon, ¿no es así?

—Puede ser. En los pasillos se rumoreaba que Bill había tenido un lío con Ann, la mujer de George. Por eso el propósito de George no quedaba tan claro. Era el tipo de jugada que uno habría esperado de Bill. Era muy listo, el canalla.

—¿Smiley hablaba contigo de su vida privada?

—No, ni pensarlo. Yo era un subalterno.

Conejo reflexiona al respecto, no se lo cree, parece dispuesto a insistir, pero cambia de idea.

—Entonces, cuando se suspendió la operación Navaja, Leamas y tú fuisteis a ver a Smiley y le planteasteis vuestras preocupaciones. Cara a cara. Vosotros tres solos. También tú. Pese a ser un subalterno.

—Alec insistió en que lo acompañara. No confiaba en sí mismo.

—¿Por qué no?

—Perdía los estribos con facilidad.

—¿Dónde se produjo ese encuentro *à trois*?

—¿Y eso qué diablos puede importar?

—Importa, porque estoy imaginando un lugar de encuentro secreto, un lugar seguro del que no me has hablado, pero que me mencionarás a su debido tiempo. Y he pensado que quizá había llegado el momento de preguntártelo.

Para entonces, yo había bajado la guardia, convencido de que la charla había derivado hacia aguas menos peligrosas.

—Podríamos haber utilizado uno de los pisos seguros del Circus, pero la Dirección Conjunta siempre instalaba micrófonos. Podríamos habernos reunido en casa de George, en Bywater Street, pero estaba Ann. Y teníamos la sensación de que era mejor no poner a su alcance material que quizá no habría sabido manejar.

—¿Porque habría corrido a contárselo a Haydon?

—No he dicho eso. Era una sensación que teníamos. Nada más. ¿Quieres que siga o no?

—Sí, por favor. Continúa.

—Fuimos a buscar a George a Bywater Street y lo acompañamos a dar un paseo por el South Bank, pensando en su salud. Era una tarde de verano y siempre se quejaba de que no hacía suficiente ejercicio.

—¿Y de ese paseo junto al río nació la operación Carambola?

—¡Oh, por el amor de Dios! Pensaba que estaba hablando con un adulto.

—Y así es. Por otro lado, observo que tú pareces más

joven a cada minuto que pasa. ¿Cómo fue la conversación? Soy todo oídos.

—Hablamos de traición, en líneas generales, sin entrar en detalles, porque habría sido inútil. Todos los miembros activos o recientes de la Dirección Conjunta eran sospechosos por definición, de modo que teníamos cincuenta o sesenta potenciales traidores dentro del Servicio. Analizamos quién tenía acceso a la información necesaria para sabotear la operación Navaja, pero sabíamos que, con Bill al frente de la Conjunta, Percy Alleline comiendo de su mano, y Bland y Esterhase tratando de sacar provecho siempre que podían, lo único que necesitaba cualquier traidor era participar en las sesiones abiertas de planificación de la Dirección Conjunta, o frecuentar el bar de oficiales y escuchar las peroratas de Percy Alleline. Bill siempre decía que la compartimentación era un aburrimiento y que era mejor que todos estuvieran al tanto de todo. Así se cubría las espaldas.

—¿Cómo respondió Smiley a vuestra gestión?

—Dijo que lo pensaría detenidamente y que ya nos diría algo. Era lo máximo que podíamos esperar de George. Oye, creo que ahora sí aceptaré ese café que me has ofrecido, si no te importa. Sin leche ni azúcar.

Me desperecé, moví lentamente la cabeza y bostecé. ¡Yo tenía una edad, diantre! Pero Conejo no parecía convencido, y Laura me había dado por perdido mucho antes. Me miraban como dos personas que ya empezaban a hartarse de mí, y el café no entraba en sus planes.

A Conejo se le había puesto cara de abogado. Ya no apretaba los párpados. Ya no levantaba la voz en deferencia a un viejo lerdo y un poco duro de oído.

—Quiero volver atrás, a donde empezamos, ¿te parece bien? Tú y la legalidad vigente. El Servicio y la legalidad vigente. ¿Me sigues?

—Supongo que sí.

—Te he mencionado ya el insaciable interés que la opinión pública británica siente por los crímenes históricos, algo que nuestros gallardos parlamentarios conocen muy bien.

—¿Me lo has mencionado? Puede que sí.

—También los tribunales conocen ese interés. El juego de buscar al culpable de los crímenes pasados está causando sensación. Es nuestro nuevo deporte nacional. La nueva generación, limpia y sin culpa, se enfrenta a tu generación de culpables. ¿Quién expiará los pecados de nuestros padres, aunque en su momento no fueran pecados? Pero tú no eres padre, ¿no? Aunque, considerando tu expediente, deberías estar cargado de nietos.

—¿No decíais que mi expediente estaba mutilado? ¿Ahora dices que no?

—Estoy tratando de interpretar tus emociones, pero no puedo. O bien no tienes ninguna, o tienes demasiadas. No pareces afectado por la muerte de Liz Gold. ¿Por qué? Tampoco parece que te haya afectado la muerte de Alec Leamas. Finges una amnesia absoluta en lo referente a Carambola, pero todos sabemos que tenías acceso a esa operación. Curiosamente, tu difunto amigo Alec Leamas *no* lo tenía. De hecho, murió en acto de servicio, en una operación para la que no tenía permisos de acceso. No te he pedido que me interrumpas, así que te ruego que no lo hagas. Sin embargo —prosiguió, perdonando mi mala educación—, empiezo a vislumbrar un posible acuerdo entre nosotros. Has reconocido que la operación Carambola te suena lejanamente. «Una especie de ejercicio de entrenamiento», nos has dicho con cara de tonto. ¿Qué hacemos entonces? ¿Se te refrescaría algo la memoria a cambio de un poco más de transparencia por nuestra parte?

Reflexiono y meneo pensativo la cabeza, como intentando capturar recuerdos lejanos. Tengo la sensación de estar metido en una lucha hasta el último hombre, y de que ese último hombre soy yo.

—Verás, Conejo. Tal como yo lo recuerdo *lejanamente* —reconozco, como para indicar un mínimo giro a su favor—, Carambola no era una operación. Me suena que era una fuente. Una fuente defectuosa. Creo que por eso no nos hemos entendido hasta ahora. —Lo he dicho con la esperanza de aligerar la tensión al otro lado de la mesa, pero no lo noto—. Una fuente *potencial*, que falló a la primera oportunidad. Y que de inmediato, y con mucha sensatez, quedó descartada. Archivada y olvidada. —Sigo adentrándome en mi argumento—. La fuente Carambola constituía una reliquia del pasado de George. Otro caso *histórico*, si te apetece llamarlo así —añado con una mirada de deferencia hacia Laura—. Un catedrático de Alemania Oriental que enseñaba Literatura Barroca en la Universidad de Weimar. Un colega de George de los tiempos de la guerra que había colaborado ocasionalmente con nosotros. Se puso en contacto con George a través de un profesor sueco, creo, en torno a 1959, más o menos. —Hay que dejar que fluya la explicación sin dar nunca detalles precisos. Es la regla de oro—. *El Profe*, como lo llamábamos, afirmaba tener noticias muy calientes sobre un pacto supersecreto que estaban negociando las dos mitades de Alemania con el Kremlin. Decía haberlo averiguado todo de boca de un funcionario de Alemania del Este con sus mismas ideas políticas. —Las frases casi me salen solas, como en los viejos tiempos—. Las dos mitades de Alemania volverían a unirse, con la condición de que permanecieran neutrales y desarmadas. En otras palabras, justo lo que Occidente no quería: una implosión por vacío de poder en medio de Europa. Si el Circus conseguía traerlo a Occidente, el Profe nos daría toda la información, con pelos y señales.

Sonrisa melancólica, un lento movimiento de la cabeza cubierta de canas. Y ninguna reacción al otro lado de la gran divisoria.

—Resultó que el Profe quería una cátedra en Oxford, un empleo seguro para toda la vida, un título de caballero del Imperio británico y tomar el té con la reina. —Me río entre dientes—. Y, por supuesto, se lo había inventado todo. Puras fabulaciones. Caso cerrado —dije para terminar, sintiendo que había hecho un buen trabajo y que Smiley, allí donde se encontrara, estaría aplaudiendo en silencio.

Pero Conejo no aplaudía. Ni tampoco Laura. Conejo parecía falsamente preocupado, y Laura, directamente incrédula.

—¿Sabes cuál es el problema, Peter? —me preguntó

Conejo al cabo de un momento—. Que la historia que acabas de contarnos es el mismo montón de patrañas que leímos en el expediente simulado de Carambola conservado en el antiguo archivo central. ¿No es así, Laura?

Evidentemente era así, porque ella tomó enseguida el relevo de la explicación.

—Lo mismo, casi palabra por palabra. Una falsedad elaborada con el único propósito de despistar a todo el que quisiera investigar. Nunca existió ese profesor, y la historia es una invención total, de principio a fin. De hecho, si el propósito era proteger a Carambola de la mirada curiosa de los Haydon de este mundo, crear un expediente simulado en el archivo central, a modo de cortina de humo, me parece una medida perfectamente razonable.

—Lo que en cambio no es *nada razonable*, Peter, es que tú, a tu avanzada edad, pretendas vendernos la misma mierda de desinformación que George Smiley, tú y el resto de Operaciones Encubiertas ya estabais vendiendo hace una generación —intervino Conejo, apretando a medias los párpados para parecer al menos un poco amistoso.

—Encontramos la declaración financiera de quien entonces era Control, ¿sabes, Pete? —me anunció Laura en tono servicial, mientras yo aún consideraba mi respuesta—. Acerca de sus fondos reservados. Sus *fondos de reptiles*, como también los llamaban. Control disponía de ese dinero para sus gastos personales, pero, aun así, tenía que rendir cuentas hasta del último penique, ¿no es cierto, Peter? —Me hablaba como si yo fuera un niño—. Él mismo entregó en mano esa declaración a su aliado de confianza en el Tesoro: Oliver Lacon, que más adelante sería sir Oliver y ahora es el difunto lord Lacon de Ascot West.

—¿Os importaría decirme qué tiene que ver todo eso conmigo?

—De hecho, tiene mucho que ver —replicó Laura con calma—. En su declaración financiera al Tesoro, destinada únicamente a los ojos de Lacon, Control menciona los nombres de dos oficiales del Circus que, de ser necesario, podían ofrecer información completa y detallada sobre los costes de cierta operación de nombre Carambola, en caso de que la posteridad pusiera alguna vez en tela de juicio sus gastos extraordinarios. Control tenía sus defectos, pero era un hombre de acrisolada honestidad. El primer nombre que cita es el de George Smiley. El segundo es el tuyo: Peter Guillam.

Por un momento pareció como si Conejo no hubiera oído nada de este último intercambio. Había bajado la cabeza y tenía la mirada fija en el parapeto. Lo que estaba leyendo, fuera lo que fuese, consumía toda su atención. Al cabo de un momento, volvió a la superficie.

—Háblale del piso franco de Carambola que descubriste, Laura. El rincón secreto donde Peter guardaba todos los expedientes que robaba —sugirió, en un tono que parecía indicar que estaba ocupado con otros asuntos.

—Sí, verás. La declaración menciona un piso franco, como dice Conejo —me explicó Laura con gentileza—. Y a una encargada de ese piso franco, y también —con creciente indignación— a un misterioso caballero llamado Mendel, que ni siquiera figura en los registros del Servicio, pero que fue contratado por Encubiertas como agente de dedicación exclusiva para Carambola. Doscientos pavos al mes, ingresados en su cartilla de la Caja Postal, en Weybridge, además de gastos de viaje y otros extras por un máximo de otras doscientas libras, abonados desde una cuenta cliente innominada que gestionaba un selecto bufete de abogados de Londres. Y a un tal George Smiley, que disponía de plenos podres sobre la totalidad de la cuenta.

—¿Quién era Mendel? —indagó Conejo.

—Un oficial de policía retirado, de la Rama Especial —respondí, para entonces en piloto automático—. Nombre de pila: Oliver. No confundir con Oliver Lacon.

—¿Reclutado cuándo y cómo?

—George y Mendel se conocían desde hacía tiempo. George había trabajado con él en un caso anterior. Le gustaba su actitud. Y que no fuese del Circus. «Mi soplo de aire fresco», lo llamaba.

De repente, Conejo parecía cansado de toda la conversación. Se había recostado en la silla y movía en círculos las muñecas, como relajando el cuerpo en un largo vuelo.

—¿Podemos volver un poco a la realidad, para variar? —sugirió con un bostezo implícito en el tono—. Los fondos reservados de Control son, en este preciso instante, la única prueba material fidedigna que nos ofrece: a) una vía para comprender el desarrollo y el propósito de la operación Carambola, y b) un medio de defensa contra toda demanda civil interpuesta contra este Servicio y contra ti personalmente, Peter Guillam, por un tal Christoph Leamas, único heredero del difunto Alec, y por una tal Karen Gold, soltera, hija única de la difunta Elizabeth, o Liz. ¿Has oído lo que acabo de decirte? Sí, lo has oído. ¡No me digas que por fin te hemos sorprendido!

Recostado aún en su silla, emitió un «¡Dios mío!» entre dientes mientras esperaba mi reacción. Probablemente tuvo que esperar bastante, porque también conservo en la memoria la expresión de su cara, cuando me gritó un imperioso:

—¿Y bien?

—¿Liz Gold tenía *una hija*? —me oigo preguntar.

—Una versión más combativa de sí misma, a juzgar por su imagen actual. Liz acababa de cumplir quince años cuando un zoquete de su colegio la dejó preñada. Por insistencia de sus padres, dio al bebé en adopción. Alguien bautizó a la niña Karen. O puede que no la bautizaran, porque era judía. Al llegar a la mayoría de edad, Karen ejerció su derecho a conocer la identidad de su madre biológica y sintió una comprensible curiosidad por el lugar y la causa de su muerte.

Hizo una pausa, por si yo tenía alguna pregunta. Aunque con cierta demora, tenía una: ¿de dónde demonios habían sacado Christoph y Karen nuestros nombres? No me prestó atención.

—La persona que más ha animado a Karen en su búsqueda de la verdad y la reconciliación ha sido Christoph, hijo de Alec, que desde la caída del Muro, cuando aún no se conocían, se había estado matando para averiguar cómo y por qué había muerto su padre. Tengo que reconocer que lo consiguió, a pesar de la actitud remisa de nuestro Servicio, que se empeñó en poner en su camino todos los jodidos obstáculos que pudo y más. Por desgracia, nuestros esfuerzos resultaron contraproducentes, pese a que el mencionado Christoph Leamas tiene en Alemania una ficha de antecedentes policiales de la longitud de tu brazo.

Otra pausa. Tampoco esta vez hice ninguna pregunta.

—Ahora los dos demandantes se han unido. Están convencidos, no sin razón, de que sus respectivos padres murieron como consecuencia de una chapuza mayúscula perpetrada por este Servicio, y más concretamente por George Smiley y tú. Exigen la revelación completa de todos los detalles, una indemnización por daños y perjuicios y una disculpa pública que mencione algunos nombres. El tuyo, por ejemplo. ¿Sabías que Alec Leamas tenía un hijo?

—Sí. ¿Dónde está Smiley? ¿Por qué no lo habéis llamado a él, y no a mí?

—¿Por casualidad sabes quién fue la afortunada madre?

—Una alemana que conoció durante la guerra, cuando trabajaba detrás de las líneas enemigas. La mujer se casó después con un abogado de Düsseldorf de nombre Eberhardt, que adoptó al chico. Por eso el muchacho no se apellida Leamas, sino Eberhardt. Te he preguntado dónde está George.

—Más adelante. Y gracias por tu excelente memoria. ¿Había más gente que conociera la existencia del chico? ¿Quizá los *otros* colegas de tu amigo Leamas? Nosotros lo sabríamos, si no fuera porque han robado su expediente, ya sabes. —Y cansado de esperar mi respuesta—: ¿Se sabía aquí, en el Servicio, que Alec Leamas había engendrado un bastardo alemán llamado Christoph, residente en Düsseldorf? ¿Sí o no?

—No.

—¿Cómo cojones no se sabía?

—Alec no hablaba mucho de sus cosas.

—Excepto contigo, por lo que veo. ¿Lo conociste?

—¿A quién?

—A Christoph. No a Alec. A Christoph. Me parece que otra vez te estás haciendo el obtuso.

—No es verdad, y la respuesta es «no», no conocí a Christoph Leamas —repliqué, porque no quería que se acostumbrara demasiado a oír la verdad. Y mientras él digería mi respuesta, añadí—: Te he preguntado dónde está Smiley.

—Y yo no he prestado atención a tu pregunta, como habrás notado.

Una pausa, mientras los dos esperábamos a estar un poco más calmados y Laura miraba por la ventana con cara de malhumor.

—Christoph, como lo llamaremos a partir de ahora —prosiguió Conejo en tono letárgico—, no carece de talento, aunque lo haya dedicado a fines delictivos o semidelictivos. Quizá los genes ayudan. Tras confirmar que su padre biológico había muerto en el lado oriental del Muro de Berlín, consiguió acceder, con medios que desconocemos pero respetamos, a un almacén de archivos presuntamente secretos de la Stasi y de allí sacó tres nombres significativos: el tuyo, el de Elizabeth Gold y el de George Smiley. Pocas semanas después localizó a Elizabeth y, a partir de ahí, consultando los registros públicos, a su hija. Acordaron una cita y la improbable pareja decidió aliarse. No sabemos hasta qué punto, pero tampoco es asunto nuestro. Juntos fueron a ver a uno de esos admirables y nobles abogados de derechos civiles con sandalias, que son el azote de este Servicio. Por nuestra parte, estamos considerando la posibilidad de ofrecer a los demandantes una fortuna en dinero público a cambio de su silencio, pero somos perfectamente conscientes de que al hacerlo les estaríamos confirmando que tienen un caso sólido. Podrían volverse menos discretos todavía: «No queremos vuestro dinero, canallas. Dejemos que la historia tome la palabra. Erradiquemos la gangrena. ¡Que rueden cabezas!». La tuya entre ellas, me temo.

—Y también la de George, presumiblemente.

—Nos encontramos, por tanto, dentro de un ridículo drama shakespeariano, en el que los fantasmas de dos víctimas de una diabólica conjura del Circus regresan para acusarnos por boca de sus descendientes. De momento, hemos conseguido silenciar a la prensa, dando a entender (de manera no del todo sincera, pero, a estas alturas, ¿qué más da?) que, incluso en el caso de que el Parlamento se inhibiera y el contencioso llegara a los juzgados, el juicio se celebraría en el decoroso enclaustramiento de un tribunal secreto y nosotros seríamos los únicos con derecho a repartir las entradas para el espectáculo. Ahora los demandantes, espoleados como siempre por sus insufribles abogados, nos dicen: «A la mierda todo eso. Queremos un juicio abierto. Que salgan a la luz todos los secretos». Preguntabas con cierta ingenuidad de dónde podía haber sacado la Stasi vuestros nombres. ¿De dónde crees? Del Centro de Moscú, por supuesto, que se los pasó oportunamente a la Stasi. ¿Y de dónde sacó el Centro de Moscú vuestros nombres? De este Servicio, evidentemente, gracias una vez más a la diligencia de Bill Haydon, que en aquella época estaba en plena actividad y aún lo seguiría estando otros seis años más, hasta que san Jorge, es decir, George, llegó montado en su caballo blanco y lo obligó a salir de su escondite. ¿Estás en contacto con él?

—¿Con George?

—Con George.

—No. ¿Dónde está?

—¿Y no lo has estado en los últimos años?

—No.

—Entonces ¿cuándo fue la última vez que hablaste con él?

—Hace ocho años. Quizá diez.

—Describe esa ocasión.

—Yo estaba en Londres. Fui a verlo.

—¿Adónde?

—A Bywater Street.

—¿Cómo estaba?

—Bien, gracias.

—«Lo buscan por aquí, lo buscan por allá...» ¿Y la descarriada lady Ann? ¿Tampoco estás en contacto con ella? Me refiero a *contacto* en sentido estrictamente figurado, desde luego.

—No. Y no me hace falta ninguna insinuación.

—En cambio, a mí me hace falta tu pasaporte.

—¿Para qué?

—El que presentaste abajo en la recepción, por favor. Tu pasaporte británico. —Su mano tendida por encima del parapeto.

—¿Para qué diablos...?

Se lo di de todos modos. ¿Qué podía hacer? ¿Forcejear con él?

—¿No tienes más? —preguntó pasando las hojas con expresión pensativa—. En tus tiempos tenías un montón de pasaportes, con distintas identidades. ¿Dónde están ahora?

—Devueltos. Destruidos.

—Tienes doble nacionalidad. ¿Dónde está tu pasaporte francés?

—Soy hijo de padre británico y serví en las filas británicas. No necesito ninguna otra nacionalidad. ¿Me devuelves mi pasaporte, por favor?

Pero el documento ya había desaparecido detrás del parapeto.

—Ahora tú, Laura. Es tu turno —dijo Conejo como si acabara de redescubrirla—. ¿Qué te parece si profundizamos un poco más en el tema de ese piso franco de Carambola?

Ya está. He luchado hasta la última mentira. Estoy muerto y no me queda munición.

Laura vuelve a examinar papeles por debajo de mi línea visual, mientras hago lo posible por no sentir las gotas de sudor que me resbalan por las costillas.

—Sí, Conejo. Un piso franco, un piso seguro, y no sabes hasta qué punto —afirma mientras levanta la cabeza entusiasmada—. Un piso entero, reservado para uso exclusivo de Carambola. Y prácticamente para nada más. Tenía que estar en un lugar céntrico de Londres. Se conocía en aquel momento, y aún se conoce, con el nombre en clave de los Establos. Se le asignó una encargada permanente, seleccionada por Smiley a su entera discreción. Es todo lo que sabemos.

—¿Ya empieza a sonarte un poco más? —pregunta Conejo.

Los dos esperan un momento. Yo también. Entonces Laura retoma su conversación privada con el abogado.

—Se diría que Control no quiso revelar ni siquiera a Lacon dónde estaba el piso, ni quién se ocupaba de su mantenimiento, ¿no crees, Conejo? Y eso, teniendo en cuenta la posición que ocupaba Lacon en el Tesoro y su conocimiento exhaustivo de otras áreas de actividad del Circus, me parece un poco paranoide por parte de Control, pero ¿quiénes somos nosotros para juzgar?

—Eso mismo. ¿Quiénes somos nosotros? Establos..., ¿como los que limpió Hércules? —pregunta Conejo, lleno de curiosidad.

—Supongo que sí —responde ella.

—¿La elección fue de Smiley?

—Pregúntaselo a Pete —sugiere ella, servicial.

Pero Pete, nombre que detesto, se ha vuelto todavía más sordo de lo que fingía ser.

—¡Y la buena noticia —dice Conejo dirigiéndose otra vez a Laura— es que ese piso franco de Carambola todavía existe! Ya sea porque alguien lo decidió o por pura negligencia (sospecho más bien lo segundo), los Establos han estado a disposición de cuatro Controles sucesivos, y aún siguen ahí. Ni siquiera el último piso de esta casa sabe de su existencia, y menos aún conoce su ubicación. Lo más gracioso de todo es que, en estos tiempos de austeridad, el mantenimiento de ese piso franco no ha sido cuestionado por nuestro querido y respetado Tesoro, que le ha dado su visto bueno año tras año. —Adopta un tonillo afectado y homófobo—: «Demasiado secreto para hacer preguntas, queridos míos. Firmad sobre la línea de puntos y ¡ni una palabra a mamá!». Hay un contrato de arrendamiento y no tenemos ni la más remota idea de cuándo vence, quién es el titular, ni quién es el generoso imbécil que paga los recibos. —Se vuelve para mirarme y continúa en el mismo tono feroz—: Peter, Pierre, Pete, estás muy callado. Ilumínanos, por favor. ¿Quién es el generoso imbécil?

Cuando te ves acorralado, cuando has probado todos los trucos del repertorio y ninguno ha funcionado, no te queda mucho espacio para actuar. Puedes contar una historia dentro de la historia. Lo había hecho y no me había servido de nada. Puedes probar a revelar una parte de la verdad, con la esperanza de que todo acabe ahí. También lo había hecho, pero no había acabado. Entonces solamente puedes reconocer que has llegado al final del camino y que tu única opción es armarte de valor, contar la verdad —o la parte más pequeña de la verdad que puedas revelar— y conseguir así unos cuantos puntos positivos por tu buena conducta. No me parecía un desenlace muy probable, pero al menos era posible que de ese modo pudiera recuperar el pasaporte.

—George tenía un abogado de confianza, o quizá una abogada —dije mientras me invadía a mi pesar el pecaminoso alivio de la confesión—. Del bufete selecto que mencionasteis antes. Una persona de la familia de Ann, que aceptó actuar de intermediaria. No es un piso franco; es una casa de tres plantas, alquilada por un fondo de inversión con sede en las Antillas Holandesas.

—Así se habla —fue el comentario aprobador de Conejo—. ¿Y la encargada?

—Millie McCraig. Antigua agente de George. Ya había hecho otros trabajos similares para él. Cumplía todos los requisitos. Cuando Carambola se puso en marcha, ella ya se ocupaba del mantenimiento de una casa segura del Circus en New Forest, por orden de la Dirección Conjunta. Un lugar llamado Campamento 4. George le pidió que se despidiera de la Conjunta y solicitara el ingreso en Operaciones Encubiertas. Empezó a pagarle con cargo a los fondos reservados y la instaló en los Establos.

—Que se encuentran... ¿dónde?

Una vez más, fue Conejo quien me lo preguntó. Y yo se lo dije, además del número de teléfono de los Establos, que me rodó de la lengua con una facilidad sorprendente, como si llevara desde el principio pugnando por salir. Después hubo un momento de actividad silenciosa, durante el cual Conejo y Laura consiguieron abrir un desfiladero entre las montañas de carpetas que cubrían la mesa, y Conejo rescató de entre los montones de expedientes un teléfono de base ancha e insólita complejidad. Marcó una sucesión de teclas con la rapidez del rayo y me pasó el auricular.

A una décima parte de la velocidad de Conejo, marqué el número de los Establos y quedé atónito al oír el tono de llamada resonando a todo volumen en la sala, lo que a mis oídos culpables no sólo sonaba como una burda infracción de todos los protocolos de seguridad, sino como un acto de absoluta traición, ya que me sentía descubierto, atrapado y entregado, todo en una sola jugada. El teléfono siguió desgañitándose con su tono de llamada. Esperamos. No contestó nadie. Empecé a pensar que Millie debía de estar en la iglesia, porque solía frecuentarla a menudo, o que tal vez habría salido con su bicicleta, aunque seguramente ya no podría moverse con tanta agilidad como antes, como nos pasaba a todos. Pero lo más probable era que estuviera muerta y enterrada, porque si bien había sido bellísima e inalcanzable, tenía por lo menos cinco años más que yo.

El teléfono dejó de sonar. Se oyó un crujido y supuse que saltaría el contestador automático. Después, para mi asombro e incredulidad, oí la voz de Millie, su misma voz, con el mismo retintín escocés de puritana desaprobación que yo solía imitar para diversión de George en sus horas bajas.

—¿Sí? ¿Diga? —Y ante mi vacilación—: ¿Puede decirme quién llama, por favor? —insistió en tondo indignado, como si fueran más de las doce de la noche y no las siete de la tarde.

—Soy yo, Millie. Peter Weston —dije, y añadí uno de los nombres en clave de Smiley para completar el cuadro—: Amigo del señor Barraclough. ¿Te acuerdas de mí?

Esperaba e incluso confiaba en que por una vez en su vida Millie McCraig necesitara unos segundos para reaccionar, pero me respondió tan rápidamente y con tanta seguridad que el más desconcertado fui yo.

—¿El señor Weston?

—El mismo, Millie. En carne y hueso.

—Hágame el favor de identificarse, señor Weston.

¿Identificarme? ¿Acaso no acababa de darle dos nombres en clave? Entonces caí en la cuenta. Lo que quería era mi repiqueteo, una especie de arcana comunicación encriptada que se utilizaba más a menudo en el sistema telefónico de Moscú que en el de Londres, pero que en nuestros tiempos más oscuros Smiley había insistido en emplear. Así pues, sintiéndome un completo idiota, cogí un lápiz marrón que encontré encima de la mesa, me incliné sobre el supercomplicado teléfono de Conejo y repiqueteé sobre el altavoz el vetusto código con la esperanza de que surtiera el mismo efecto que cuando golpeaba con un lápiz sobre el auricular de los antiguos aparatos: tres golpes, una pausa, un golpe, una pausa y dos golpes más. Evidentemente, conseguí el efecto deseado, porque en cuanto completé la clave, Millie volvió a manifestarse, toda dulzura y amabilidad, y dijo que era muy agradable oír mi voz después de tantos años, señor Weston, y que qué podía hacer para ayudarme.

A lo que yo podría haberle respondido: «Bueno, Millie, ya que lo preguntas, ¿serías tan amable de confirmarme que todo esto está pasando en el mundo real y no en un brumoso rincón de la realidad reservado a los espías insomnes del pasado?».

4

A mi llegada desde Bretaña la mañana anterior, me había registrado en un hotel deprimente cerca de la estación de Charing Cross, donde había pagado noventa libras por adelantado por una habitación del tamaño de un coche fúnebre. Antes, le había hecho una visita de cortesía a mi viejo amigo y antiguo peón Bernie Lavendar, sastre del cuerpo diplomático, cuyo taller se encontraba en un minúsculo semisótano de Savile Row. Pero el tamaño nunca había sido importante para Bernie. Lo que le importaba —y también al Circus— era infiltrarse en los corrillos diplomáticos de Kensington Palace Gardens y Saint John's Wood y poner su pequeño granito de arena por Inglaterra, además de conseguir un modesto ingreso extra, libre de impuestos.

Nos saludamos con un abrazo, Bernie bajó la persiana y cerró la puerta con pestillo. Para recordar los viejos tiempos, me probé un par de sus piezas abandonadas: chaquetas y trajes confeccionados para diplomáticos extranjeros, que por razones desconocidas nadie había pasado a recoger. Y, por último, recordando también los viejos tiempos, le confié un sobre sellado y le pedí que lo guardara en su caja fuerte hasta mi regreso. Contenía mi pasaporte francés, pero si hubiera contenido los planes para el desembarco del Día D, Bernie no lo habría tratado con mayor reverencia.

Ahora he vuelto para recuperarlo.

—Y dígame, ¿cómo está el señor Smiley? —pregunta bajando la voz con veneración, o quizá por un exagerado sentido de la discreción—. ¿Sabemos algo de él, señor G.?

No, no sabemos nada. ¿Y Bernie? ¿Ha sabido algo? No, por desgracia él tampoco, de modo que bromeamos sobre la costumbre que tiene George de desaparecer durante largos períodos sin dar explicaciones.

Pero por dentro no estaba para bromas. ¿Cabía la posibilidad de que George hubiera muerto? ¿Y de que Conejo lo supiera y no me lo hubiera dicho? Pero ni siquiera George podía morir en secreto. ¿Y Ann, su infiel esposa? Tiempo atrás me había llegado el rumor de que, cansada de sus numerosas aventuras, se había volcado en cuerpo y alma en una de esas organizaciones benéficas que se habían puesto de moda. Sin embargo, era difícil saber si ese último apego suyo duraría más que cualquiera de los anteriores.

Con mi pasaporte francés otra vez en el bolsillo, me dirigí a Tottenham Court Road e invertí mi dinero en un par de teléfonos móviles de prepago, con un saldo de diez libras cada uno. En el último momento decidí comprar también la botella de whisky que había olvidado adquirir en el aeropuerto de Rennes, lo que probablemente explica la misericordiosa laguna de memoria donde desapareció la noche que de algún modo conseguí pasar.

Me levanté al alba, caminé bajo la llovizna durante una hora y tomé un mal desayuno en un bar de sándwiches.

Sólo entonces, con resignación teñida de incredulidad, reuní el coraje suficiente para parar un taxi e indicarle al conductor la dirección que durante tres años había sido escenario de más felicidad, tensión y angustia que cualquier otro lugar de mi vida.

Tal como yo la recordaba, la casa del número 13 de Disraeli Street —también conocida como los Establos— era una deteriorada mansión victoriana sin restaurar en el extremo de una fila de casas similares en una calle secundaria de Bloomsbury. Para mi sorpresa, la misma casa se yergue ante mí: inalterada, contumaz, como un vertical reproche a sus brillantes y acicaladas vecinas. Son las nueve de la mañana, la hora de nuestra cita, pero encuentro los peldaños de la entrada ocupados por una mujer delgada en vaqueros, zapatillas deportivas y chaqueta de cuero que habla por teléfono en tono recriminatorio. Estoy a punto de girarme cuando me doy cuenta de que no es otra que Laura *la Historia*, en traje de calle.

—¿Has dormido bien, Pete?

—Como un ángel.

—¿A qué timbre llamo sin que se me gangrene el dedo?

—Prueba el que dice «Ética».

El propio Smiley había elegido «Ética» como la etiqueta menos tentadora que se le pudo ocurrir. Se abrió la puerta y allí, en la penumbra, apareció el fantasma de Millie McCraig, con la melena negra azabache convertida en una cabellera tan blanca como la mía y el cuerpo de atleta doblegado por la edad, pero con el mismo brillo diligente en los húmedos ojos azules. Me permitió que le diera dos besos, sin rozar apenas con los labios sus consumidas mejillas celtas.

Laura pasó por nuestro lado para entrar en el vestíbulo. Las dos mujeres se midieron de frente, como dos boxeadores antes del combate, mientras yo experimentaba unos sentimientos tan turbulentos de familiaridad y remordimiento que mi único deseo habría sido escabullirme otra vez hacia la calle, cerrar la puerta detrás de mí y fingir que no había estado nunca en ese vestíbulo. Lo que veía a mi alrededor habría excedido los sueños del más exigente de los arqueólogos: una cámara funeraria escrupulosamente conservada, con todos sus sellos intactos, dedicada a la operación Carambola y a los que habíamos navegado en aquel barco, con todos los objetos originales en perfecto estado, desde mi equipo de repartidor de pizza colgado de un gancho en la pared, hasta la bicicleta de señora de Millie McCraig, que ya en su época había sido un modelo anticuado, con su cesta de mimbre, su timbre metálico y su bolsa de piel sintética, aparcada en su soporte en el vestíbulo.

—¿Querrán pasar para ver la casa? —le pregunta Millie a Laura con tanta indiferencia como si tuviera delante a una potencial compradora.

—Hay una puerta trasera —le dice Laura mientras despliega un plano arquitectónico del edificio que Dios sabe de dónde habrá sacado.

Nos encontramos detrás de la puerta acristalada de la cocina. Un poco más abajo se extiende un jardín del tamaño de un pañuelo y, en el centro, el huerto de Millie. Oliver Mendel y yo fuimos los primeros en trabajarlo. No hay ropa tendida en la cuerda, pero es cierto que Millie nos estaba esperando. La casita de pájaros es la misma que Mendel y yo construimos una madrugada con unos cuantos restos de madera. Siguiendo mis indicaciones ligeramente achispadas, Mendel la había embellecido con una placa pirograbada que aún declara: Se aceptan todo tipo de pájaros. Y ahí sigue, tan erguida y orgullosa como el día del cumpleaños que sirvió para celebrar. Un sendero de piedra que serpentea entre los plantíos de hortalizas conduce hasta una verja, que se abre hacia un garaje privado con salida a la calle lateral. George jamás habría dado su visto bueno a una casa segura que careciera de puerta trasera.

—¿Alguien usaba alguna vez esa entrada? —pregunta Laura.

—Control —replico yo, ahorrándole a Millie la necesidad de responder—. No habría usado la puerta delantera ni aunque de ello hubiera dependido su vida.

—¿Y el resto de vosotros?

—Entrábamos por la puerta principal. Cuando Control decidió usar la puerta trasera, se convirtió en su ascensor privado.

«Sé generoso con los detalles —me aconsejo a mí mismo—. Pero guarda el resto en la memoria y tira la llave.» La siguiente parada del itinerario de Laura es la retorcida escalera de madera, réplica más pequeña de todas las lóbregas escaleras del Circus. Estamos a punto de subir cuando oímos el tintineo de un cascabel y vemos aparecer un gato: un animal grande, negro, de pelo largo, collar rojo y aspecto maligno. Se sienta, bosteza y nos mira fijamente. Laura le devuelve la mirada y después se vuelve hacia Millie.

—¿La gata también está contemplada en el presupuesto?

—Es un gato. Y sus gastos los pago yo, gracias.

—¿Tiene nombre?

—Sí.

—¿Y es secreto?

—Sí.

Con Laura abriendo la marcha y el gato siguiéndonos con cautela, subimos hasta el descansillo intermedio y nos detenemos ante la puerta forrada de paño verde con cerradura de combinación numérica. Al otro lado se encuentra la sala de encriptado. Cuando George alquiló la casa, la puerta estaba acristalada, pero Ben, el encargado de los códigos, no quería que nadie se parara a mirar el movimiento de sus dedos. De ahí el revestimiento.

—Correcto. ¿Quién tiene la combinación? —pregunta Laura con voz de monitora de una cuadrilla de niñas exploradoras.

Como Millie no dice nada, yo recito los números de mala gana: 21-10-05, la fecha de la batalla de Trafalgar.

—Ben había servido en la Marina —explico, pero si Laura entiende la referencia, no lo deja traslucir.

Tras sentarse en la silla giratoria, frunce el ceño ante el despliegue de perillas e interruptores. Levanta un interruptor. Nada. Gira una perilla. Nada.

—La corriente está cortada desde hace tiempo —murmura Millie, hablando conmigo y no con Laura.

—Correcto. ¿Tenemos la llave de eso de ahí?

Sus «correctos» me están sacando de quicio, lo mismo que sus «Pete». Del llavero que le cuelga de la cintura, Millie escoge una llave. La hace girar en la cerradura y la puerta de seguridad se abre. Laura se asoma y, con un amplio movimiento del brazo, barre el contenido sobre la estera de fibra de coco: libros de códigos con sellos del máximo nivel de confidencialidad, lápices, sobres con doble forro y desvaídas libretas de un solo uso en paquetes transparentes de doce unidades.

—Lo dejamos todo tal como está, ¿correcto? —anuncia mientras se vuelve otra vez hacia nosotros—. Nadie toca nada en ningún sitio. ¿Lo hemos entendido? ¿Pete? ¿Millie?

Cuando va por la mitad del siguiente tramo de escalera, Millie la detiene en seco con indignación en la voz:

—¿Perdón? ¿Pretende entrar en mis habitaciones privadas?

—¿Por qué no?

—Con mucho gusto le permitiré inspeccionar mis habitaciones y efectos personales, siempre que me lo notifique por escrito con la debida antelación, en carta firmada por una autoridad competente de la Oficina Central —recita Millie en una única frase monocorde, que sospecho que ha estado ensayando—. Hasta entonces, le ruego que respete mi intimidad, como corresponde a mi edad y a mi posición.

A lo que Laura responde con una blasfemia que ni siquiera Oliver Mendel se habría atrevido a proferir en uno de sus mejores días:

—¿Qué te preocupa, Mill? ¿Tienes a un tipo escondido ahí arriba?

El gato de nombre secreto se ha marchado. Estamos en la Sala Central, así llamada desde el día en que Mendel y yo derribamos los antiguos tabiques. Cualquiera que pasara por la calle habría visto una ventana normal y corriente, con sus visillos y sus cortinas. Pero desde dentro no se veía ninguna ventana, porque una nevada tarde de sábado, en pleno mes de febrero, Mendel y yo la tapiamos con ladrillos, condenando así a la habitación a una eterna oscuridad, hasta que alguien encendía las lámparas de pantallas verdes que habíamos comprado en una tienda del Soho.

Dos voluminosas mesas de escritorio victorianas ocupaban todo el centro de la habitación. Una era de Smiley y la otra, sólo ocasionalmente, de Control. Su origen había sido un misterio hasta que una noche Smiley nos reveló, bebiendo un whisky, que un primo de Ann estaba vendiendo sus pertenencias en Devon para pagar el impuesto de sucesiones.

—¡Por todos los demonios! ¿Qué es eso tan horrendo?

La mirada de Laura había topado, como ya me esperaba, con el llamativo mural de un metro por sesenta centímetros colgado detrás del escritorio de Control. ¿Horrendo? Para mí, no. ¿Peligroso? Eso sí, sin duda. Antes de darme cuenta, había agarrado el puntero de fresno que colgaba del respaldo de la silla de Control y me había embarcado en una explicación destinada no ya a aclarar, sino a distraer.

—Esta sección de aquí, Laura —dije agitando el bastón en dirección a un laberinto de líneas de colores y nombres en clave que parecía un delirante mapa del metro de Londres—, es una representación casera de la red que tenía el Circus en Europa del Este, con el nombre en clave de Anémona, tal como era cuando se concibió la operación Carambola. Aquí tenemos al gran hombre, a la fuente Anémona, inspiración y fundador de la red, agente intermediario y pieza central. Aquí tienes a sus subfuentes, y aquí, por orden descendente, a las subfuentes de sus subfuentes, conscientes o no de su función, junto a una breve descripción de su producto, su calificación en el mercado de Whitehall y nuestra evaluación interna de la fiabilidad de cada fuente y subfuente en una escala del uno al diez.

Volví a colgar el puntero del respaldo de la silla. Pero Laura no parecía tan distraída o confusa como yo habría deseado. Se puso a examinar y a comprobar uno por uno los nombres en clave que figuraban en el gráfico. Detrás de mí, Millie se marchó sigilosamente de la habitación.

—Bueno, de hecho sabemos un par de cosas acerca de la operación Anémona —comentó Laura en tono de superioridad—, gracias a los pocos expedientes que tuviste la amabilidad de dejar en el archivo general. Y a un par de fuentes propias. —Tras permitir que yo asimilara eso último, añadió—: ¿Qué ocurrencia era ésa de llamar a todo el mundo con nombres de plantas?

—Ah, sí. En aquella época asignábamos los nombres en clave por áreas temáticas, Laura —repliqué tratando de mantener un tono de arrogante indiferencia—. Anémona entraba en el ámbito botánico. No era el animalejo marino, sino la flor.

Pero otra vez había dejado de prestarme atención.

—¿Qué diablos significan estas estrellas?

—No son estrellas, Laura, sino chispas. Chispas figuradas. Para los casos en que los agentes de campo disponían de aparatos de radio. Rojo significaba «aparato activo», y amarillo, «enmascarado».

—¿Enmascarado?

—Oculto. Por lo general, envuelto en tela impermeable.

—Cuando yo escondo algo, lo *escondo*, ¿correcto? —me informa sin dejar de estudiar los nombres en clave—. No lo enmascaro. No me divierto hablando como los espías, ni funciono como un club de niños. Por cierto, ¿qué quieren decir estos signos «más»? —pregunta acuchillando con la uña el círculo donde figura el nombre de una fuente.

—No son signos «más», Laura. Son cruces.

—¿Significa que son dobles agentes? ¿Que les habéis hecho la cruz?

—Significa que ya no están activos.

—¿Por qué?

—Porque los descubrieron. Porque se retiraron. Por un montón de razones.

—¿Qué le pasó a éste?

—¿Al que tenía el nombre en clave de *Violeta*?

—Sí. ¿Qué le pasó a Violeta?

¿Estaba cerrando el cerco a mi alrededor? Yo empezaba a sospechar que sí.

—Interrogado, desaparecido. Con base en Berlín Oriental de 1956 a 1961. Dirigía un equipo de observadores de trenes. Está todo escrito allí mismo... Puedes leerlo.

—¿Y este tipo? *¿Tulipán?*

—Tulipán era una mujer.

—¿Qué significa la almohadilla de *hashtag*?

—La almohadilla de *hashtag*, como tú la llamas, es un símbolo.

—Hasta ahí llego. ¿Un símbolo de qué?

—Tulipán se había convertido a la Iglesia ortodoxa rusa, por eso le pusieron una cruz ortodoxa.

Mantengo la voz firme mientras ella continúa:

—¿Quiénes se la pusieron?

—Las mujeres. Las dos secretarias de primer nivel que trabajaban aquí.

—¿Ponían cruces a todos los agentes que tenían una religión?

—El cristianismo ortodoxo de Tulipán era parte de su motivación para colaborar con nosotros. Es lo que señala la cruz.

—¿Qué le pasó?

—Por desgracia, desapareció de nuestras pantallas.

—No teníais pantallas.

—Supusimos que había decidido poner fin a la colaboración. Algunos peones lo hacen. Interrumpen el contacto y desaparecen.

—Su verdadero nombre era Gamp, ¿verdad? Como el personaje de Dickens, ¿no es así? Doris Gamp.

No ha sido una oleada de náuseas lo que acabo de sentir. No ha sido un calambre repentino en el estómago.

—Es probable. Gamp... Sí, creo que así se llamaba. Me sorprende que lo sepas.

—Puede que no hayas robado suficientes documentos. ¿Fue una gran pérdida?

—¿A qué te refieres?

—A su decisión de dejarlo.

—No estoy seguro de que *anunciara* su decisión. Sencillamente, dejó de colaborar. Aun así, sí, con el tiempo acabó siendo una pérdida bastante grande. Tulipán era una fuente importante. Sustancial, de hecho.

¿Demasiado? ¿Demasiado poco? ¿Demasiada indiferencia? Parece reflexionar. Durante demasiado tiempo.

—Pensaba que estabais interesados en Carambola —le recuerdo.

—De hecho, nos interesa todo. Carambola no es más que una excusa. ¿Qué le ha pasado a Millie?

¿A Millie? Ah, sí, Millie. A Tulipán, no. A Millie.

—¿Cuándo? —replico tontamente.

—Ahora. ¿Adónde ha ido?

—Probablemente arriba, a su apartamento.

—¿Te importaría ir a llamarla? A mí me odia.

Pero cuando abro la puerta, me encuentro a Millie esperando en el pasillo con sus llaves. Laura pasa junto a ella y sigue de largo con el plano en la mano. Yo me quedo rezagado.

—¿Dónde está George? —le susurro a Millie.

Niega con la cabeza. ¿No lo sabe? ¿O no quiere que se lo pregunte?

—Las llaves, Millie.

Obediente, ella abre la doble puerta de la biblioteca. Laura da un paso al frente y luego retrocede otros dos, como en las comedias del cine mudo, mientras expresa su asombro soltando una blasfemia tan aguda y estridente que debe de haber despertado a los muertos en el Museo Británico. Avanza incrédula entre las filas de deteriorados libros que atiborran las estanterías desde el suelo hasta el techo. Con mucho cuidado, se decide por uno: el tomo XVIII de los treinta volúmenes que componían la edición de 1878 de la *Enciclopedia británica*. Lo abre, pasa un par de páginas con escepticismo, lo abandona encima de una mesa y concentra toda su atención en *A través de Arabia y más allá*, libro editado en 1908, parte de una colección incompleta, cuyo precio recuerdo por alguna razón inexplicable: cinco chelines y seis peniques por tomo, y una libra por el lote entero, después de que Mendel regateara un poco con el vendedor.

—¿Te importaría decirme quién lee esta basura? ¿O quién la leía? —me pregunta.

—Cualquiera que tuviera acceso a la información de Carambola y una buena razón para hacerlo.

—¿Qué quieres decir con eso?

—Quiero decir —replico con toda la dignidad que consigo manifestar— que para George Smiley la ocultación natural era mucho mejor que la protección física, teniendo en cuenta que no disponíamos de una fortaleza blindada a orillas del Támesis. Y que, si bien las rejas en las ventanas y una caja fuerte de acero podían interpretarse como una invitación abierta para que los asaltantes locales trataran de entrar a robar, aún no había nacido el ladrón cuyo botín ideal fuera un montón de...

—Enséñamelo, ¿de acuerdo? Lo que robaras. Lo que esté aquí.

Tras colocar una escalerilla de biblioteca delante de la chimenea, que Millie ha llenado de flores secas, rescato del estante más alto un ejemplar de *Guía para legos sobre la ciencia de la frenología*, obra de sir Henry J. Ramken, graduado por la Universidad de Cambridge, y extraigo del interior ahuecado del grueso volumen una carpeta de color pardo amarillento. Le paso la carpeta a Laura, devuelvo al doctor Ramken a su estante y, cuando piso de nuevo el suelo, observo que ella ya se ha sentado en el apoyabrazos de una butaca para examinar su botín. Millie ha vuelto a desaparecer.

—Aquí hay un *Paul* —dice Laura en tono acusador—. ¿Quién es Paul? ¿A qué se dedica?

Esta vez no consigo controlar el tono de mis respuestas tanto como antes.

—No se dedica a nada, Laura. Está muerto. Paul, pronunciado a la manera alemana, era uno de los muchos nombres en clave que usaba Alec Leamas en Berlín para relacionarse con sus peones. —Aunque tarde, consigo relajarme y continuar en un tono más trivial—: Los alternaba. No confiaba demasiado en el mundo. Digamos que no confiaba en la Dirección Conjunta.

Está interesada, pero no quiere que yo lo note.

—Entonces, éstos son *todos* los documentos, ¿correcto? Toda la parafernalia. Todo lo que robaste está aquí guardado, escondido en estos libros viejos. ¿Es así?

Me encanta poder sacarla de su error.

—No, Laura, me temo que no está todo. La política de George era conservar lo menos posible. Todo lo prescindible se destruía. Triturábamos los documentos y quemábamos los restos. Eran las reglas de George.

—¿Dónde está la trituradora?

—Ahí, en ese rincón.

Laura no había reparado en la máquina.

—¿Dónde quemabais el papel triturado?

—En esa chimenea.

—¿Lo documentabais con certificados de destrucción?

—De haberlo hecho, habríamos tenido que quemar los certificados, ¿no crees?

Mientras yo aún saboreo mi pequeña victoria, su mirada se desplaza hacia el rincón más oscuro y distante de la sala, donde hay dos fotografías alargadas de hombres de cuerpo entero, colgadas de la pared. Esta vez no profiere ninguna blasfemia ni deja escapar ninguna otra exclamación, pero avanza hacia las fotos con paso lento y cauteloso, como si temiera que fueran a salir volando.

—¿Y esas bellezas?

—Josef Fiedler y Hans-Dieter Mundt, jefe y subjefe, respectivamente, de la dirección operativa de la Stasi.

—Me quedo con el de la izquierda.

—Fiedler.

—¿Descripción?

—Judío alemán, único hijo superviviente de padres intelectuales muertos en los campos de exterminio. Estudios de humanidades en Moscú y Leipzig. Ingreso tardío en la Stasi. Hábil, inteligente. Detesta con toda su alma al tipo que tiene al lado.

—Mundt.

—Por eliminación, sí, claro, Mundt —convengo—. Nombre de pila: Hans-Dieter.

Hans-Dieter Mundt, con traje cruzado y abotonado de arriba abajo. Hans-Dieter Mundt, con los brazos de asesino apretados contra el cuerpo y los pulgares apuntando al suelo, mirando con desprecio a la cámara. Está a la espera de una ejecución. La suya. O la de otro. En cualquier caso, su expresión nunca cambiará, ni acabará de sanar la herida incisa que le recorre un costado de la cara.

—Era vuestro objetivo, ¿verdad? El hombre que tu colega Alec Leamas tenía que eliminar, ¿no es así? Pero Mundt eliminó a Leamas, ¿correcto? —Se vuelve hacia Fiedler—. Y Fiedler era vuestra primera fuente, ¿no es eso? El mejor voluntario clandestino imaginable. El hombre que se incorporó a vuestras filas sin ser invitado, pero nunca llegó a entrar. Simplemente descargaba un montón de información fresca en el umbral de vuestra puerta, llamaba al timbre y se marchaba corriendo sin dar su nombre. Lo hizo muchas veces. Y todavía no sabes con seguridad si de verdad era tu peón, como tú lo llamas. ¿Correcto?

Tomo aliento.

—Todo el material de Carambola que llegaba a nuestras manos sin que nosotros lo buscáramos apuntaba en dirección a Fiedler —respondo escogiendo con precisión las palabras—. Incluso nos preguntamos si Fiedler estaría preparando el terreno para desertar, si estaría sembrando para recoger más adelante.

—¿Por el odio tan profundo que sentía hacia Mundt? Mundt, el antiguo nazi que nunca llegó a reformarse del todo.

—Ése podía ser un motivo. Combinado, según suponíamos, con cierto desencanto por la falta de democracia en la República Democrática Alemana, la RDA, por la sensación cada vez más próxima a la certeza de que su dios comunista le había fallado. En Hungría acababa de fracasar un movimiento contrarrevolucionario, que los soviéticos habían reprimido con bastante brutalidad.

—Gracias. Ya lo sabía.

Por supuesto que lo sabía. Laura es *la Historia*.

Dos jóvenes desaliñados aparecieron en el pasillo, un hombre y una mujer. Lo primero que pensé fue que debían de haber entrado por la puerta trasera, que no tenía timbre, y lo segundo —una idea bastante extravagante, debo admitirlo—, que eran Karen, la hija de Elizabeth, y su socio demandante Christoph, hijo de Alec, que habían venido a tomarse la justicia por su mano.

Laura se subió a los peldaños, para mayor autoridad.

—¡Nelson, Pepsi, saludad a Pete! —ordenó.

—Hola, Pete.

—Hola, Pete.

—Hola.

—Muy bien. Escuchadme todos. El local donde os encontráis se considerará a partir de ahora la escena de un crimen. Se trata, además, de un lugar que pertenece al Circus. Y en esto incluyo el jardín. Cada hoja de papel, cada archivo, cada residuo, y todo lo que esté sobre las paredes, ya sean gráficos o tableros con chinchetas, lo mismo que todo lo que encontréis en los cajones y los estantes, es propiedad del Circus y es una posible prueba material ante los tribunales. Por tanto, todo deberá ser fotografiado, fotocopiado y catalogado, ¿correcto?

Nadie la contradijo.

—Este señor que tenéis aquí se llama Pete y es nuestro lector. Para leer, Pete se instalará en la biblioteca. Leerá y será informado del comienzo y del fin de su misión por el director del Departamento Jurídico y por mí. Por nadie más. —Y volviéndose hacia los jóvenes desaliñados—: Vuestras conversaciones con Peter serán de carácter social, ¿correcto? Serán conversaciones amables. En ningún momento versarán sobre el material que está leyendo, ni sobre las razones por las que lo está leyendo. Vosotros ya sabéis todo eso, pero lo repito para información de Pete. Si alguno de vosotros tiene algún motivo para suponer que Pete o Millie, por error o deliberadamente, está intentando sustraer documentos u otras pruebas materiales de los locales del Circus, lo notificaréis de inmediato al Departamento Jurídico. ¿Millie?

No hubo respuesta, pero Millie todavía estaba en la puerta.

—¿Alguna vez se han utilizado o se utilizan tus habitaciones..., tu apartamento..., para algún asunto propio del Servicio?

—Que yo sepa, no.

—¿Contiene tu apartamento equipamiento del Servicio? ¿Cámaras? ¿Micrófonos? ¿Material para redactar documentos secretos? ¿Archivos? ¿Papeles? ¿Correspondencia oficial?

—No.

—¿Máquinas de escribir?

—La mía. Comprada por mí personalmente, con mi dinero.

—¿Electrónica?

—Remington manual.

—¿Radio?

—Un aparato. Comprado por mí.

—¿Grabadora?

—Para grabar de la radio. Comprada por mí.

—¿Ordenador? ¿Tableta? ¿Teléfono inteligente?

—Teléfono normal, gracias.

—Millie, date por notificada. Recibirás confirmación escrita por correo. Pepsi, por favor, acompaña a Millie *ahora* a su apartamento, ¿de acuerdo? Millie, ayuda a Pepsi en todo lo que necesite, ¿correcto? Pepsi, haz un registro a fondo y desmóntalo todo en trozos pequeños. ¿Pete?

—¿Laura...?

—¿Cómo hago para identificar los tomos activos en estas estanterías?

—Todos los libros de formato en cuarto del último estante, con autores cuyos apellidos empiecen por letras de la «A» a la «R», deberían contener documentos, si no han sido destruidos.

—Nelson, quédate aquí, en la biblioteca, hasta que llegue el equipo. Millie...

—¿Y ahora qué quieres?

—La bicicleta del vestíbulo. Llévatela a otro sitio, por favor. Molesta.

Sentados en la Sala Central, Laura y yo nos quedamos por primera vez a solas. Me ha ofrecido la silla de Control, pero yo prefiero la de Smiley. Se apropia de la de Control y se apoltrona de costado, ya sea para relajarse o para alegrarme la vista.

—Soy abogada, ¿correcto? Soy jodidamente buena en lo mío. Empecé trabajando por mi cuenta, después entré en el departamento jurídico de una empresa, y al final me cabreé y presenté la solicitud para ingresar en vuestras filas. Como era joven y guapa, me pusieron en Historia. Desde entonces, siempre he sido Historia. Cada vez que el pasado amenaza con morderle el culo al Servicio, alguien grita: «¡Laura!». Carambola tiene toda la pinta de ser un buen mordisco, créeme.

—Estarás contenta.

Si ha notado la ironía en mi voz, no lo deja traslucir.

—Y lo que queremos de *ti*, por muy cursi que te parezca, es la verdad y nada más que la verdad, y que le den por culo a la lealtad que sientes por Smiley o por cualquier otra persona. ¿Correcto?

No, no me parece correcto, pero ¿para qué voy a molestarme en decírselo?

—Cuando sepamos la verdad, sabremos cómo plegarla a nuestra conveniencia, y quizá también a tu favor, en caso de que coincidan nuestros intereses. Mi misión es desviar la mierda antes de que empiece a desbordarnos. También es lo que te conviene a ti, ¿correcto? Nada de escándalos, por muy históricos que sean. Son una distracción y conducen a comparaciones desagradables con el presente. El Servicio depende de su reputación y de su buena imagen. El fracaso, las torturas o las relaciones que hayamos podido tener con psicópatas asesinos son malas para la imagen pública. Malo para el negocio. De modo que estamos en el mismo bando, ¿correcto?

Tampoco esta vez respondo nada.

—Y ahora vienen las malas noticias. Los hijos de las víctimas de Carambola no son los únicos que han olido sangre y se nos han echado encima. Conejo le restó importancia al asunto por pura amabilidad. Hay una pandilla de parlamentarios ansiosos por acaparar la atención del público, que se mueren por poner a Carambola de ejemplo de lo que puede suceder cuando la sociedad vigilada se descontrola. Como no pueden echarle el guante a nada jugoso, se meten con el pasado. —Y cada vez más impaciente con mi silencio—: Te lo digo de verdad, Pete. Si no colaboras, esto puede...

Espera a que yo complete la frase, pero dejo que espere.

—¿De verdad no has vuelto a saber nada de él? —dice por fin.

Tardo unos segundos en comprender que estoy sentado en su silla.

—No, Laura. Te lo repito: no sé nada de George Smiley.

Se echa hacia atrás y saca un sobre del bolsillo trasero. En un fugaz momento de locura, pienso que será de George. Impreso electrónicamente. Sin marca de agua. Sin una mano humana.

Se le ha asignado alojamiento temporal, a partir del día de la fecha, en el apartamento 110 B de Hood House, Dolphin Square, Londres SW. Se aplicarán las condiciones que se especifican a continuación.

No me permiten tener animales domésticos. Ni recibir a terceros no autorizados. Debo estar presente y disponible diariamente en la dirección indicada entre las 22.00 y las 07.00 horas, o en caso contrario notificarlo por adelantado al Departamento Jurídico. Teniendo en cuenta mi posición (no especificada), una renta reducida de cincuenta libras por noche se me descontará directamente de mi pensión. No se me facturará la calefacción ni la luz, pero seré directamente responsable de las pérdidas o daños que pudiera causar a la propiedad.

El joven desaliñado que responde al nombre de Nelson asoma la cabeza por la puerta.

—Laura, ha llegado el camión.

El saqueo de los Establos está a punto de comenzar.

5

Anochecía. La tarde era otoñal, pero el calor era de verano para criterios ingleses. Conseguí acabar de alguna manera mi primera jornada en los Establos. Caminé un rato, bebí un whisky en un pub lleno de jóvenes ruidosos, cogí un autobús a Pimlico, me bajé varias paradas antes y caminé un poco más. Pronto, la mole iluminada de Dolphin Square se levantó ante mí salida de la neblina. Desde que había comenzado a trabajar bajo la bandera secreta, aquel lugar me daba escalofríos. Dolphin Square debía de tener más pisos francos por metro cúbico que cualquier otro edificio del planeta, y en todos ellos yo había entrevistado alguna vez a algún pobre peón, al comienzo o al final de su misión. También era el lugar donde Alec Leamas había pasado su última noche en Inglaterra, con los gastos pagados por sus reclutadores moscovitas, antes de partir en el viaje que iba a matarlo.

El apartamento 110 B de Hood House no hizo nada por disipar su fantasma. Los pisos francos del Circus siempre habían sido modelos de incomodidad planificada. Éste era un clásico en su género: un extintor rojo de dimensiones industriales; dos butacas llenas de bultos y con los muelles desaparecidos; la reproducción de una acuarela del lago Windermere; un minibar cerrado con candado; un cartel impreso que advertía de la prohibición de fumar «ni siquiera con la ventana abierta»; un televisor enorme, que automáticamente supuse que debía de ser también cámara y micrófono, y un teléfono mohoso sin el número indicado, para ser utilizado —en lo que a mí concernía— únicamente con fines de desinformación. Y en el minúsculo dormitorio, una cama dura como una piedra, de una sola plaza, para desalentar cualquier indulgencia de tipo sexual.

Tras cerrar la puerta del dormitorio de delante del televisor, deshice la maleta que había preparado para pasar la noche fuera y me puse a buscar un sitio donde esconder mi pasaporte francés. Encontré unas «Instrucciones en caso de incendio» mal atornilladas a la puerta del baño. Aflojé los tornillos, deslicé el pasaporte por la hendidura y volví a apretarlos, antes de bajar al restaurante y devorar una hamburguesa. Volví al apartamento, me serví una generosa medida de whisky e intenté reclinarme en una de las austeras butacas. Pero en cuanto se me cerraron los ojos, me encontré despierto otra vez y totalmente sobrio, esta vez en Berlín Occidental, en el año del Señor de 1957.

Es un viernes al final de la jornada.

Hace una semana que llegué a la ciudad dividida y estoy ansioso por pasar un par de lascivos días con sus noches en compañía de una periodista sueca llamada Dagmar, de quien me enamoré perdidamente en apenas tres minutos, en un cóctel ofrecido por nuestro alto comisionado británico, que también hace las veces de embajador de Reino Unido ante el gobierno eternamente provisional de Alemania Occidental en Bonn. Tengo una cita con ella dentro de un par de horas, pero antes he decidido pasar por nuestra Oficina de Berlín para saludar y despedir a mi viejo amigo Alec.

En el Estadio Olímpico de Berlín, en unos barracones de ladrillo rojo llenos de ecos, construidos para mayor gloria de Hitler y conocidos en otra época como la Casa del Deporte Alemán, nuestra Oficina se prepara para el fin de semana. Encuentro a Alec haciendo cola delante de la ventanilla con rejas del Registro, aguardando su turno para entregar una bandeja llena de documentos clasificados. No esperaba verme, pero ya no hay nada que lo sorprenda demasiado, de modo que le digo:

—Hola, Alec, me alegro de verte.

Y él responde:

—Anda, Peter, si eres tú. ¿Qué diablos haces por aquí?

Tras un momento de vacilación poco propio de él, me pregunta si tengo algún compromiso para el fin de semana. Le digo que sí, que de hecho lo tengo. Y replica:

—¡Qué pena! Iba a invitarte a venir conmigo a Düsseldorf.

—¿A Düsseldorf? ¿Para qué carajo te vas a Düsseldorf?

Duda un momento.

—Necesito salir un poco del jodido Berlín —responde encogiéndose de hombros con un aire de indiferencia muy poco convincente. Y como parece tener asumido que yo jamás, ni siquiera en mis sueños más estrafalarios, podría imaginarlo como un turista corriente, me explica—: Tengo que ir a ver a un tipo por un asunto de un perro.

Deduzco que quiere darme a entender que se trata de un peón del que debe ocuparse y que, en ese caso, puedo serle útil como testigo, protección o cualquier otra cosa. Pero no es razón para dejar plantada a Dagmar.

—No puedo, Alec, lo siento. Hay una dama escandinava que requiere toda mi atención. Y yo la suya.

Se queda pensando un momento, pero de una manera que yo normalmente no asociaría con Alec. Es como si se sintiera ofendido, o desconcertado. Un funcionario del Registro hace gestos de impaciencia al otro lado de la reja. Alec le entrega los papeles y el hombre firma el recibo.

—Una mujer sería una buena compañía —comenta sin mirarme.

—¿Aunque crea que soy un funcionario del Ministerio de Trabajo en busca de talento científico alemán? ¡No me fastidies!

—Tráela. Nos vendrá bien —dice.

Y cualquiera que haya conocido a Alec tanto como yo sabrá que eso era lo más parecido a un grito de auxilio que podía salir de su boca. En todos los años de cazar juntos, en medio de tantas vicisitudes, nunca lo había visto tan perdido.

Dagmar acepta la invitación, de modo que esa misma tarde los tres volamos por el corredor aéreo hasta Helmstedt, alquilamos un coche, seguimos hasta Düsseldorf por carretera y nos alojamos en un hotel que Alec conoce. Durante la cena, prácticamente no habla; pero Dagmar, que ha resultado ser una compañera estupenda, se las arregla sola para animar la velada. Nos escabullimos temprano a nuestra habitación y disfrutamos de nuestra noche de lascivia, con gran satisfacción para ambos. El sábado por la mañana nos levantamos tarde y nos reunimos con Alec para desayunar. Dice que tiene entradas para un partido de fútbol. Nunca en mi vida lo había oído expresar el menor interés por el deporte. Al final resulta que las entradas son cuatro.

—¿Para quién es la cuarta? —le pregunto, imaginando que quizá tiene un amor secreto, disponible únicamente los sábados.

—Para un chico que conozco —dice.

Nos sentamos en el coche —Dagmar y yo en el asiento trasero—, y nos ponemos en marcha. Alec para en una esquina. Un chico alto de expresión rígida lo está esperando debajo de un cartel de Coca-Cola. Alec abre la puerta, el chico salta al asiento delantero y Alec nos lo presenta.

—Se llama Christoph.

—Hola, Christoph —decimos nosotros, y arrancamos en dirección al estadio.

Alec habla un alemán tan bueno como su inglés, o probablemente mejor, y lo habla en voz baja con el chico. El muchacho murmura alguna cosa, asiente o niega con la cabeza. ¿Qué edad tiene? ¿Catorce años? ¿Dieciocho? Tenga la edad que tenga, es el eterno adolescente alemán de tipo autoritario: hosco, lleno de acné y rencorosamente obediente. Es rubio, pálido y de hombros cuadrados, y, para ser tan joven, no sonríe demasiado. Alec y él ven el partido de pie, uno junto a otro, y de vez en cuando intercambian un comentario que no consigo oír, pero el chico no grita para animar a su equipo. Simplemente mira. Durante el descanso, los dos desaparecen. Supongo que habrán ido al lavabo o quizá a comprar un perrito caliente, pero Alec vuelve solo.

—¿Dónde está Christoph? —le pregunto.

—Ha tenido que volver a casa —responde con cierta brusquedad—. Órdenes de su madre.

No nos vimos más durante el resto del fin de semana. Dagmar y yo pasamos más ratos felices en la cama, pero no tengo ni idea de lo que hizo Alec. Supuse que Christoph sería el hijo de uno de sus peones y que necesitaba salir y distraerse un poco, porque con los peones el bienestar es lo primero y todo lo demás ocupa un segundo plano. Solamente más adelante, cuando ya me preparaba para regresar a Londres y Dagmar estaba sana y salva en Estocolmo con su marido, me reuní con Alec en uno de sus muchos bares favoritos de Berlín para despedirnos y le pregunté de pasada quién era Christoph, porque el chico me había parecido un poco quisquilloso y hasta maleducado, y probablemente le dije algo al respecto.

Al principio pensé que reaccionaría con otro de aquellos extraños silencios suyos, porque había vuelto la cara hacia otro lado y no podía verle la expresión.

—¡Soy el puto padre del chico, por el amor de Dios! —dijo.

Después, de mala gana, en breves parrafadas inconexas y sin molestarse siquiera en pedirme que le guardara el secreto, porque sabía que yo lo haría, me contó la historia, o al menos la parte que estaba dispuesto a contar. Una mujer alemana, que había hecho de mensajera cuando él estaba en Berna y ella en Düsseldorf. Buena chica. Habían tenido una aventura. Ella quería casarse; él no. Entonces la mujer se había casado con un abogado de la ciudad. El tipo adoptó al niño, lo único decente que había hecho en su vida. La mujer le permitía a Alec ver al chico de vez en cuando. No podía contárselo al cerdo de su marido, porque el hijo de puta le habría pegado.

Y la imagen final que todavía sigo viendo mientras me levanto de mi austera butaca: Alec y el chico llamado Christoph, de pie juntos, mirando rígidamente el partido. La misma expresión en la cara de ambos, los dos con la misma mandíbula irlandesa.

En algún momento de la noche debo de haberme quedado dormido, pero no lo recuerdo. Son las seis de la mañana en Dolphin Square y las siete en Bretaña. Catherine ya se habrá levantado. Si estuviera en casa, yo también me habría levantado, porque Isabelle se pone a cantar en cuanto *Chevalier*, el jefe del gallinero, toca diana. La voz de la niña cruza el patio desde la casa de Catherine, porque Isabelle necesita tener siempre abiertas las ventanas de su dormitorio, haga el tiempo que haga. Ya le habrán dado el desayuno a las cabras y Catherine le estará dando el suyo a Isabelle, probablemente en un juego de persecuciones por el patio, con Isabelle que escapa y Catherine que corre tras ella con una cuchara de yogur en la mano. Y las gallinas, bajo el inútil mando de *Chevalier*, se estarán comportando en general como si estuviera próximo el fin del mundo.

Mientras me imaginaba la escena, se me ocurrió que si llamaba a la casa principal y Catherine casualmente pasaba por allí y llevaba las llaves encima, era posible que oyera el teléfono y contestara. Decidí probar suerte a pesar de las escasas probabilidades de éxito, utilizando uno de mis móviles de prepago, porque no pensaba permitir que Conejo escuchara la conversación. El teléfono de la granja no tiene contestador automático, de modo que lo dejé sonar unos minutos, y cuando ya estaba a punto de darme por vencido, oí la voz de Catherine, que es bretona y a veces suena un poco más severa de lo que quizá pretende.

—¿Estás bien, Pierre?

—Bien, sí. ¿Tú también, Catherine?

—¿Ya has despedido a tu amigo fallecido?

—Todavía faltan un par de días.

—¿Pronunciarás un gran discurso?

—Grandísimo.

—¿Estás nervioso?

—Aterrorizado. ¿Cómo está Isabelle?

—Isabelle está bien. No ha cambiado en tu ausencia. —Para entonces ya había empezado a notar un trasfondo de fastidio en su voz, o quizá incluso una emoción algo más intensa—. Ayer vino a verte un amigo tuyo. ¿Esperabas la visita de un amigo, Pierre?

—No. ¿Qué clase de amigo?

Pero como toda persona experta en interrogatorios, Catherine responde cuando quiere y como ella quiere.

—Le dije: «No, Pierre no está en casa. Está en Londres, haciendo de buen samaritano. Se ha muerto alguien y él ha ido a consolar a los parientes y amigos del difunto».

—Pero ¿quién era el hombre que fue a visitarme, Catherine?

—No sonreía. Fue bastante grosero y muy insistente.

—¿Qué quieres decir? ¿Se propasó contigo?

—Me preguntó quién había muerto. Le dije que no lo

sabía. Me preguntó por qué no lo sabía. Le dije: «Porque Pierre no me cuenta todo lo que hace». Se rio y dijo: «Quizá a la edad de Pierre todos los amigos se están muriendo». Me preguntó si había sido algo repentino y si el difunto era hombre o mujer. Quiso saber si te alojabas en un hotel en Londres. «¿En cuál?», me preguntó. «¿Cuál es la dirección? ¿Cómo se llama?» Le dije que no lo sabía y que estaba muy ocupada, porque tengo una niña y una granja que atender.

—¿Era francés?

—Quizá alemán. O estadounidense.

—¿Llegó en coche?

—En taxi. De la estación. Lo trajo Gascon. «Págueme por adelantado», le dijo Gascon. «De lo contrario, no lo llevo.»

—¿Qué aspecto tenía?

—Hosco. Corpulento como un boxeador. Con muchos anillos en los dedos.

—¿Edad?

—Unos cincuenta años. O sesenta. No sé, no le conté los dientes. Quizá más.

—¿Te dijo su nombre?

—Dijo que no era necesario, que vosotros dos erais viejos amigos y que solíais ir juntos al fútbol.

Me quedo inmóvil, casi sin respirar. Intento levantarme de la cama, pero padezco una *fuite du courage.* ¿Cómo demonios lo has hecho, Christoph, hijo de Alec, litigante, ladrón de archivos de la clausurada Stasi, criminal con una ficha policial tan larga como mi brazo, para seguirme la pista hasta Bretaña?

Heredé la granja de Les Deux Églises de la familia de mi madre. Su apellido de soltera figuraba todavía en todos los registros. No había ningún Pierre Guillam en la guía telefónica del municipio. ¿Habría sido Conejo? ¿Le habría facilitado él mi dirección a Christoph por sus propias enigmáticas razones? ¿Con qué propósito?

Pero de pronto recuerdo mi peregrinaje en moto hasta un cementerio de Berlín barrido por la lluvia un oscuro día de invierno de 1989, y todo cobra sentido.

Hace un mes que ha caído el Muro de Berlín. Alemania está exultante; nuestro pequeño pueblo bretón, no tanto. Y yo parezco suspendido en algún punto entre ambos. En determinados momentos me alegro de que haya estallado una especie de paz y en otros me pierdo en la introspección, pensando en las cosas que hicimos y en los sacrificios que aceptamos, sobre todo de vidas ajenas, durante los largos años en que creíamos que el Muro iba a durar para siempre.

Sumido en ese incierto estado de ánimo, estaba luchando con la declaración anual de ingresos de la granja en el estudio de Les Deux Églises cuando nuestro nuevo y joven cartero Denis, a quien aún no habíamos dignificado con el título de *monsieur*, menos aún con el de *général*, llegó montado en su bicicleta y no al volante de una furgoneta amarilla y no me entregó una carta a mí, sino al viejo Antoine, un veterano de guerra con una sola pierna, que, como de costumbre, estaba perdiendo el tiempo en el patio con una horqueta en la mano, sin nada concreto que hacer.

Tras examinar cuidadosamente el sobre por los dos lados, Antoine decidió finalmente que podía dármelo, y entonces vino cojeando hasta mi puerta, me lo entregó y retrocedió unos pasos, sin marcharse, para poder observar mi reacción mientras leía su contenido.

Mürren, Suiza

Querido Peter:

Pensé que te gustaría saber que las cenizas de nuestro amigo Alec han recibido sepultura recientemente en Berlín, cerca del lugar donde murió. Parece que era habitual incinerar en secreto los cuerpos de las personas asesinadas junto al Muro y dispersar sus cenizas. Sin embargo, gracias a los detallados archivos de la Stasi, hemos podido averiguar que en el caso de Alec se habían tomado medidas excepcionales. Sus restos han sido localizados y han podido recibir una sepultura decente, aunque tardía.

Un fuerte abrazo,

George

Y en una hoja aparte —las viejas costumbres no se pierden con facilidad—, la dirección de un pequeño cementerio en el barrio berlinés de Friedrichshain, oficialmente reservado a las víctimas de la guerra y la tiranía.

Por aquel entonces yo vivía con Diane, otro capricho pasajero que se acercaba a su fin. Creo que le dije que un amigo estaba enfermo. O quizá que había muerto. Monté en la moto —todavía era esa época— y me fui directamente a Berlín sin escalas, con uno de los tiempos más inclementes que he tenido que soportar. Busqué el cementerio y pregunté en la puerta dónde podía encontrar a Alec. La lluvia caía densa y sin tregua. Un viejo que debía de ser una especie de sacristán me dio un paraguas y un plano y me señaló un largo sendero gris entre los árboles. Al cabo de un momento encontré lo que buscaba: una tumba reciente y una lápida de mármol de un blanco fantasmagórico bajo la lluvia con la inscripción ALEC JOHANNES LEAMAS. No había fechas ni nada que indicara una profesión, y la tumba parecía de cuerpo entero, aunque sólo estaban enterradas sus cenizas. ¿Por ocultación? «Tantos años de amistad —pensé— y nunca me habías dicho que te llamabas Johannes. Típico de ti.» No le había llevado flores, porque pensé que se habría reído de mí, de modo que me quedé parado bajo el paraguas y tuve una especie de diálogo interno con él.

Cuando ya volvía hacia la moto, el viejo me preguntó si quería firmar en el libro de condolencias. «¿Libro de condolencias?» Me explicó que era su obligación ocuparse de los diferentes libros y que, más que un deber, era un servicio que les hacía a los difuntos. Me dije que por qué no. La primera inscripción estaba firmada con las letras «GS» y la dirección indicada era «Londres». En la columna de comentarios, solamente una palabra: «Amigo». Ése era George, o al menos todo lo que estaba dispuesto a admitir. Debajo de George, una serie de nombres alemanes que no me dijeron nada, con comentarios del tipo «No te olvidaremos», hasta llegar al nombre de Christoph, solo, sin apellido. En la columna de comentarios, la palabra «*Sohn*», «hijo». Y bajo la dirección, «Düsseldorf».

¿Debió de ser un fugaz ataque de euforia por la caída del Muro y por el hecho de que el mundo volvía a ser libre —sobre lo cual albergaba profundas dudas—, o tal vez la sensación de que ya había tenido suficiente secretismo en mi vida, o simplemente la necesidad de dar un paso al frente bajo la lluvia torrencial y sentir que me contaba entre los amigos de Alec? Por el motivo que fuera, lo hice: escribí mi nombre auténtico, mi verdadera dirección en Bretaña y, en la columna de comentarios, a falta de otra cosa mejor, «Pierrot», porque así me llamaba Alec en las raras ocasiones en que se ponía afectuoso.

Y tú, Christoph, mi hosco compañero de duelo e hijo de Alec, ¿qué hiciste? En una de tus visitas posteriores a la tumba de tu padre —estoy suponiendo sin fundamento que lo visitaste varias veces más, aunque fuera con fines de investigación—, echaste casualmente otro vistazo al libro de condolencias, ¿y qué viste? «Peter Guillam» y «Les Deux Églises», escrito para ti con todas las letras. No un alias, ni la dirección de un piso franco, sino mi identidad desnuda y el lugar donde vivo. Así fue como llegaste a Bretaña desde Düsseldorf.

¿Cuál será tu siguiente jugada, Christoph, hijo de Alec? Todavía me parece oír la afeminada voz de abogado de Conejo, que ayer decía: «Christoph no carece de talento, Peter. Quizá los genes ayudan».

6

«Pete es nuestro *lector* —había declarado Laura ante su admirativa audiencia—. Para leer, se instalará aquí, en la biblioteca.» Me veo en los días que siguieron, no tanto como un lector, sino como una especie de estudiante veterano obligado a examinarse de una asignatura que debería haber aprobado cincuenta años atrás. De forma intermitente, el estudiante tardío es arrastrado fuera de la sala y sometido a un examen oral por parte de unos profesores cuyo conocimiento de la materia resulta misteriosamente irregular, aunque aun así intentan ponerlo en un aprieto. También de forma intermitente, el veterano estudiante se siente tan estupefacto ante las excentricidades de su antiguo yo que está a punto de negarlas, pero las pruebas materiales acaban arrancándole una condena de su propia boca. Cada mañana, al llegar, me ponen delante una pila de carpetas. Algunas me resultan familiares y otras no tanto. Robar un expediente no implica haberlo leído.

En la mañana de mi segundo día, la biblioteca permaneció cerrada a todas las visitas. Por los golpes que se oían dentro y por las idas y venidas de hombres y mujeres en chándal que nadie se molestó en presentarme, supuse que el registro se había prolongado toda la noche y que aún continuaría. Después, por la tarde, un silencio siniestro. Mi mesa de escritorio no era una mesa, sino una tabla apoyada sobre caballetes e instalada como un patíbulo en medio de la sala. Las estanterías habían desaparecido, pero no sin dejar una huella espectral sobre el papel pintado de las paredes, como la sombra de los barrotes de una cárcel.

—Cuando encuentres una rosa, para —me ordena Laura antes de irse.

¿Una *rosa*? Se refiere a los clips de color rosa intercalados a intervalos entre las carpetas. Nelson asume en silencio su papel de celador y abre un grueso libro en formato de bolsillo. La biografía de Tolstói, de Henri Troyat.

—Llámanos cuando necesites ir al lavabo, ¿de acuerdo? Mi padre tiene que orinar cada diez minutos.

—Pobre hombre.

—Puedes ir siempre que quieras, mientras no te lleves nada de aquí.

Y en medio de todo eso, una tarde extraña en la que Laura sustituye a Nelson en el puesto de celador sin ninguna explicación y, tras vigilarme con expresión adusta durante una hora y media o más, me dice:

—A la mierda todo. ¿Qué me dices de una cena gratis, Pete?

—¿Ahora? —pregunto.

—Ahora. Esta noche. ¿Cuándo, si no?

¿Gratis para quién? Me lo estoy preguntando mientras

me encojo de hombros para indicar con cierta cautela que acepto su invitación. ¿Gratis para ella? ¿Para mí? ¿O para los dos, porque paga la Oficina? Damos por terminada la jornada y nos vamos a un restaurante griego que hay en la misma calle, un poco más arriba. Laura ha reservado mesa. Se ha puesto falda. La mesa está en un rincón y tiene una vela apagada, dentro de una cesta roja. No sé por qué conservo la imagen de la vela apagada, pero ahí está. También la del dueño del restaurante, que se inclina sobre la mesa, enciende la vela y me asegura que tengo las mejores vistas de la sala, refiriéndose a Laura.

Bebemos un ouzo y después otro. Solo y sin hielo, porque así lo ha pedido ella. ¿Será un poco alcohólica, querrá tener algo conmigo —¡a mi edad, por Dios santo!— o pensará que el alcohol le soltará la lengua al viejo? ¿Y qué debo pensar sobre la pareja de mediana edad y aspecto corriente sentada a la mesa contigua, que se empeña en no mirarnos?

Laura lleva puesta una blusa sin mangas que brilla a la luz de la vela, y el escote se le ha abierto un poco. Pedimos los entrantes habituales —tarama, humus y pescadito frito—, y como a ella le encanta la musaca, pedimos dos. Entonces se embarca en una clase diferente de interrogatorio, de tipo insinuante.

—¿Es verdad, Pete, lo que le dijiste a Conejo de que Catherine y tú no sois más que buenos amigos? Porque, francamente, Pete —añade en tono suave e íntimo—, con tus antecedentes, ¿cómo es posible que convivas con una chica francesa superatractiva y no te acuestes con ella? A menos que seas gay y lo ocultes, como cree Conejo. Te advierto que Conejo cree que todo el mundo es gay. Debe de ser que él mismo lo es y no quiere admitirlo.

La mitad de mí desearía mandarla al infierno, pero la otra mitad quiere averiguar qué se propone. De modo que me contengo.

—Te lo digo de verdad, Pete, ¡es increíble! —insiste—. Y no me digas que has retirado la caballería del frente de batalla, como solía decir mi padre, porque de un viejo zorro como tú no me lo podría creer.

Le pregunto, contra mi propia intuición, qué le hace pensar que Catherine es tan atractiva. Me contesta que se lo ha contado un pajarito. Estamos bebiendo vino griego, negro como la tinta y con el mismo sabor, y ella se inclina sobre la mesa, ofreciéndome una vista privilegiada de su escote.

—Vamos a ver, Pete, dime la verdad. Palabra de *boy scout*, ¿de acuerdo? De *todas* las mujeres con las que te has acostado a lo largo de los años, ¿cuál se lleva la palma y el número uno absoluto? —me pregunta entre risas.

—¿Qué te parece si me lo cuentas tú primero? —replico, y se le congela la risa.

Pido la cuenta y la pareja de la mesa contigua también la pide. Laura dice que cogerá el metro. Yo, que volveré andando. Hasta hoy no sé si tenía la misión de hacerme hablar o si no era más que otra alma solitaria en busca de un poco de calor humano.

Soy el lector. La cubierta beige de la carpeta que tengo delante está en blanco, excepto por una referencia de archivo manuscrita. No reconozco la letra, aunque probablemente es mía. El primer documento lleva los sellos de «Máximo secreto» y «Protegido», lo que significa que no debe revelarse a los estadounidenses. Es un informe —o tal vez sería mejor describirlo como un escrito de disculpa— redactado por un tal Stavros de Jong, un tipo desgarbado de metro noventa de estatura y veinticinco años de edad que el Circus ha enviado a prueba. Stas, como solemos llamarlo, se ha graduado en Cambridge y aún le faltan seis meses para optar a un contrato definitivo. Está adscrito a la sección de Operaciones Encubiertas de la Oficina de Berlín, dirigida por quien ha sido mi amigo y camarada en una sucesión de operaciones malogradas, el veterano agente de campo Alec Leamas.

Por cuestiones de protocolo, por ser el responsable local de Encubiertas, Leamas también es *de facto* el subdirector de la Oficina. En consecuencia, el informe de Stas va dirigido a Leamas en calidad de tal, y reenviado al jefe de Operaciones Encubiertas en Londres, George Smiley.

Informe de S. de Jong para S.D. Oficina de Berlín [Leamas], con copia a D.C. [Dirección Conjunta]

He recibido instrucciones de presentar el siguiente informe.

Como el día de Año Nuevo fue frío pero soleado y además festivo, mi mujer Pippa y yo decidimos llevar a nuestros hijos (Barney, de tres años, y Lucy, de cinco) y a nuestro perro *Loftus,* de raza Jack Russell, a Köpenick, en Berlín Oriental, para merendar junto al lago bien abrigados y dar un paseo por el bosque cercano.

Nuestro coche familiar es un Volvo Estate azul con matrícula militar británica delantera y trasera, lo que nos permite circular sin restricciones entre los diferentes sectores de Berlín. Y Köpenick, en Berlín Oriental, es uno de los lugares que solemos frecuentar para nuestros pícnics. A los niños les encanta.

Aparqué como siempre junto a la valla que rodea la antigua cervecería de Köpenick, actualmente abandonada. No había ningún otro coche, pero sí vimos a unos pocos pescadores a orillas del lago, que no nos prestaron atención. Desde el coche, fuimos con nuestra cesta a través del bosque hasta el promontorio cubierto de hierba donde solemos instalarnos, junto al lago, y enseguida nos pusimos a jugar al escondite. *Loftus* ladraba ruidosamente, lo que causó la irritación de uno de los pescadores, que se volvió y nos insultó, diciendo que *Loftus* ahuyentaba a los peces.

Era un hombre flaco, de unos cincuenta años, con el pelo entrecano. Lo reconocería si lo viera de nuevo. Llevaba una gorra negra y un viejo abrigo de la Wehrmacht despojado de sus insignias.

A las 15.30, como se acercaba la hora de la siesta de Barney, recogimos nuestras cosas y dejamos que los niños volvieran al coche corriendo, llevando la cesta entre los dos, con *Loftus* ladrando detrás.

Al llegar al coche, sin embargo, dejaron caer la cesta alarmados y corrieron de vuelta a nuestro lado, seguidos de *Loftus*, que no dejaba de ladrar, para informarnos de que un ladrón había forzado la puerta del conductor y había «robado completamente la cámara de papá», según dijo Lucy.

En efecto, la puerta del conductor había sido forzada

y la manija estaba rota, pero la vieja cámara Kodak, que yo había olvidado en la guantera, seguía en su sitio. Tampoco habían robado mi abrigo, ni las provisiones compradas en la NAAFI, que sorprendentemente encontramos abierta antes de cruzar a Berlín Oriental, pese a ser el día de Año Nuevo.

Lejos de robar nada, el intruso había dejado una lata de tabaco Memphis junto a mi cámara y, en su interior, un pequeño cartucho de níquel, que de inmediato reconocí como el contenedor estándar de las películas subminiatura Minox.

Como era festivo y hacía poco que había asistido a un curso de fotografía operativa, decidí que era preciso llamar al oficial de turno de la Oficina. Por eso, al llegar a casa, revelé de inmediato la película en nuestro cuarto de baño sin ventanas, utilizando para ello el equipo proporcionado por el Servicio.

Hacia las 21.00, tras examinar bajo una lente de aumento alrededor de un centenar de fotogramas del negativo revelado, alerté al subdirector de la Oficina [Leamas], que me dio instrucciones de llevar de inmediato el material al cuartel general y preparar un informe escrito, que es lo que estoy haciendo.

En retrospectiva, reconozco que debería haber llevado directamente a la Oficina de Berlín la película sin revelar para que la procesara la sección de fotografía, y que fue poco seguro y potencialmente desastroso que alguien a prueba como yo revelara el material en casa. Como justificación, querría reiterar que el 1 de enero es un día festivo y no me pareció bien molestar a la Oficina con algo que podía ser una falsa alarma, por no mencionar que superé con las mejores calificaciones, en Sarratt, el curso de fotografía operativa. Aun así, lamento sinceramente mi decisión y me gustaría añadir que he aprendido la lección.

S. de J.

Y al pie de la carta, la nota indignada de Alec, escrita a mano, dirigida al director de Operaciones Encubiertas, Smiley:

George:

Este pedazo de imbécil mandó una copia a la Conjunta antes de que pudiéramos pararlo. Ahí tienes el resultado de la educación universitaria. Te sugiero que convenzas a P. Alleline, B. Haydon y T. Esterhase, al gilipollas de Roy Bland y al resto de la pandilla de que no ha sido nada digno de atención: material de ínfima categoría, pérdida de tiempo, etcétera.

Alec

Pero Alec no era el tipo de persona que se queda de brazos cruzados, sobre todo cuando el futuro de su carrera está en juego. Su contrato con el Circus se acercaba a su fin, había superado el límite de edad de los agentes operativos y tenía pocas perspectivas de que le permitieran apoltronarse en un acogedor despacho de la Oficina Central, lo que explica el tono de desconfianza con que Smiley describe las medidas que tomó Alec a continuación:

D. Encubiertas Marylebone [Smiley] a Control. Uso exclusivo y personal. Entrega en mano

Asunto: A.L., S.D. Encubiertas Berlín

Y escrito a mano, con la inmaculada caligrafía de George:

C.: Te sorprenderá tanto como a mí saber que A.L. se presentó ayer a las diez de la noche en mi casa de Chelsea, sin anunciarse. Como Ann se ha ido a un balneario por unas curas termales, yo estaba solo. El hombre olía a alcohol, como es bastante habitual en él, pero no estaba borracho. Insistió en que desconectara el teléfono del salón antes de empezar a hablar y, pese a las condiciones de frío extremo, quiso sentarse en la galería, con vistas al jardín, aduciendo que es imposible «poner micrófonos en los cristales». Me dijo que había venido de Berlín esa misma tarde en un avión de línea, para no figurar en el registro de los vuelos de la Fuerza Aérea, que según sospecha están bajo vigilancia de la Dirección Conjunta. Por la misma razón, ya no confía en los mensajeros del Circus.

Lo primero que quiso saber fue si yo había desviado la atención de la Conjunta en lo relativo al material de Köpenick, tal como me había pedido. Le contesté que creía haberlo conseguido, ya que era bien sabido que la Oficina de Berlín recibía con frecuencia ofertas aisladas de información inútil.

Entonces sacó del bolsillo la hoja que te adjunto y me explicó que era un resumen preparado únicamente por él del material contenido en los cartuchos de Köpenick, aunque sin posibilidad de confirmación por cualquier otra fuente, ya fuera abierta o encubierta.

Me vienen a la mente dos imágenes al mismo tiempo: una de George y Alec, inclinados cabeza con cabeza sobre el resumen, la gélida galería acristalada de Bywater Street; la otra, de Alec a solas, la noche anterior, con la espalda encorvada sobre su vieja Olivetti y una botella de whisky en el despacho lleno de humo del sótano del Estadio Olímpico, en Berlín Occidental. Tengo ante mí el resultado de sus esfuerzos: una mugrienta hoja mecanografiada, manchada de Tipp-Ex y metida en una cubierta de plástico transparente, cuyo texto dice así:

1. Actas de una conferencia del KGB sobre servicios de inteligencia del bloque del Este. Praga, 21 de diciembre de 1957.
2. Nombre y graduación de oficiales del KGB contratados en origen y adjuntos a la dirección de la Stasi, a 5 de julio de 1956.
3. Identidad de agentes de primer nivel de la Stasi en activo en el África subsahariana.
4. Nombres, graduación y nombres en clave de todos los oficiales de la Stasi que reciben actualmente formación en la URSS.
5. Ubicación de seis nuevas instalaciones de radio soviéticas en la RDA y Polonia, a 5 de julio de 1956.

Paso una página y encuentro la continuación del informe manuscrito de Smiley a Control, sin una sola tachadura:

El resto de la historia de Alec se desarrolla de la siguiente manera. A partir del descubrimiento realizado por De Jong —si es que lo fue—, Alec confisca una vez por semana el Volvo familiar de los De Jong y también su perro; coloca en la guantera del vehículo quinientos dólares y un libro infantil de colorear con su número de teléfono garabateado en una de las páginas; carga su equipo de pesca en la parte trasera del coche (hasta ahora no tenía noticias de que Alec pescara y todavía me permito dudarlo); se dirige a Köpenick y aparca en el mismo lugar y a la misma hora en que había aparcado De Jong. Al tercer intento, tiene suerte. Observa que los quinientos dólares han sido reemplazados por dos cartuchos de película y que el libro de colorear con el teléfono ha desaparecido.

Dos noches después, ya en Berlín Occidental, recibe una llamada por la línea directa de un hombre que se niega a dar su nombre, pero afirma que suele pescar en Köpenick. Alec le da instrucciones para que se presente delante del portal de un determinado número de la Kurfürstendamm a las 19.20 del día siguiente, con un ejemplar de *Der Spiegel* de la semana anterior en la mano izquierda.

El encuentro resultante, que tuvo lugar en el interior de una furgoneta Volkswagen conducida por De Jong, duró dieciocho minutos. Anémona, como Alec arbitrariamente lo bautizó, se negó al principio a revelar su nombre e insistió en que los cartuchos no eran suyos, sino «de un amigo que está en la Stasi» cuya identidad debía proteger. Insistió en que su papel era simplemente de intermediario voluntario y que sus motivaciones no eran mercenarias, sino ideológicas.

Pero Alec le respondió que no estaba interesado. Un material de origen desconocido entregado por un intermediario anónimo carecía de valor. Así que no había trato. Finalmente —y sólo ante la insistencia de Alec, según nos lo cuenta—, Anémona sacó del bolsillo una tarjeta de visita con el nombre del doctor Karl Riemeck y la dirección del hospital Charité, en Berlín Oriental. Al dorso de la tarjeta, una dirección en Köpenick, escrita a mano.

Alec está convencido de que Riemeck solamente quería evaluarlo a él antes de revelar su identidad, y cree que al cabo de diez minutos abandonó sus reservas. Pero no debemos olvidar que Alec es irlandés.

Así pues, se nos plantean unas cuantas preguntas obvias:

Aunque el doctor Riemeck sea quien dice ser, ¿quién es su mágica subfuente?

¿Estamos ante otra refinada trampa de la Stasi?

¿O bien —me apena sugerirlo— se trata de un montaje un poco más casero, preparado por el propio Alec?

En conclusión:

Alec pide con cierto apasionamiento —debo decirlo— que le permitamos pasar a la fase siguiente con Anémona sin someterlo a ninguna de las pesquisas e indagaciones habituales, que en la presente situación no se podrían llevar a cabo sin el conocimiento y la participación de la Dirección Conjunta. Los dos conocemos sus reservas y me atrevo a afirmar que las compartimos con cautela.

Sin embargo, Alec no es tan prudente como nosotros respecto a sus sospechas. Anoche, después del tercer whisky, ya me había señalado a Connie Sachs como agente doble del Centro de Moscú dentro del Circus, con Toby Esterhase en segunda posición. Su teoría, sin más base que su intuición alimentada por el alcohol, era que los dos habían caído en una *folie à deux* de carácter sexual y que los rusos los habían descubierto y los estaban chantajeando. Finalmente conseguí que se fuera a la cama hacia las dos de la madrugada, pero a las seis me lo encontré otra vez en la cocina, preparándose unos huevos con beicon.

¿Qué hacemos ahora? Globalmente, me inclino a darle el visto bueno para que siga adelante en sus propios términos con su Anémona (lo que en la práctica significa dar por buena su misteriosa subfuente de la Stasi). Como los dos sabemos, sus días como agente operativo están contados y tiene todas las razones para querer prolongarlos. Pero también sabemos que la parte más difícil de nuestro trabajo es otorgar nuestra confianza a alguien. Basándose en su instinto y poco más, Alec se declara absolutamente convencido de la buena fe de Anémona. Podría ser la inspirada corazonada de un veterano o el último intento de un agente veterano que se enfrenta al fin natural de su carrera.

Recomiendo respetuosamente que lo dejemos seguir adelante, teniendo todo esto en cuenta.

G.S.

Pero Control no se deja convencer tan fácilmente, como demuestra el siguiente intercambio:

Control a G.S.: Me preocupa seriamente que Leamas esté barriendo para su casa. ¿Dónde están los otros indicadores? Seguramente será posible comprobar la veracidad de la información en áreas que no estén contaminadas por el punto de vista de Leamas, ¿o no?

G.S. a Control: He consultado por separado al Foreign Office y al Departamento de Defensa, con un pretexto. Los dos consideran que el material es de buena calidad. No creen que sea un montaje. Queda la posibilidad de que sea información veraz pero de menor importancia, con el fin de colarnos después un engaño mayúsculo.

Control a G.S.: Me preocupa que Leamas no haya consultado con su jefe en Berlín. Ese tipo de maniobras entre bambalinas no le hacen ningún bien al Servicio.

G.S. a Control: Por desgracia, Alec considera que su jefe es anti-Encubiertas y pro-Conjunta.

Control a G.S.: No puedo prescindir de un ejército de funcionarios de alto nivel por la sospecha sin pruebas de que uno de ellos pudiera ser una manzana podrida.

G.S. a Control: Me temo que para Alec la Conjunta es todo un huerto de manzanas podridas.

Control a G.S.: Entonces quizá deberíamos prescindir de él.

La siguiente propuesta escrita de Alec es completamente diferente: mecanografía inmaculada y un estilo de redacción muy superior al suyo. Enseguida sospecho que Stas de Jong, graduado con honores en Lenguas Modernas, debió de ser el amanuense de Alec. De modo que esta vez veo al larguirucho Stas, con su metro noventa, encorvado sobre la Olivetti en el despacho lleno de humo del sótano de la Oficina de Berlín mientras Alec va y viene por la habitación, chupando uno de sus infames cigarrillos rusos y dictando con áspero acento irlandés un torrente de obscenidades que De Jong omite discretamente.

Informe del encuentro del 2 de febrero de 1959. Lugar: casa segura K2, Berlín. Presentes: S.D. Oficina de Berlín, Alec Leamas (PAUL), y Karl Riemeck (ANÉMONA) Fuente ANÉMONA. Segundo encuentro. Ultrasecreto, personal y privado. De A.L. a D. Encubiertas Marylebone

---

La fuente Anémona, conocida por la élite de la RDA como *el Doctor de Köpenick* (por una obra de Carl Zuckmayer de título similar), es el médico de confianza de un selecto círculo de *Prominenz* del Partido Comunista y de la Stasi, así como de sus familias, muchas de las cuales residen en las villas y apartamentos de Köpenick, a orillas del lago. Sus credenciales socialistas son impecables. Manfred, su padre, ya era comunista a principios de los años treinta. Luchó junto a Thälmann en la guerra civil española. Durante la guerra, Anémona pasaba secretamente mensajes para su padre, a quien en 1944 la Gestapo disparó en el campo de concentración de Buchenwald. Así pues, Manfred no vivió para ver el advenimiento de la revolución en Alemania del Este, pero su hijo Karl, por amor a su padre, estaba determinado a ser su más fiel defensor. Tras finalizar el bachillerato con honores, estudió Medicina en Jena y Praga, donde destacó como uno de los mejores de su promoción. No contento con trabajar largas horas en el único hospital universitario de Berlín Oriental, abrió en su casa familiar de Köpenick, que comparte con su anciana madre Helga, una consulta informal para pacientes selectos.

Por ser miembro innato de la élite de la RDA, Anémona también recibe encargos médicos de naturaleza delicada. Si un alto funcionario del SED contrae una enfermedad venérea durante una visita a un lugar remoto y no quiere que sus superiores lo sepan, Anémona le firma un diagnóstico falso. Si un preso de la Stasi muere a consecuencia de un fallo cardíaco durante un interrogatorio pero el certificado de defunción debe contar una historia diferente, Anémona se encarga de que así sea. Si un prisionero de gran valor para la Stasi está a punto de ser sometido a un interrogatorio con métodos bruscos, Anémona evalúa su estado físico y psicológico para determinar su nivel de tolerancia.

En vista de todas esas responsabilidades, le han concedido la categoría de *Geheime Mitarbeiter* («colaborador secreto», GM para abreviar), que le exige presentar un informe mensual a un responsable de la Stasi, un tal Urs ALBRECHT, descrito como «un funcionario sin demasiada imaginación». Anémona explica que sus informes a Albrecht son «selectivos, en gran parte inventados y sin consecuencias posibles». Albrecht, por su parte, dice de él que es «un buen médico, pero un espía nefasto».

A título excepcional, Anémona dispone además de un pase que le da acceso a la «pequeña ciudad», también conocida como Maiakovskiring, en Berlín Oriental, donde viven muchos altos cargos de la RDA, estrictamente protegidos del resto de la población por la Brigada Dzerzhinsky, una unidad especial. Aunque la «pequeña ciudad» dispone de clínica propia —como también de tienda de artículos importados, guardería, etcétera—, Anémona puede entrar en el sanctasanctórum para tratar a sus ilustres pacientes «privados». Una vez dentro del cordón de seguridad —afirma—, las normas de discreción se relajan, los rumores y las intrigas menudean y las lenguas se sueltan.

Motivación:

La motivación invocada por Anémona es su decepción con el régimen de la RDA por haber traicionado el sueño comunista de su padre.

Oferta de servicio:

Anémona afirma que la subfuente TULIPÁN, paciente suya y funcionaria de la Stasi, no sólo es la catalizadora de su autorreclutamiento, sino quien le ha facilitado los cartuchos originales de formato subminiatura que él mismo depositó en el Volvo de De Jong. Describe a Tulipán como una persona neurótica pero controlada y extremadamente vulnerable. Insiste en que es su paciente y nada más. Reitera que ni él ni Tulipán esperan recibir ninguna remuneración económica. Su eventual traslado y asentamiento en Occidente en caso de peligro no se ha mencionado aún. (Véase más abajo.)

Pero no hay nada que ver más abajo. Al día siguiente, Smiley coge un avión y vuela a Berlín para conocer personalmente a Riemeck, y me ordena que lo acompañe. Sin embargo, la fuente Anémona no es la razón primordial de su viaje. Mucho más interesante para él es la identidad, las posibilidades de acceso y la motivación de la subfuente femenina, la persona neurótica pero controlada cuyo nombre en clave es Tulipán.

Noche cerrada en un Berlín Occidental insomne, barrido por heladas ráfagas de nieve y granizo. Alec Leamas y George Smiley se encuentran encerrados con su potencial colaborador, Karl Riemeck, alias *Anémona*, en torno a una botella de Talisker, el whisky favorito de Alec, que Riemeck prueba por primera vez. La casa segura K2 de Berlín, situada en el número 28 de Fasanenstrasse, resulta ser una majestuosa e improbable superviviente de los bombardeos aliados. De estilo Biedermeier, tiene columnas a los lados de la entrada, un mirador y una conveniente puerta trasera que conduce a Uhlandstrasse. Quienquiera que la haya escogido sabe apreciar la nostalgia imperial y tiene un ojo magnífico para las necesidades operativas.

Hay caras que no consiguen disimular el buen corazón de sus propietarios por mucho que lo intenten, y la de Karl Riemeck es una de ellas. Se está quedando clavo, lleva gafas... y es todo dulzura. No hay otra manera de describirlo. Da igual que se empeñe en fruncir el ceño con la gravedad de un facultativo. Transpira humanidad por todos los poros.

Al mismo tiempo que rememoro aquel primer encuentro, tengo que obligarme a recordar que en 1959 no era un gran acontecimiento que un médico de Berlín Oriental pasara a Berlín Occidental. Lo hacían muchos y algunos ni siquiera regresaban. Debido a eso construyeron el Muro.

El primer documento del archivo está mecanografiado y sin firmar. No es un informe oficial y sólo puedo suponer que su autor es Smiley. Como no indica a quién va dirigido, imagino que lo escribiría únicamente para el archivo, o, en otras palabras, para sí mismo.

Al pedírsele que describa el proceso por el cual inició lo que denomina la fase de «crisálida» de su oposición al régimen de la RDA, Anémona señala el momento en que los interrogadores de la Stasi le ordenaron que preparara a una mujer para el «confinamiento de investigación». La mujer era una ciudadana de la RDA de cincuenta y tantos años, que presuntamente trabajaba para la CIA. Padecía claustrofobia aguda. La reclusión en completo aislamiento la había vuelto medio loca. «Todavía oigo sus gritos mientras claveteaban una caja con ella dentro.»

Después de esa experiencia, Anémona, que asegura no ser propenso a las decisiones precipitadas, volvió a estudiar la situación «desde todos los ángulos». Había oído personalmente las mentiras del Partido y había sido testigo de su corrupción, hipocresía y abusos de poder. Reconocía «los síntomas de un Estado totalitario que finge ser lo contrario». Lejos de ser la democracia que su padre había soñado, Alemania Oriental se había convertido en «un país vasallo de la Unión Soviética, administrado como un Estado policial». Una vez formada esa percepción —afirma—, el hijo de Manfred tenía solamente una salida: la resistencia.

Su primera idea fue formar una célula clandestina. Se dirigiría a aquellos de sus pacientes de la élite que de vez en cuando daban señales de insatisfacción con el régimen y les haría una propuesta. Pero ¿para hacer qué? ¿Por cuánto tiempo? Manfred, el padre de Anémona, había sido traicionado por sus camaradas. Al menos en ese aspecto, el hijo no pensaba seguir las huellas de su padre.

¿En quién podía confiar lo suficiente, en cualquier circunstancia y pasara lo que pasase? Ni siquiera en Helga, su madre, una comunista confesa e irreductible.

«Muy bien», razonó. Seguiría siendo lo que ya era: «una célula terrorista unipersonal». No emularía a su padre, sino a su héroe de la infancia, Georg Elser, el hombre que en 1939, sin cómplices ni confidentes, había fabricado, instalado y detonado una bomba en la cervecería de Múnich donde apenas unos minutos antes el Führer se había dirigido a sus fieles. «Sólo se salvó por un infernal golpe de suerte.»

Pero la RDA —pensaba Anémona— no era un régimen que pudiera desmontarse con una sola bomba, como tampoco lo había sido el de Hitler. El hijo de Manfred era ante todo y en primer lugar un médico. Un sistema podrido se debía atacar desde dentro. La manera de proceder se le revelaría a su debido tiempo. Mientras tanto, no podía confiar en nadie. Tenía que trabajar solo, de manera autosuficiente y sin responder ante nadie, aparte de sí mismo. Sería «un ejército secreto de una sola persona».

La «crisálida» se abrió —sostiene— cuando, a las 22.00 horas del 18 de octubre de 1959, una consternada desconocida se dirigió en bicicleta a Köpenick, en las afueras del este de Berlín, y se presentó en su consulta para pedirle que le practicara un aborto.

A partir de ahí, el relato de Smiley se interrumpe y el doctor Riemeck toma la palabra. George debió de pensar que su exposición, aunque extensa, era demasiado valiosa para resumirla:

La camarada [nombre eliminado] es una mujer sumamente inteligente y de indudable atractivo. De modales superficialmente bruscos, a la manera aprobada por el Partido, parece tener muchos recursos, aunque en la intimidad de la consulta médica cae en momentos de fragilidad infantil. No soy proclive a los diagnósticos improvisados del estado mental de mis pacientes, pero sugeriría de manera tentativa una forma selectiva de esquizofrenia, rígidamente controlada. El hecho de que es, además, una mujer de gran coraje personal y elevados principios no debería percibirse como una paradoja.

Informo a la camarada [nombre eliminado] de que no está embarazada y, por tanto, no necesita un aborto. Me contesta que le sorprende saberlo, teniendo en cuenta que se ha acostado con dos hombres igualmente repugnantes en el mismo ciclo menstrual. Me pregunta si tengo algo de alcohol. Me aclara que no es alcohólica, pero ha adquirido el hábito porque sus dos hombres son grandes bebedores. Le ofrezco una copa del coñac francés que me ha regalado el ministro congoleño de Agricultura en agradecimiento por mis servicios médicos. Se la bebe de un trago y me interroga.

—Unos amigos me han dicho que es usted un hombre decente y discreto. ¿Es verdad? —me pregunta.

—¿Qué amigos? —le pregunto yo.

—Amigos secretos.

—¿Por qué han de ser secretos sus amigos?

—Porque están en los Órganos.

—¿Qué órganos?

Mi pregunta le molesta. Me responde bruscamente:

—La Stasi, camarada doctor. ¿Qué pensaba?

Le hago una advertencia. Aunque soy médico, tengo

responsabilidades con el Estado. Prefiere no hacerme caso. Dice que tiene derecho a elegir. En una democracia donde todos los camaradas son iguales, ella puede elegir entre una mierda de marido sádico que le pega y se niega a admitir su homosexualidad, y el cerdo de su jefe, un gordo cincuentón que se considera con derecho a follársela todas las veces que quiera en el asiento trasero del Volga que le corresponde por su cargo.

A lo largo de la conversación, menciona en dos ocasiones el nombre de Emmanuel Rapp. Lo llama el *Rappschwein*, el «cerdo Rapp». Le pregunto si ese Rapp tiene alguna relación de parentesco con la camarada Brigitte Rapp, que acude a menudo a mi consulta por una serie de enfermedades imaginarias. Me confirma que sí: la mujer del cerdo se llama Brigitte. Establezco la conexión. Frau Brigitte Rapp ya me ha confiado que su marido es un alto funcionario de la Stasi que hace siempre lo que se le antoja. Por tanto, tengo ante mí a la indignadísima asistente personal y presunta amante secreta de Emmanuel Rapp. Me cuenta que ha considerado la posibilidad de echarle arsénico en el café y que tiene un cuchillo escondido debajo de la cama para la próxima vez que su marido secretamente homosexual pretenda tomarla por la fuerza. Le advierto que sus fantasías son peligrosas y la insto a abandonarlas.

Le pregunto si habla en esos términos sediciosos con su marido o en su lugar de trabajo. Se echa a reír y me asegura que no. Me dice que tiene tres caras y que en eso se considera afortunada, porque la mayoría de los ciudadanos de la RDA tienen cinco o seis:

—En la oficina, soy una fiel y diligente camarada. Visto correctamente, voy bien arreglada, sobre todo cuando hay reuniones especiales, y soy la esclava sexual de un cerdo ilustre. En casa, soy el objeto de odio de un sádico homosexual, más de diez años mayor que yo, cuyo único objetivo en la vida es entrar en la élite del Maiakovskiring y acostarse con chicos guapos.

Su tercera identidad es la que tengo delante en este momento: una mujer que detesta todos y cada uno de los aspectos de la vida en la RDA, excepto a su hijo, y que ha encontrado secreto consuelo en Dios y en todos sus santos. Le pregunto si le ha revelado esa tercera identidad a alguien más. A nadie, me dice. Le pregunto si oye voces. No es consciente de oírlas, pero si ha oído alguna, ha sido la de Dios. Le pregunto si ha tenido la tentación de hacerse daño, como me ha insinuado antes. Responde que recientemente consideró la idea de arrojarse desde un puente, pero se contuvo por amor a su hijo Gustav.

Le pregunto si ha sentido el impulso de cometer otros actos violentos o vengativos, y responde que en una ocasión reciente, cuando Emmanuel Rapp dejó un jersey sobre el respaldo de su silla, por la noche, ella cogió unas tijeras, cortó la prenda en trozos pequeños y los metió en la bolsa de los documentos listos para la trituradora. Cuando Rapp regresó a la mañana siguiente y se quejó porque no encontraba su jersey, ella lo ayudó a buscarlo. Al cabo de un rato, Rapp expresó su sospecha de que alguien se lo había robado y ella le sugirió culpables.

Le pregunto si sus deseos de venganza hacia su jefe se han apaciguado desde entonces. Replica que son más intensos que nunca y que lo único que aborrece más que al propio Rapp es al sistema, capaz de elevar a un cerdo como él a posiciones de poder. La intensidad de su odio oculto es alarmante, y es casi milagroso que haya podido disimularlo ante las miradas siempre vigilantes de sus compañeros de trabajo.

Le pregunto dónde vive. Responde que su marido y ella vivían hasta hace poco en un bloque de apartamentos de estilo soviético de Stalinallée, donde no hay protección especial y está apenas a diez minutos en bicicleta de la sede de la Stasi en Magdalenenstrasse. Recientemente —quizá por un contacto homosexual o tal vez por dinero, aunque ella no puede saberlo, porque su marido guarda en secreto la herencia que le dejó su padre—, se mudaron a un área protegida en Hohenschönhausen, reservada a miembros del gobierno y a altos funcionarios. Allí hay lagos y bosques, que le encantan, y un parque con juegos infantiles para su hijo Gustav. Incluso disponen de un pequeño jardín privado con barbacoa. En otras circunstancias, la casa sería un sueño para ella, pero compartirla con su abominable marido le resulta casi una burla. Es una ciclista entusiasta y aún va al trabajo en bicicleta, pero ahora tarda media hora en llegar.

Es la una de la madrugada. Le pregunto qué le dirá a Lothar, su marido, cuando vuelva a casa. Responde que no le dirá nada, y añade:

—Cuando mi querido Lothar no me está violando o emborrachándose, se sienta en la cama con documentos del Ministerio de Exteriores de la RDA sobre las rodillas y se pone a escribir y a despotricar como si odiara al mundo entero, y no solamente a su mujer.

Le pregunto si son documentos secretos que su marido se lleva a casa. Me responde que son muy secretos y que se los lleva a casa ilegalmente, porque, además de ser un pervertido sexual, su marido es muy ambicioso. Me pregunta si la próxima vez que me visite aceptaré hacerle el amor, teniendo en cuenta que todavía no se ha acostado con ningún hombre que no sea un cerdo o un violador. Creo que es una broma, pero no estoy seguro. En cualquier caso, rechazo su proposición y le explico que tengo por principio no acostarme con mis pacientes, aunque me despido de ella haciéndole saber que me acostaría con ella si no fuera su médico. Mientras monta en su bicicleta para marcharse, me dice que ha puesto su vida en mis manos. Replico que, como médico, respetaré la confidencialidad de nuestra conversación. Me pide una segunda cita y yo le propongo el jueves próximo, a las seis de la tarde.

Invadido por una oleada interna de repulsión, me pongo de pie involuntariamente.

—¿Sabes dónde está? —me pregunta Nelson sin levantar los ojos de su libro.

Me encierro en el cuarto de baño, donde me quedo el tiempo que me atrevo a permanecer encerrado. Cuando vuelvo a mi puesto, Doris Gamp, alias *Tulipán*, acaba de llegar puntualmente a su segunda cita, tras cubrir en bicicleta todo el trayecto desde Köpenick con su hijo Gustav metido en una cesta.

Riemeck prosigue con su relato:

El estado de ánimo de madre e hijo es alegre y relajado. Hace un día estupendo. A su marido Lothar lo han enviado sin previo aviso a una conferencia en Varsovia y no volverá hasta dentro de dos días. Están de un humor excelente. Mañana, ella se irá en bicicleta con Gustav a ver a su hermana Lotte. «Mi hermana y mi hijo son las únicas personas que me importan en todo el mundo», me informa alegremente. Tras confiar el niño a mi querida madre, que daría cualquier cosa por que el pequeño fuera mío, acompaño a la camarada [nombre eliminado] a mi consulta del piso de arriba y pongo a Bach a todo volumen en el tocadiscos. Ceremoniosamente —y diría yo que con cierto aire juguetón—, la camarada me hace entrega de una caja de bombones que, según me dice, le ha regalado Emmanuel Rapp, y me aconseja que no me los coma todos de una vez. Al abrir la caja, observo que no contiene bombones belgas, sino dos cartuchos de película subminiatura. Me siento en una butaca a su lado, con su boca cerca de mi oído, y le pregunto por el contenido de los cartuchos. Responde que son documentos secretos de la Stasi. Le pregunto cómo los ha conseguido y responde que los ha fotografiado esa misma tarde, con la cámara Minox del propio Emmanuel Rapp, poco después de un encuentro sexual particularmente degradante. Nada más consumar el acto, el *Rappschwein* se había marchado corriendo a una reunión en la Casa 2, para la que ya llegaba tarde. Ella se había sentido vengativa y audaz. Los documentos estaban dispersos sobre el escritorio de Rapp. La cámara Minox estaba en el cajón donde suele guardarla durante el día.

—Los funcionarios de la Stasi deben incorporar la seguridad a sus hábitos en todo momento —me dice adoptando el tono de una *apparatchik*—. El *Rappschwein* es tan arrogante que cree estar por encima de las normas del Servicio.

—¿Y los cartuchos? —le pregunto. Quiero saber cómo piensa explicar su desaparición.

Me dice que el *Rappschwein* tiene un temperamento infantil y, por tanto, necesita satisfacer todos sus caprichos al instante. Los funcionarios, incluso los de alto rango, tienen totalmente prohibido guardar equipamiento especial como cámaras o grabadoras en sus cajas fuertes, pero Rapp hace caso omiso de esa norma, lo mismo que de otras. Además, al abandonar el despacho a toda prisa, dejó abierta la caja fuerte, otra flagrante infracción de las normas de seguridad, que a ella le ha permitido eludir la cerradura de cera.

Le pregunto qué es una cerradura de cera. Me explica que las cajas de seguridad de la Stasi tienen una complicada cerradura revestida de una capa de cera blanda. Al cerrar la caja fuerte, su legítimo propietario deja una huella en la cera, utilizando para ello una llave con un *Petschaft*, un sello de lacre que le ha proporcionado la Stasi y que siempre lleva encima. Cada *Petschaft* está numerado y es único, porque está hecho a mano. En cuanto a los cartuchos, Rapp tiene varias cajas de cartón llenas, quizá una docena. No lleva la cuenta y utiliza la Minox como un juguete, para propósitos extraoficiales y libertinos. Por ejemplo, ha intentado convencerla en muchas ocasiones de posar desnuda para él, pero ella siempre se ha negado. También guarda botellas de vodka y de slivovitz en la caja fuerte, ya que es un gran bebedor, como muchos peces gordos de la Stasi, y cuando se emborracha olvida toda discreción. Le pregunto cómo se las arregló para sacar la película subminiatura del cuartel general de la Stasi, y entonces se echa a reír y responde que un médico como yo debería saber la respuesta.

Sin embargo, me aclara que, a pesar de la obsesión de la Stasi por la seguridad interna, las personas que disponen de los pases adecuados no son sometidas a registros físicos. La camarada [nombre eliminado], por ejemplo, tiene un pase que le permite moverse con libertad entre los bloques 1 y 3 del complejo de la Stasi. Le pregunto qué espera que haga yo con los cartuchos, ahora que me ha comprometido enseñándomelos, y responde que le haga el favor de entregárselos a los servicios de inteligencia británicos. Le pregunto por qué no a los estadounidenses, y parece ofendida. Me dice que ella es comunista. El imperialismo yanqui es su enemigo. Volvemos al piso de abajo. Gustav está jugando al dominó con mi querida madre, que nos hace saber que es un niño encantador, con mucho talento para el dominó, y que le gustaría quedárselo.

El brazo técnico de Encubiertas, siempre atento a la menor excusa para sumarse a la fiesta, no tarda en meter baza:

Departamento Técnico de Encubiertas a D. Encubiertas Berlín [Leamas]
Asunto: Agente principal ANÉMONA

---

1. Nos informan de que, en la consulta de la planta superior, en Köpenick, hay un aparato de radio antiguo. ¿Lo adaptamos como dispositivo de grabación?

2. Nos comunican que Anémona posee una cámara réflex Exakta de un solo objetivo, aprobada por la Stasi para usos recreativos. También tiene en su poder una lámpara bronceadora para uso terapéutico y un microscopio de su época de estudiante. Como ya dispone de los

componentes necesarios, ¿le enseñamos a hacer microfotografías?

3. Köpenick es un área rural y densamente boscosa, ideal para ocultar material de transmisión inalámbrico y otros equipos operativos. ¿Enviamos a un grupo de reconocimiento para que informe?

4. Cerraduras de cera. Durante los galanteos de Tulipán con Emmanuel Rapp, ¿tendría ella ocasión de tomar una impresión de su llave de seguridad personal y de su *Petschaft*? Los comercios especializados ofrecen una amplia variedad de recipientes con compartimentos ocultos que pueden contener sustancias adecuadas semejantes a la plastilina.

Vuelvo a sentir la misma repulsión interna. ¿«Durante sus galanteos»? ¡No eran galanteos, maldita sea! ¡Era acoso sexual por parte del cerdo de Rapp! Tulipán se avenía porque sabía que, si se negaba, la habrían puesto de patitas en la calle, falsamente acusada de cualquier infracción disciplinaria, y entonces Gustav jamás podría haber asistido al selecto colegio con que ella soñaba. Es cierto que era una mujer de naturaleza apasionada, que se excitaba con facilidad. ¡Pero eso no significa que disfrutara con el *Rappschwein*, ni tampoco con su marido!

En Berlín, sin embargo, Alec Leamas no tenía esas preocupaciones:

De D. Encubiertas Berlín [Leamas] a D. Encubiertas Marylebone [Smiley]. Carta semioficial, con copia al archivo

---

Querido George:

¡Todo perfecto!

Me complace anunciarte que, gracias a la impresión del *Petschaft* y la llave de Emmanuel Rapp, sustraída discretamente por nuestra subfuente Tulipán, hemos podido obtener una réplica exacta, con las letras y las cifras claras y bien definidas. Los chicos del departamento técnico aconsejan que la persona en cuestión aplique un ligero giro cuando retire el *Petschaft* de la cera. ¡Así que pago la ronda!

Tu amigo,

Alec

P.D. Te adjunto DP de Tulipán para registro de la Oficina Central. ¡SÓLO PARA ENCUBIERTAS! A.L.

DP significa «datos personales». Los datos de cualquier vida humana que pueda revestir algún interés para el Servicio, aunque sea fugaz. Los datos del arrepentimiento. Los datos del dolor.

Nombre completo: Doris Carlotta Gamp.

Lugar y fecha de nacimiento: Leipzig, 21-10-1929.

Estudios: Graduada en Ciencias Políticas y Sociales, universidades de Jena y Dresde.

Una hermana: Lotte, maestra de escuela en Potsdam, soltera.

CV y otros datos personales: A los veintitrés años ingresa como archivadora de categoría inferior en el cuartel general de la Stasi, en Berlín Oriental. Acceso restringido a documentos confidenciales. Tras seis meses de prueba, se le amplía el acceso a documentos secretos. Asignada a la sección J3 como responsable de procesamiento y evaluación de informes de las oficinas en el extranjero.

Después de un año de trabajo, entabla relación con Lothar Quinz, de cuarenta y un años, considerado una estrella en ascenso de los servicios exteriores de la RDA. Se queda embarazada y se casa por lo civil.

Seis meses después de la boda, la señora Quinz (de soltera Gamp) da a luz un hijo y lo llama Gustav, por su padre. A escondidas de su marido, hace bautizar al niño por un sacerdote ruso ortodoxo retirado, un *stárets*, un guía espiritual de ochenta y siete años que ejerce de Rasputín en la base del ejército soviético en Karlshorst. No se sabe cómo se produjo la supuesta conversión de Gamp a la fe ortodoxa rusa. Para que no sospeche, Gamp le dice a Quinz que va a visitar a su hermana en Potsdam y se marcha en bicicleta a ver a Rasputín, con Gustav en la cesta delantera.

El 10 de junio de 1957, al final de su quinto año de trabajo, se beneficia de otra promoción, esta vez a secretaria personal de Emmanuel Rapp, director de operaciones en el extranjero, formado por el KGB.

Para no perder el favor de Rapp, se ve obligada a aceptar sus avances sexuales. Cuando se lo cuenta a su marido, éste le responde que no debe contrariar los deseos de un camarada de la importancia de Rapp. Según Tulipán, todos sus colegas de la Stasi comparten esa misma actitud. Son conscientes de su relación con su jefe y saben que constituye una grave infracción de las normas disciplinarias de la Stasi, pero temen sufrir las consecuencias si lo denuncian, dado el alcance del poder de Rapp.

Experiencia operativa hasta la fecha:

Tras incorporarse a la Stasi, asiste al curso de adoctrinamiento destinado a los nuevos funcionarios. A diferencia de la mayoría de sus colegas, habla ruso con fluidez y lo escribe correctamente. La seleccionan para recibir formación adicional sobre métodos conspirativos, encuentros encubiertos, reclutamiento y simulación. También la instruyen en escritura secreta (copias carbónicas y fluidos), fotografía clandestina (subminiatura y microfotografía), vigilancia, contravigilancia y transmisiones inalámbricas básicas. Calificaciones entre «buenas» y «excelentes».

Al ser la «chica de oro» de Emmanuel Rapp (en palabras del propio Rapp), lo acompaña con frecuencia a Praga, Budapest y Gdansk, donde asiste a conferencias de los servicios de inteligencia del bloque del Este organizadas por el KGB. En dos ocasiones participa como taquígrafa. Pese a la antipatía que le inspira Rapp, sueña con acompañarlo a Moscú para ver la plaza Roja por la noche.

Comentarios finales del oficial que sigue el caso:

D. Encubiertas Berlín a D. Encubiertas Marylebone [sin duda con la colaboración de Stas de Jong]

La relación de la subfuente Tulipán con este servicio se gestiona en exclusiva a través de Anémona, que es su médico, supervisor, confidente, confesor personal y mejor amigo, por ese orden. Así pues, tenemos a una única subalterna, controlada por nuestro agente principal, y en mi opinión así tienen que continuar las cosas. Como sabes, hace poco le proporcionamos su propia Minox, incorporada en el cierre de su bolso de bandolera, con varios cartuchos, disimulados en la base de un envase de talco. Ahora es también la orgullosa propietaria de una llave duplicada, con su correspondiente *Petschaft*, para la cerradura de cera de la caja fuerte de Rapp.

Resultan gratificantes, por tanto, los informes de Anémona, que indican la ausencia de cualquier signo de tensión en Tulipán. Al contrario, nos dice que nunca la ha visto tan animada y que parece disfrutar con el peligro. A Anémona solamente le preocupa que se confíe demasiado y corra riesgos innecesarios. Mientras los dos puedan encontrarse con toda naturalidad en Berlín, con el pretexto de la consulta médica, está tranquilo.

Sin embargo, cuando Tulipán acompaña a Rapp a las conferencias fuera de la RDA, se plantea un problema operativo completamente diferente. Puesto que un buzón clandestino no es la respuesta adecuada para las necesidades surgidas sobre la marcha, ¿podría considerar Encubiertas el envío de un correo listo para entrar en acción en cualquier momento, para dar cobertura a Tulipán cuando lo necesite, en ciudades no alemanas del bloque del Este?

Paso la página. Siento la mano firme, como siempre en situaciones de estrés. El tono del discurso es el habitual entre la oficina central de Encubiertas y la de Berlín.

George Smiley a Alec Leamas en Berlín. Nota personal, manuscrita, con copia para el archivo

---

Alec:

En previsión del próximo viaje de Emmanuel Rapp a Budapest, haz lo necesario para que la subfuente Tulipán vea lo antes posible la fotografía adjunta de Peter Guillam, que será el correo solicitado.

Saludos,

G.

George Smiley a Peter Guillam. Nota manuscrita, con copia para el archivo

---

Peter:

Ésta es tu dama en Budapest. ¡Estúdiala bien! Buen viaje.

G.

—¿Has dicho algo? —pregunta Nelson bruscamente, levantando la vista del libro.

—No, nada. ¿Por qué?

—Habrá sido alguien en la calle.

Cuando examinas con fines operativos las facciones de una mujer desconocida, los intereses carnales pasan a un segundo plano. No prestas atención a su poder de seducción. Te preguntas si llevará el pelo corto, largo, teñido, oculto por un sombrero o suelto, y te fijas en los rasgos distintivos de su cara: frente ancha, pómulos altos, ojos grandes o pequeños, redondos o alargados. Después del rostro, observas la forma y las dimensiones del cuerpo e intentas imaginar qué aspecto tendría si vistiera algo más reconocible que el habitual traje de pantalón de las mujeres del Partido, con toscos zapatos de cordones. No te fijas en su atractivo sexual, excepto en la medida en que pueda llamar la atención de otros observadores. Mi única preocupación en esa fase era saber cómo se comportaría la propietaria de esa cara y de ese cuerpo ante un correo clandestino, en un caluroso día de verano, por las calles estrechamente vigiladas de Budapest.

No tardé en conocer la respuesta: de forma inmejorable. Diestra, hábil, discreta, decidida. Yo tampoco fallé en mi papel de correo. Día soleado, calle animada, dos desconocidos que se cruzan en sentido contrario y están a punto de chocar. Me desvío ligeramente a la izquierda y ella a la derecha. Hay un momento fugaz de confusión. Articulo una disculpa entre dientes, que ella ni siquiera parece oír. Sigue su camino. Al separarnos, tengo dos cartuchos de microfilm que antes no tenía.

El segundo de nuestros roces, en el casco antiguo de Varsovia, cuatro semanas después, se complica un poco, pero lo superamos también sin incidentes, y así lo atestigua mi informe manuscrito a George, con copia para Alec:

P.G. a D. Encubiertas Marylebone, con copia para A.L., en Berlín
Asunto: Encuentro con subfuente TULIPÁN

Como en ocasiones anteriores, reconocimiento mutuo inmediato. El contacto entre ambos cuerpos fue indetectable y rápido. Creo que ni siquiera una vigilancia atenta y cercana podría haber detectado el momento de la transferencia.

Es evidente que Tulipán había recibido instrucciones precisas de Anémona. Mi posterior entrega al D.O. Varsovia no planteó la menor dificultad. P.G.

Y la respuesta manuscrita de Smiley:

¡Bien hecho, Peter! Enhorabuena otra vez.
G.S.

Pero quizá no lo había hecho tan bien como pensaba Smiley, ni con tan pocos incidentes como se empeñaba en proclamar mi informe manuscrito.

Soy un turista francés de la región de Bretaña que viaja con un grupo suizo. Mi pasaporte me describe como directivo de empresa, pero cuando mis compañeros de viaje me lo preguntan, les revelo que soy un humilde agente comercial de fertilizantes agrícolas. Lo mismo que el resto del grupo, estoy admirando la belleza del centro histórico de Varsovia, magníficamente restaurado. Una joven alta, con vaqueros anchos y chaleco de cuadros, viene hacia nosotros caminando a grandes zancadas. Su pelo cobrizo, que la vez anterior llevaba cubierto por una boina, flota ahora en libertad y ondea al sol con cada uno de sus pasos. Lleva un pañuelo verde anudado al cuello. Si no lo llevara, significaría que no habría entrega. Yo llevo una gorra del Partido con una estrella roja, comprada en un puesto de la calle. Si me guardara la gorra en el bolsillo, significaría que no habría recogida. El casco antiguo es un hervidero de grupos de turistas. El nuestro no es tan fácil de controlar como le gustaría a nuestra guía polaca. Ya somos tres o cuatro los que preferimos charlar entre nosotros, antes que oír su perorata sobre el milagroso renacimiento de la ciudad después de los bombardeos nazis. Una estatua de bronce me llama la atención. También se ha fijado en ella Tulipán, según la planificada coreografía de nuestro encuentro. No reduciremos la velocidad cuando nos crucemos. La despreocupación es la clave, aunque sin exagerar. No estableceremos contacto visual, pero procuraremos que nuestra indiferencia no resulte demasiado estudiada. Varsovia es una ciudad muy vigilada y los lugares turísticos encabezan la lista de los puntos más observados.

¿Qué significa entonces ese nervioso balanceo de caderas que le noto de repente y por qué percibo un explícito saludo en sus grandes ojos almendrados? Durante un segundo fugaz —aunque menos fugaz de lo que estoy preparado para asimilar—, nuestras manos derechas se entrelazan. En lugar de separarse al instante, sus dedos anidan en la palma de mi mano tras depositar en ella su diminuta carga, y allí se habrían quedado si yo no me hubiera apartado. ¿Se ha vuelto loca? ¿Soy yo el que ha perdido el juicio? ¿Y qué quería decir esa sonrisa que he sorprendido en su cara? ¿O me estaré engañando?

Seguimos cada uno por su lado: ella, con la espiocracia de su conferencia del Pacto de Varsovia, y yo con mi grupo de turistas, a una bodega donde casualmente el agregado cultural de la embajada británica se ha sentado a una mesa, acompañado de su esposa, en un rincón del local. Pido una cerveza y me dirijo al lavabo de caballeros. El agregado cultural, que conocí en otra vida cuando asistíamos juntos a un curso de formación en Sarratt, viene detrás de mí. El intercambio es rápido y silencioso. Vuelvo con mi grupo. El estremecimiento que me produjo el contacto de los dedos de Tulipán no se ha desvanecido.

Sigue sin desvanecerse mientras leo la apología que Stas de Jong dedica a la subfuente Tulipán, la estrella más refulgente de la red de Anémona:

> Ahora Tulipán es plenamente consciente de su colaboración con este Servicio y sabe que Anémona es nuestro ayudante extraoficial, así como su válvula de seguridad. Ha decidido que siente un amor incondicional por Inglaterra. Está particularmente impresionada por nuestra profesionalidad y considera que su reciente encuentro en Varsovia es un ejemplo de la excelencia británica.
>
> Las condiciones de reasentamiento de Tulipán cuando termine su trabajo, en el momento en que tal cosa suceda, consistirán en una retribución de mil libras por cada mes de servicios prestados, más un pago a título graciable de diez mil libras, aprobado por D. Encubiertas [G.S.]. Pero su mayor deseo es que su hijo Gustav y ella, cuando llegue el momento, puedan obtener la ciudadanía británica.
>
> Su talento para las actividades clandestinas es impresionante. Su iniciativa de esconder una cámara subminiatura debajo del plato de ducha del cuarto de baño de mujeres de su sección la ha aliviado de la tensión de tener que entrar y salir del bloque 3 con la cámara en el bolso. La llave con *Petschaft* que le ha proporcionado la Oficina le permite abrir y cerrar la caja fuerte de Rapp a su antojo, cada vez que está sola. El sábado pasado le confesó a Anémona que uno de sus sueños más recurrentes era casarse algún día con un apuesto inglés.

—¿Algún problema? —me pregunta Nelson, esta vez con insistencia.

—He encontrado una rosa —respondo, y casualmente es cierto.

Conejo se ha presentado con maletín y traje oscuro. Viene directamente de una reunión en el Tesoro, aunque no ha dicho con quién ni sobre qué. Laura se ha acomodado en la silla de Control, con las piernas cruzadas. Conejo saca una botella de sancerre tibio y nos ofrece una copa. Después abre una bolsa de anacardos salados y nos indica que podemos servirnos.

—¿Mucho trabajo, Peter? —me pregunta amablemente.

—¿Qué esperabas? —respondo con el tono agraviado que he decidido adoptar—. Esto no es precisamente un paseo.

—Pero espero que sea útil. ¿No estará siendo demasiado doloroso rememorar los viejos tiempos y las caras de otras épocas?

No le contesto. Empieza el interrogatorio, al principio lánguidamente:

—¿Puedo preguntarte por Riemeck? Un personaje inusualmente interesante para ser un agente, ¿no?

Asiento con la cabeza, pero no digo nada.

—Y médico. Bastante bueno, por lo visto —añade.

Vuelvo a asentir.

—Entonces ¿cómo es que los informes de la época, distribuidos entre ciertos clientes afortunados de Whitehall, lo describen como (cito textualmente) «un funcionario bien situado, con un cargo intermedio en el Partido Socialista Unificado de Alemania del Este, con acceso habitual a material ultrasecreto de la Stasi»?

—Desinformación —replico.

—¿Quién pretendía desinformar?

—George, Control, Lacon el del Tesoro... Todos sabían que el material de Anémona iba a causar revuelo cuando se hiciera público. Lo primero que preguntarían los clientes sería la identidad de la fuente. Por eso fabricaron una fuente ficticia de peso equivalente.

—¿Y tu Tulipán?

—¿Qué pasa con Tulipán?

Reacción demasiado rápida. Debería haber esperado. ¿Me estará provocando? Y, si no, ¿por qué me mira con esa sonrisita de superioridad que me dan ganas de darle un puñetazo? Y ¿por qué sonríe también Laura con la misma expresión de suficiencia? ¿Se estará tomando su revancha después de nuestra fallida cena griega?

Conejo lee en voz alta unos documentos que tiene apoyados sobre las rodillas, y el tema sigue siendo Tulipán:

—«La subfuente es una secretaria de alto nivel del Ministerio del Interior con acceso a las altas esferas.» ¿No es un poco exagerado?

—¿En qué sentido?

—¿No es darle más... respetabilidad de la que merece? Para empezar, podrían haber dicho que era una secretaria de alto nivel y de «notoria promiscuidad». O que era la «ninfómana de la oficina», si querían encontrar algún tipo de equivalencia con el mundo real. O una «prostituta sagrada», teniendo en cuenta sus inclinaciones religiosas.

Me está mirando a la espera de que estalle, me indigne o lo niegue todo airadamente. No sé cómo, pero consigo privarlo de esa satisfacción.

—En cualquier caso, supongo que tú conocerías bien a tu Tulipán —continúa—, a quien prestabas servicios con tanta diligencia.

—Yo no le prestaba ningún servicio, y no era *mi* Tulipán —replico con deliberada mesura—. Mientras estuvo activa, Tulipán y yo no intercambiamos ni una sola palabra.

—¿Ni una sola?

—No. En ninguno de nuestros encuentros. Nos rozábamos al pasar y nunca nos decíamos nada.

—Entonces ¿cómo es posible que supiera tu nombre? —me pregunta con su más encantadora sonrisa de niño.

—¡Nunca supo mi maldito nombre! ¿Cómo iba a saberlo, si ni siquiera nos decíamos «hola»?

—*Uno* de tus nombres, si lo prefieres —insiste impertérrito.

Laura interviene:

—Jean-François Gamay, Pete —aclara en el mismo tono irónico—. Socio de una empresa francesa de artículos electrónicos con sede en Metz, participante en un viaje organizado al litoral del mar Negro, contratado a través de la agencia de viajes estatal de Bulgaria. Eso es un poco más que un simple «hola».

Mi explosión de alegres carcajadas es expansiva e ilimitada, y no me extraña que lo sea, porque es el producto de un alivio espontáneo y auténtico.

—¡Por el amor de Dios! —exclamo, sumándome a su diversión—. Eso no se lo dije a Tulipán. ¡Se lo dije a Gustav!

De modo que estáis aquí, Conejo y Laura, y espero que os hayáis acomodado bien en vuestras sillas, porque vais a oír una aleccionadora historia sobre la forma en que los planes mejor preparados y más secretos pueden irse a pique por la inocencia de un niño.

Mi nombre en clave es, efectivamente, Jean-François Gamay, y, sí, formo parte de un numeroso grupo de turistas atentamente vigilados que disfrutan de unas vacaciones baratas de sol y baños de mar en una playa no demasiado limpia del mar Negro.

Al otro lado de la bahía, frente a nuestro deprimente hotel, se levanta el Albergue de los Trabajadores del Partido, una mole brutalista de hormigón de estilo soviético, cubierta de banderas comunistas. A través del agua nos llega su atronadora música marcial, jalonada de inspirados mensajes de paz y buena voluntad, emitidos por una batería de altavoces. En algún lugar, detrás de esas paredes, Tulipán y su hijo Gustav, de cinco años, están disfrutando de unas vacaciones colectivas para trabajadores, gracias a los influyentes contactos del aborrecible camarada Lothar, el marido de Tulipán, que misteriosamente ha logrado doblegar la renuencia de la Stasi a que sus miembros vayan a holgazanear al extranjero. La acompaña su hermana Lotte, la maestra de escuela de Potsdam.

En la playa, entre las cuatro y las cuatro y cuarto, Tulipán y yo nos rozaremos al pasar, y esta vez la acompañará su hijo Gustav. Lotte estará prudentemente confinada en el albergue, asistiendo a una asamblea de trabajadores. La iniciativa corresponderá a la agente de campo, en este caso Tulipán, y yo tendré que reaccionar de manera creativa. La veo venir caminando por la espuma de la orilla, en albornoz de baño, con una mochila ligera colgada del hombro. Mientras avanza, le señala a Gustav una concha o una piedra bonita para que la recoja y la meta en su cubo. Tiene el mismo balanceo nervioso de caderas que me negué a reconocer en el centro histórico de Varsovia, pero me cuido mucho de decirles nada al respecto a Conejo y a Laura, que están siguiendo cada una de las palabras de mi animado relato con indisimulado escepticismo.

Cuando estamos un poco más cerca, empieza a rebuscar en la mochila. Otros bañistas con sus niños chapotean, toman el sol, comen salchichas o juegan al ajedrez, y Tulipán, en su papel de turista, puede dirigir perfectamente una sonrisa o una palabra amable a cualquier camarada. No sé con qué artimaña convence a Gustav para que se me acerque, ni sé qué le dice para que el pequeño se eche a reír y venga hacia mí corriendo, audaz, para depositarme en la mano un trozo de dulce de coco, un bastón con rayas azules, blancas y rosas.

Pero sé que tengo que ser amable, expresar mi alegría, fingir que como parte del dulce y guardarme el resto en el bolsillo, para después agacharme, descubrir mágicamente en la arena la concha que ya tenía oculta en la mano y dársela a Gustav, como si le estuviera pagando el dulce que me ha dado.

Ante todo eso, Tulipán ríe jovialmente —quizá con demasiada jovialidad, pero tampoco le cuento esa parte a Laura y a Conejo— y llama a su hijo.

—Ven, cariño, deja en paz a ese camarada tan simpático.

Pero Gustav no quiere dejar en paz al simpático camarada, y ahí está el quid de la historia que les estoy contando a Conejo y a Laura. Gustav es un niño despierto y desenvuelto y no tarda en salirse del guion. Se da cuenta de que acaba de hacer un negocio con el amable camarada —dulce de coco a cambio de concha marina— y siente la necesidad de profundizar en el conocimiento de su nuevo socio comercial.

—¿Cómo te llamas? —me pregunta.

—Jean-François. ¿Y tú?

—Gustav. ¿Jean-François qué más?

—Gamay.

—¿Cuántos años tienes?

—Ciento veintiocho. ¿Y tú?

—Cinco. ¿De dónde eres, camarada?

—De Metz, una ciudad de Francia. ¿Y tú?

—De Berlín, de la República Democrática Alemana. ¿Quieres que te cante una canción?

—Sí, me encantaría.

Entonces Gustav se cuadra sobre la arena, saca pecho e interpreta para mí una canción escolar de agradecimiento a nuestros bienamados soldados soviéticos, que han vertido su sangre por una Alemania socialista. Mientras tanto, su madre, de pie tras él, se desanuda lánguidamente el cinturón del albornoz y, mirándome a los ojos, revela su cuerpo desnudo en toda su indudable gloria, antes de atarse otra vez el cinturón y sumarse al fervoroso aplauso con el que premio la interpretación de su hijo. Después asume la expresión de la madre orgullosa que es, mientras yo le estrecho la mano a Gustav y doy un paso atrás, para devolverle su saludo comunista con el puño derecho en alto.

También me callo la gloria del cuerpo desnudo de Tulipán, mientras me hago por dentro una pregunta que no ha dejado de mortificarme desde antes de empezar a contar mi divertida anécdota: «¿Cómo demonios sabíais que Tulipán conocía mi nombre?».

7

No sé qué variedad exacta de enajenación pasajera se apoderó de mí cuando, libre ya de mis obligaciones, salí del ambiente sombrío de los Establos a la animada tarde de Bloomsbury y, sin ningún impulso consciente, me encaminé al suroeste, en dirección a Chelsea. Humillación, probablemente. Frustración y perplejidad, sin duda. Indignación, al ver cómo desenterraban mi pasado y me lo arrojaban a la cara. También una buena dosis de culpa, vergüenza y aprensión. Y todo dirigido en un único estallido de dolor e incomprensión contra George Smiley, por haberse esfumado.

¿O sería posible encontrarlo? ¿Me estaba mintiendo Conejo como yo le mentía a él y en realidad no era cierto que George estuviera ilocalizable? ¿Lo habrían encontrado ya y le habrían sacado todo lo que sabía, como si eso alguna vez hubiera sido posible? Si Millie McCraig conocía la respuesta —y yo sospechaba que sí—, se sentiría obligada a guardar silencio, por su particular versión de la Ley de Secretos Oficiales, según la cual George Smiley, vivo o muerto, nunca podía ser tema de conversación.

Mientras me aproximo a Bywater Street, que en otra

época fue una calle tranquila para familias no demasiado acomodadas y ahora es otro gueto londinense para millonarios, me niego a reconocer la oleada de nostalgia que me invade y el impulso de tomar nota mentalmente de los coches aparcados y de sus eventuales ocupantes, o de recorrer con mirada indiferente las puertas y ventanas de la acera de enfrente. ¿Cuándo vine por última vez? Mi memoria retrocede hasta la noche en que conseguí desmontar las cuñas de madera que George había dispuesto contra los intrusos en la puerta principal, y lo esperé para llevarlo al vasto castillo rojo de Oliver Lacon en Ascot, como primera etapa de su doloroso viaje al encuentro de su querido y viejo amigo Bill Haydon, ruin traidor y amante de su mujer.

Pero a esta hora tardía de una tranquila tarde de otoño, el número 9 de Bywater Street no sabe nada, ni ha visto ninguna de esas cosas. Cortinas cerradas, jardín delantero invadido por las malas hierbas, habitantes ausentes o muertos. Subo los cuatro peldaños que conducen a la puerta, llamo al timbre y no oigo ningún sonido familiar, ningún rumor de pasos, pesados o ligeros. No aparece George, parpadeando complacido mientras se limpia los cristales de las gafas con el forro de la corbata: «Hola, Peter. Tienes aspecto de necesitar una copa. Pasa».

Ni tampoco Ann, como un vendaval, con sólo la mitad de la cara maquillada: «Estaba a punto de salir, Peter, querido. —Un beso, otro beso—. Pero ven, pasa. Pasa y arregla el mundo con el pobre George».

A paso militar, vuelvo a King's Road, paro un taxi, le pido al conductor que me lleve a Marylebone High Street y me bajo frente a la librería Daunt, que en otra época fue la librería de viejo de Francis y Edwards, fundada en 1910, donde Smiley solía pasar muchos ratos agradables a la hora del almuerzo. Enseguida me sumerjo en el laberinto de callejas empedradas y casas antiguas que fue la sede de la dirección de Operaciones Encubiertas del Circus, o simplemente Marylebone, como la llamábamos entonces.

A diferencia de los Establos, que nunca pasó de ser una casa segura asignada a una sola operación, Marylebone, con sus tres puertas delanteras, era todo un servicio de inteligencia, con su personal administrativo, sus códigos, sus encriptadores, sus mensajeros y su propio ejército gris de «ocasionales», personas mutuamente desconocidas y procedentes de todos los ámbitos de la sociedad, que con una sola llamada lo dejaban todo y se ponían a trabajar para la causa.

¿Era remotamente concebible que Encubiertas, cincuenta años después, conservara la misma sede? En mi estado de fuga mental, decidí que sí. ¿Merodearía aún George Smiley detrás de los postigos? En mi enajenación pasajera, debí de convencerme de que así sería. De los nueve timbres, sólo uno funcionaba en aquella época. Había que ser un iniciado para saber cuál. Lo pulso. No hay respuesta. Llamo a los otros dos del mismo portal. Paso al siguiente y pulso a la vez los tres botones. Una voz femenina me responde a gritos:

—¡Maldita sea, Sammy, ya sabes que no está! ¡Se ha largado con Wally y con el niño! ¡Si vuelves otra vez por aquí, te juro que llamaré a la policía!

Sus admoniciones me devuelven la sensatez. Al minuto siguiente estoy sentado en la tranquilidad de Devonshire Street, bebiendo un refresco de saúco en un café lleno de personal médico en traje de calle, que habla en murmullos. Espero a tranquilizarme. A medida que se me despeja la mente, también se aclaran mis objetivos. A lo largo de los dos últimos días con sus noches, a pesar de las distracciones, no he podido quitarme de la cabeza la imagen de Christoph, delincuente convicto y perspicaz hijo de Alec, interrogando bruscamente a mi Catherine a las puertas de mi casa en Bretaña. Nunca hasta esta mañana había percibido una nota de miedo en la voz de Catherine. No por ella, sino por mí. «Era grosero, Pierre... Hosco... Corpulento como un boxeador... Me preguntó en qué hotel de Londres te alojabas... Cuál era la dirección...»

Digo «mi Catherine» porque desde la muerte de su padre siempre la he considerado mi protegida, y me dan igual las insinuaciones que pueda hacer Conejo en sentido contrario. La vi crecer desde que era niña, y ella vio ir y venir a todas mis mujeres, hasta que no quedó ninguna. Cuando asumió el papel de chica mala del pueblo para enfrentarse a su hermana más guapa y se dedicó a acostarse con todos los tipos que se le cruzaban en el camino, yo no presté atención a los pomposos discursos del cura de la parroquia, que probablemente la quería para él. No me gustan particularmente los niños, pero cuando nació Isabelle me alegré por Catherine tanto como ella misma. Jamás le conté cómo me ganaba la vida y ella no me dijo nunca quién era el padre de su hija. Yo era el único en todo el pueblo al que no le importaba. Si ella quiere, algún día la granja será suya, e Isabelle seguirá correteando a su lado, y tal vez habrá un hombre más joven para Catherine, y puede que Isabelle esté dispuesta a aceptarlo.

¿También somos amantes, pese a los muchos años que nos separan? Gradualmente, hemos acabado siéndolo. La mediadora fue Isabelle, que una noche de verano cruzó el patio con sus sábanas y su almohada y, sin dirigirme ni una sola mirada, se instaló en el suelo, bajo la ventana del rellano, frente a mi dormitorio. Mi cama es grande; el cuarto de invitados es frío y oscuro, y madre e hija no podían separarse. Creo recordar que Catherine y yo dormimos inocentemente juntos durante semanas antes de darnos la vuelta y mirarnos. Pero quizá no esperamos tanto tiempo como me gustaría creer.

Al menos de una cosa estaba seguro: no tendría ningún problema para reconocer a mi perseguidor. Cuando fui a vaciar el infame apartamento de soltero de Alec en Holloway, después de su muerte, encontré por casualidad un álbum de fotos en formato de bolsillo, con un lirio de las nieves prensado bajo la cubierta de celofán. Estaba a punto de tirarlo cuando comprendí que tenía en mis manos un registro fotográfico de la vida de Christoph, desde la cuna hasta el fin de sus estudios de bachillerato. Supuse que las leyendas en alemán, escritas en tinta blanca debajo de cada instantánea, habían sido añadidas por la madre del chico. Lo que más me impresionó fue ver que la misma expresión impenetrable del partido de fútbol en Düsseldorf seguía presente en el rostro del corpulento y ceñudo doble de Alec, vestido en traje de domingo, que aferraba en la mano un rollo de pergamino como si estuviera a punto de estrellárselo a alguien en la cara.

Y a todo esto, ¿qué sabe Christoph de mí? Que he venido a Londres para el entierro de un amigo. Que estoy siendo un buen samaritano. No tengo dirección conocida y no frecuento ningún club. Ni siquiera un investigador de la supuesta categoría de Christoph podría encontrarme en los registros del Travellers o del National Liberal Club. Tampoco en los archivos de la Stasi ni en ningún otro sitio. Mi último domicilio conocido en Gran Bretaña fue un apartamento de dos habitaciones en Acton, donde viví con el nombre de Peterson. Cuando le anuncié a mi casero que me marchaba, no le dejé ninguna dirección para que me remitiera la correspondencia. Entonces ¿dónde me buscaría el severo, insistente, grosero y delincuente Christoph, hijo de Alec, fuerte como un boxeador, después de Bretaña? ¿Cuál sería el lugar, el *único* lugar, donde con suerte y en condiciones favorables tendría una remota posibilidad de localizarme?

Respuesta (quizá la única que podía parecerme más o menos lógica): la *Lubianka* de mi antiguo Servicio a orillas del Támesis. Pero no me refiero al viejo Circus de su padre, que tanto costaba localizar, sino a su espantoso sucesor, donde estoy a punto de hacer una incursión de reconocimiento.

El puente de Vauxhall es un hervidero de gente que vuelve a casa después del trabajo. Bajo sus arcos fluye rápidamente el río, atestado de tráfico. Ya no formo parte de un grupo de viajeros en Bulgaria. Soy un turista australiano de visita en Londres, con sombrero vaquero y chaleco de explorador. La primera vez que pasé, llevaba boina y bufanda de cuadros, y la segunda, gorra de lana del Arsenal con un pompón. Coste neto de todo el vestuario en el mercadillo de segunda mano de la estación de Waterloo: catorce libras. En Sarratt lo llamábamos «cambios de silueta».

Todo observador debe ir prevenido contra ciertas distracciones, como solía advertir yo a mis jóvenes oficiales durante el entrenamiento: cosas que atrapan la mirada y no la sueltan, como una chica preciosa tomando resueltamente el sol en el balcón, o un predicador callejero disfrazado de Jesucristo. Para mí, en esta tarde de comienzos del verano, la distracción es un rectángulo de exuberante césped del tamaño de un pañuelo, totalmente rodeado por una valla de pinchos. ¿Qué es? ¿Un calabozo de castigo al aire libre para infractores del Circus? ¿Un jardín secreto reservado a los oficiales de más alto rango? Pero ¿cómo lo hacen para entrar? Y, peor aún, ¿cómo consiguen salir?

En una diminuta playa de guijarros al pie de los muros del bastión, una familia asiática vestida con pintorescas sedas se ha sentado para merendar entre los gansos canadienses. Una lancha anfibia amarilla sube pesadamente la rampa contigua y se detiene después de un par de sacudidas. No sale nadie. Son casi las cinco y media. Recuerdo los horarios de trabajo del Circus: desde las diez hasta la hora que hiciera falta, para los elegidos, y desde las nueve y media hasta las cinco y media, para la plebe. Un discreto éxodo de funcionarios de los grados inferiores está a punto de comenzar. Cuento los puntos de salida, que seguramente estarán dispersos para pasar inadvertidos. Cuando los actuales inquilinos del bastión se mudaron a sus nuevos dominios, corrieron rumores de túneles secretos bajo del río que llegarían hasta Whitehall. De hecho, el Circus excavó más de un túnel en sus buenos tiempos, sobre todo en territorio extranjero. ¿Por qué no abrir un par de túneles en territorio propio?

Para mi primera reunión con Conejo, había entrado por una puerta que parecía pequeña, al lado de un par de portones de hierro forjado a prueba de impactos, con motivos *art déco*. Pero tenía la sensación de que esa puerta debía de estar reservada a los visitantes. De las otras tres salidas que he podido localizar, la que mejor se ajusta a mi intuición es la doble puerta pintada de gris, situada en lo alto de una discreta escalera de piedra del lado del río, que permite incorporarse directamente a la corriente de gente que va y viene por la acera. Cuando doblo la esquina, la doble puerta gris se abre y veo salir a media docena de hombres y mujeres, con un promedio de edades de entre los veinticinco y treinta años. Todos comparten la misma expresión de deliberado anonimato. Se cierran las puertas —sospecho que electrónicamente— y vuelven a abrirse. Baja un segundo grupo.

Soy el objeto de interés de Christoph y también su perseguidor. Supongo que durante la última media hora ha estado haciendo lo mismo que yo: familiarizarse con el edificio vigilado, localizar sus posibles salidas y esperar el momento adecuado. Parto del supuesto de que Christoph actúa guiado por un instinto operativo tan bueno como el de su padre. Imagino que ha analizado las acciones probables de su objeto de interés y ha elaborado un plan en consecuencia. Si he venido a Londres al funeral de un amigo, como le ha dicho Catherine —¿y por qué iba a dudarlo?—, entonces debe de estar casi seguro de que también he visitado a mis antiguos empleadores para informarme acerca de la irritante querella histórica que Christoph y su nueva amiga Karen Gold acaban de presentar contra el Servicio y sus funcionarios, uno de los cuales soy yo.

Otro grupo de hombres y mujeres baja la escalera. Cuando llegan a la acera, me sitúo detrás. Una mujer mayor de pelo gris me sonríe. Seguramente estará tratando de recordar de qué me conoce. Nos mezclamos con el resto de los peatones. Hay un cartel que indica el camino hacia Battersea Park. Nos acercamos a un arco del puente. Levanto la vista y distingo la figura de un hombre corpulento, con sombrero y abrigo tres cuartos de color oscuro, que nos contempla desde arriba. El punto que ha escogido, deliberadamente o por casualidad, le permite controlar las tres salidas del bastión. Yo también he aprovechado las ventajas de ese mismo mirador y puedo confirmar su valor táctico. Por la inclinación de su cabeza y de su sombrero —un *homburg* negro de copa alta y ala plana—, su cara queda en la sombra. Pero su corpulencia es indudablemente de boxeador. Tiene hombros cuadrados y espalda ancha, y mide por lo menos diez centímetros más de lo que yo habría esperado en un hijo de Alec, aunque también es cierto que no conocí a su madre.

Hemos dejado atrás el arco del puente. El abrigo oscuro ha bajado y se ha sumado a la procesión. Para lo grande que es, se mueve rápido. También Alec era ágil. Está unos veinte metros detrás de mí, y el *homburg* se mueve de lado a lado. Está tratando de no perder de vista algo o a alguien que tiene delante, y me inclino a pensar que soy yo. ¿Querrá que lo descubra? ¿O me estaré excediendo en las conclusiones, otro pecado contra el que también solía advertir a mis alumnos?

Gente que corre, ciclistas y lanchas nos adelantan rápidamente. A mi izquierda, bloques de apartamentos. En los bajos, relucientes restaurantes con terraza, cafés y puestos de comida rápida. Lo observo a través de su reflejo. Lo obligo a caminar más despacio. Recuerdo mis consejos a los nuevos agentes: sois vosotros los que marcáis el ritmo, y no la persona que os persigue. Pasead. Mostrad indecisión. No corráis si podéis caminar. El río bulle de embarcaciones de recreo, transbordadores, lanchas, barcas de remo y barcazas. En los muelles hay estatuas humanas y niños que soplan pompas de jabón y hacen volar drones de juguete. Si no es Christoph, tiene que ser un observador del Circus. Pero los observadores del Circus nunca han sido tan malos en su cometido, ni siquiera en nuestros peores momentos.

En Saint George's Wharf, me aparto hacia la derecha para separarme del torrente de peatones y finjo estudiar el horario de los barcos. Para identificar a tu perseguidor, tienes que obligarlo a elegir. ¿Subirá al autobús después de ti o seguirá su camino, sin hacer caso del autobús? Si sigue su camino, quizá te está dejando en manos de otro colega. Pero el abrigo oscuro con el *homburg* negro no va a confiarme a nadie más. Me quiere para él solo, y ahora se ha detenido junto a un puesto de salchichas y me está estudiando a través del espejo que cuelga detrás de los botes de mostaza y kétchup.

Delante de la máquina expendedora de billetes para los

transbordadores, se está formando una cola. Me pongo al final, espero mi turno y compro un billete de ida a Tower Bridge. Mi perseguidor ha decidido que ya no quiere una salchicha. El transbordador atraca junto al muelle, que se bambolea. Dejamos salir a los pasajeros que han llegado a destino. Mi perseguidor cruza la acera y se encorva sobre la máquina expendedora. Gesticula con evidente irritación. ¡Que alguien me ayude! Un tipo con rastas y gorra le enseña cómo se hace. No paga con tarjeta, sino en efectivo, con la cara todavía oculta por el ala del sombrero. Subimos a bordo. La cubierta superior está atestada de turistas. La multitud es tu amiga. Utilízala. Aprovecho la muchedumbre de la cubierta superior y busco un espacio libre en la barandilla, mientras espero a que mi perseguidor haga lo mismo. ¿Habrá notado que lo he visto? ¿Nos estamos vigilando mutuamente? ¿Me ha tomado el tiempo mientras yo se lo tomaba a él, como habrían dicho mis alumnos de Sarratt? Si es así, hay que abortar la operación.

Pero no pienso hacerlo. La embarcación comienza a virar. El sol ilumina brevemente al hombre del abrigo oscuro, pero su cara permanece en la sombra, aunque con el rabillo del ojo sigo notando que me vigila subrepticiamente, como si temiera que yo echara a correr de pronto o me lanzara por la borda.

¿Realmente eres Christoph, hijo de Alec? ¿O un agente judicial, enviado para entregarme una notificación? Pero, de ser así, ¿a qué viene tanto sigilo? ¿Por qué no me abordas ahora mismo y cumples con tu misión? El transbordador sigue maniobrando y el sol encuentra de nuevo a mi perseguidor. Levanta la cabeza. Por primera vez le veo la cara de perfil. Tengo la sensación de que debería asombrarme o incluso alegrarme, pero no siento ninguna de esas emociones. No experimento la euforia del reconocimiento. Sólo soy consciente de una constatación. Es Christoph, el hijo de Alec, con la misma mirada fija que le recuerdo en el estadio de Düsseldorf y la misma prominente mandíbula irlandesa.

Si Christoph estaba leyendo mis intenciones, yo también leía las suyas. No me había abordado porque estaba esperando a «ubicarme», como dicen los observadores: quería saber dónde me alojaba y, sólo entonces, elegir el momento y el lugar para presentarse. Mi respuesta obligada era privarlo de la información operativa que buscaba e imponerle mis condiciones: necesariamente, un lugar atestado de testigos. Las advertencias de Catherine, sumadas a mis aprensiones, me obligaban a considerar la posibilidad de que fuera un hombre violento en busca de compensación por los pecados que a su entender habría cometido yo contra su difunto padre.

Con esa eventualidad en mente, recordé el lejano día en que mi madre francesa me llevó a visitar la Torre de Londres, entre embarazosas exclamaciones de horror ante todo lo que veía. Y recordé en particular la gran escalera del puente, el Tower Bridge. Sentí que esa escalera me hablaba, no por sus emblemáticas atracciones, sino por mi propia supervivencia. En el vivero de Sarratt no nos enseñaban defensa personal. Nos adiestraban en una variedad de formas de matar, algunas silenciosas y otras menos, pero la defensa no era un plato destacado del menú. Lo único que sabía era que, en caso de lucha, debía situar el peso de mi oponente por encima de mí y aprovechar toda la ayuda que la gravedad pudiera proporcionarme. Mi perseguidor era un matón carcelario que me aventajaba en una veintena de kilos de huesos y músculos. Tenía que utilizar su peso en su contra, y no se me ocurrió mejor lugar que una escalera empinada, con mi envejecida persona unos cuantos peldaños por debajo de su corpulencia, para acelerar el desenlace. Ya había tomado un par de precauciones inútiles: había transferido al bolsillo derecho de la americana todas las monedas que tenía, para utilizarlas como munición de corto alcance, y había pasado el dedo corazón de la mano izquierda por el aro del llavero para convertirlo en improvisado puño americano. Nadie ha perdido nunca un combate por prepararlo, ¿verdad que no, chicos? No, señor, nunca.

Estábamos haciendo cola para desembarcar. Christoph aguardaba unos cuatro metros detrás de mí y su cara inexpresiva se reflejaba en el cristal de una puerta. «Pelo gris», había dicho Catherine, y yo ahora veía por qué: una hirsuta mata encanecida, rebelde como la cabellera de Alec, le brotaba en todas direcciones debajo del *homburg*, con la masa central recogida en una coleta que colgaba sobre la espalda del abrigo. ¿Por qué no mencionó Catherine la coleta? Quizá la llevara oculta por el abrigo en aquella ocasión. O tal vez las coletas no le parecían dignas de mención a Catherine. Avanzando en fila lentamente, subimos la rampa. El puente estaba practicable y una luz verde indicaba a los peatones que podían cruzarlo. Al llegar a la boca de la gran escalera, me giré y lo miré directamente. Le estaba diciendo: si quieres hablar, hagámoslo aquí, con testigos a nuestro alrededor. Él también se había parado, pero lo único que pude distinguir en su cara y sus ojos fue la expresión implacable del espectador de aquel partido de fútbol. Bajé rápidamente una docena de peldaños. La escalera estaba desierta, con la excepción de un par de vagabundos. Necesitaba situarme en un punto medio. Necesitaba que la caída fuera larga cuando me hubiera dejado atrás, porque no quería que volviera.

La escalera se fue llenando de gente. Dos chicas risueñas que iban de la mano me adelantaron rápidamente. Un par de monjes budistas con túnicas anaranjadas iniciaron un sesudo debate filosófico con un mendigo. Christoph estaba en lo alto de la escalera: una silueta con sombrero y abrigo. Paso a paso, con estudiada cautela, empezó a bajar los peldaños, con los brazos ligeramente separados de los costados y los pies bien plantados en el suelo, como un luchador. Eres demasiado lento —lo apremié—. Tienes que abalanzarte sobre mí. Necesito tu impulso. Pero se detuvo un par de peldaños más arriba y, por primera vez, oí su voz de adulto, que hablaba en inglés estadounidense con acento alemán y, para mi asombro, era bastante aguda.

—Hola, Peter, Pierre. Soy yo. Christoph. El hijo de Alec, ¿recuerdas? ¿No te alegras de verme? ¿No vas a estrecharme la mano?

Solté las monedas que tenía en el bolsillo y le tendí la mano derecha. Me la estrechó y la mantuvo el tiempo suficiente para hacerme sentir su fuerza, pese a la resbaladiza humedad de la palma.

—¿Qué puedo hacer por ti, Christoph? —dije.

Y como respuesta obtuve una de las cáusticas carcajadas

de Alec y el deje exageradamente irlandés que adoptaba cuando estaba de broma:

—¡Bueno, colega, para empezar, puedes invitarme a una copa!

El restaurante estaba en la primera planta de una casa supuestamente antigua, con falsas vigas atacadas por la carcoma y vistas sesgadas de la Torre a través de unas ventanas en ángulo. Las camareras vestían tocas y delantales, y para ocupar una mesa había que cenar. Christoph se sentó con toda su corpulenta humanidad encorvada sobre la silla y el sombrero inclinado sobre los ojos. Cuando la camarera le trajo la cerveza que había pedido, bebió un sorbo, hizo una mueca de disgusto y la apartó. Uñas negras y mordisqueadas. Anillos en todos los dedos de la mano izquierda; en la derecha, sólo en los dos centrales. La misma cara de Alec, pero con un rictus de hinchada insatisfacción allí donde debían estar los surcos marcados por el dolor. La misma prominente mandíbula pendenciera. Y en los ojos castaños, cuando se molestaban en mirarte, los mismos destellos de seductor aventurero.

—¿Qué has estado haciendo últimamente, Christoph? —le pregunté.

Pensó un rato.

—¿Últimamente?

—Sí.

—Bueno, en pocas palabras: esto —contestó con una gran sonrisa.

—¿Y qué es exactamente «esto»? Creo que no conozco toda la historia.

Meneó la cabeza, como dando a entender que no tenía importancia, y sólo se sentó bien en la silla cuando la camarera nos trajo los filetes con patatas fritas.

—Bonita granja, la que tienes allá en Bretaña —comentó mientras comía—. ¿Cuántas hectáreas?

—Cincuenta y pico. ¿Por qué?

—¿Es tuya?

—¿De qué estamos hablando, Christoph? ¿Por qué has venido a buscarme?

Comió otro bocado, inclinó a un lado la cabeza y me sonrió, dándome a entender que era una buena pregunta.

—¿Por qué he venido a buscarte? Llevo treinta años tratando de hacerme rico. He viajado por todo el mundo. He traficado con diamantes. Oro. Drogas. Un poco con armas. He estado en la cárcel. Demasiado. ¿Me he hecho rico? Y una mierda. Entonces vuelvo a la vieja y querida Europa y te encuentro a ti: mi mina de oro. El mejor amigo de mi viejo. Su hermano de sangre. ¿Y cómo te portaste tú con tu mejor amigo? Lo mandaste a morir. Lo mataste. Eso vale dinero, tío. Mucho dinero.

—Yo no maté a tu padre.

—Lee los archivos, tío. Los archivos de la Stasi. Son pura dinamita. George Smiley y tú matasteis a mi padre. Smiley era el cabecilla, y tú, su principal recadero. Le tendiste una trampa. Lo mataste. Directa o indirectamente, lo hiciste. Y arrastraste a Elizabeth Gold. ¡Todo está escrito en los malditos archivos! ¡Ese gran plan secreto que imaginaste y que acabó explotándote en las manos! ¡Le mentiste a mi viejo! Tú y el gran George. Le mentisteis y lo enviasteis a la muerte. *Deliberadamente.* Pregunta a los abogados.

¿Sabes una cosa? El patriotismo *ha muerto*, tío. El patriotismo es para los niños. Si este caso se vuelve internacional, el patriotismo como justificación no colará. El patriotismo como atenuante está oficialmente jodido. Lo mismo que las élites. Lo mismo que todos vosotros.

Por un momento pareció dispuesto a beber un trago de cerveza, pero al final cambió de idea y se puso a rebuscar en el bolsillo del abrigo negro, que no se había quitado, a pesar del calor.

Sacó una desportillada cajita de hojalata, se echó un poco de polvo blanco sobre el dorso de la mano y, apretándose una de las fosas nasales con un dedo de la mano libre, lo inhaló a la vista de todos los clientes del restaurante que se molestaron en mirar, que fueron unos cuantos.

—Entonces ¿a qué has venido? —pregunté.

—A salvarte el culo, tío —contestó, y a continuación me tendió las dos manos y me agarró de una muñeca en señal de auténtica lealtad—. Te diré cuál es el trato. La mejor salida que podrías soñar, ¿de acuerdo? Mi oferta personal para ti. La mejor que te harán en toda tu vida. Porque eres mi amigo, ¿de acuerdo?

—Si tú lo dices.

Había conseguido que me soltara, pero seguía mirándome con ojos afectuosos.

—No tienes ningún otro amigo aparte de mí. No hay ninguna otra oferta sobre la mesa. Única y no negociable. Una vez y nunca más. —Cogió la jarra, la vació de un trago y le indicó a la camarera que le trajera otra—. Un millón de euros. Directamente a mí, en mano. Sin intervención de terceros. Un millón de euros, el mismo día en que los abogados retiren la demanda, y no vuelves a oír hablar de mí en toda tu vida. Ni abogados, ni derechos humanos, ni pollas. Un millón de euros y te llevas todo el paquete. ¿Por qué me miras así? ¿Algún problema?

—No, ninguno. Es sólo que me parece barato. Tenía entendido que tus abogados ya habían rechazado ese importe y más.

—No me estás escuchando. Te estoy ofreciendo una rebaja. Para eso he venido. Te estoy haciendo una oferta especial: un pago único de un millón de euros, solamente a mí.

—Y supongo que a Karen, la hija de Liz Gold, le parecerá fantástico, ¿no?

—¿Karen? Escucha, yo la conozco. Solamente tengo que ir a verla, endulzarle los oídos como suelo hacer, hablarle de mis sentimientos, lloriquear un poco y decirle que no puedo seguir adelante con esto, que es demasiado doloroso para mí, que no quiero seguir removiendo los recuerdos de mi padre, que los muertos tienen que descansar... Sé muy bien lo que tengo que decir. Karen es muy sensible. Confía en mí.

Y al notar que yo no confiaba tanto como habría sido preciso añadió:

—Escúchame bien. A esa tía *la inventé* yo. Tiene una deuda conmigo. Hice todo el trabajo, pagué a la gente adecuada y conseguí los archivos. Después fui a verla, le di la buena noticia y le dije dónde podía encontrar la tumba de su madre. Entonces hablamos con los abogados. *Sus* abogados, los peores. Gente que trabaja *desinteresadamente*. ¿De dónde los saca? De sitios como Amnistía Internacional.

Organizaciones de derechos civiles. Los abogados hablaron con tu gobierno y le colocaron el sermón acostumbrado. Tu gobierno negó toda responsabilidad, se escabulló por la puerta trasera y nos hizo una oferta absolutamente confidencial, bajo cuerda, ultrasecreta y que negarían siempre, pasara lo que pasase, de un millón de libras esterlinas. ¡Un millón! Y no era más que la base para empezar a negociar. Personalmente, yo no habría aceptado un pago en libras, tal como están las cosas, pero ésa es otra historia. ¿Qué hacen los abogados de Karen? ¡Colocarles otro sermón! No queremos vuestro millón de libras, les dicen. Somos personas de elevados principios morales y queremos ver cómo os revolcáis en la mierda. Y si no os revolcáis voluntariamente en la mierda, os llevaremos a los tribunales y, de ser necesario, llegaremos a Estrasburgo y al puto Tribunal Europeo de Derechos Humanos. Entonces tu gobierno dice: muy bien, *dos* millones; pero los jodidos abogados de Karen siguen sin aceptar. Son como ella. Son santos. Son puros.

Un estrépito metálico hizo que todas las cabezas del restaurante se volvieran hacia nosotros. La cochambrosa mano izquierda de Christoph, cargada de anillos, acababa de aterrizar sobre la mesa, con la palma hacia abajo, delante de mí. El hombretón estaba inclinado sobre el plato y le caían gotas de sudor de la cara. Se abrió una puerta con un cartel de PRIVADO y asomó una cabeza asombrada, que al ver a Christoph volvió a desaparecer.

—Vas a necesitar mi número de cuenta bancaria, ¿verdad, tío? Aquí lo tienes. Y a tu gobierno le transmites el siguiente mensaje: «Un millón de euros, el día en que retiremos la demanda, o se os cae el pelo».

Levantó la mano, dejando al descubierto una hoja plegada de papel pautado. Esperó a que yo me la guardara en la cartera.

—¿Quién es Tulipán? —me preguntó en el mismo tono amenazador.

—¿Perdón?

—Nombre en clave de Doris Gamp. Empleada de la Stasi. Un hijo.

Se fue sin despedirse, mientras yo aún seguía insistiendo en que no me sonaban de nada los nombres de Gamp y Tulipán. Una valerosa camarera vino corriendo con la cuenta, pero él ya había bajado media escalera. Cuando llegué a la calle, lo único que vi fue su sombra enorme en el asiento trasero de un taxi que ya arrancaba y su mano pálida, que me saludaba perezosamente por fuera de la ventanilla.

Sé que volví andando a Dolphin Square. En algún lugar del camino recordé la hoja de papel pautado con el número de su cuenta bancaria y la tiré a una papelera. No sabría decir a cuál.

8

El tiempo agradable del día anterior había sido desplazado por una lluvia sesgada que azotaba las calles de Pimlico como una descarga de artillería. Llegué tarde a mi cita en los Establos y me encontré a Conejo solo en la puerta, sosteniendo un paraguas.

—Empezábamos a pensar que te habías fugado —dijo con su sonrisa de niño tímido.

—¿Y si lo hubiera hecho?

—Digamos que no habrías llegado muy lejos. —Sonriendo todavía, me entrega un sobre marrón con el sello de «Al servicio de su majestad», propio de las comunicaciones oficiales—. Enhorabuena. Estás gentilmente invitado a comparecer ante nuestros patrones. La comisión de investigación parlamentaria quiere tener unas palabras contigo. Fecha pendiente de concretar.

—También con vosotros, imagino.

—Tangencialmente. Pero nosotros no somos las estrellas, ¿no?

Un Peugeot negro se detiene ante nosotros. Conejo se acomoda en el asiento trasero y el Peugeot arranca.

—¿Tras las gafas de leer, Pete? —pregunta Pepsi, ya instalada en su trono, en la biblioteca—. Parece que la jornada será intensa.

Se refiere a la gruesa carpeta beige que me espera sobre la mesa de caballetes: mi obra maestra inédita. Cuarenta páginas.

—Lo que te propongo, Peter, es que prepares un informe oficial sobre el asunto —me está diciendo Smiley.

Son las tres de la mañana. Estamos sentados frente a frente en el cuarto de estar de una casa antigua de New Forest.

—Me pareces la persona ideal para la tarea —prosigue en el mismo tono deliberadamente impersonal—. Un informe definitivo, por favor. Interminable, repleto de detalles irrelevantes y sin la información concreta que sólo tú, yo y otras cuatro personas en el mundo conocemos y que, Dios mediante, nadie más conocerá nunca. Algo que satisfaga el salaz apetito de la Dirección Conjunta y actúe como elemento de confusión cuando la Oficina Central convoque el *post mortem* (utilizo el término figuradamente) que seguramente querrá organizar. En primera instancia, redáctalo solamente para mí. Confidencial. ¿Lo harás? ¿Te sientes capaz? Con Ilse a tu lado, naturalmente.

Ilse, la lingüista estrella de Encubiertas. La remilgada, meticulosa y bella Ilse, que domina a la perfección el alemán, el checo, el serbocroata y el polaco. Que vive con su madre en Hampstead y toca la flauta los sábados por la noche. Ilse se sentará a mi lado y corregirá mi transcripción de las grabaciones alemanas. Nos reiremos juntos de mis pequeños errores, discutiremos por la frase o la palabra más correcta y nos pondremos de acuerdo para pedir sándwiches. Nos inclinaremos juntos sobre la grabadora, nuestras cabezas chocarán accidentalmente y nos pediremos mutuas disculpas. A las cinco y media, puntualmente, Ilse volverá a Hampstead, con su madre y con su flauta.

DESERCIÓN Y EXFILTRACIÓN DE LA SUBFUENTE TULIPÁN
Borrador de informe redactado por P. Guillam, asistente del D. Encubiertas Marylebone, para Bill Haydon, D. Dirección Conjunta, y Oliver Lacon, Tesoro de S.M. Pendiente de aprobación por D. Encubiertas

---

Los primeros indicios de que la subfuente Tulipán puede estar en peligro de ser descubierta surgieron en el transcurso de un encuentro rutinario entre Anémona y su controlador Leamas (PAUL), en Berlín Occidental, en la casa segura K2 (Fasanenstrasse), el 16 de enero, a las 07.30 horas aproximadamente.

Haciendo uso de una identidad falsa (Friedrich Leibach), Anémona había cruzado en bicicleta[1] la frontera del sector para pasar a Berlín Occidental, confundido con la invasión mañanera de operarios procedentes de Berlín Oriental. Un opíparo «desayuno inglés» consistente en huevos fritos, panceta ahumada y alubias en

1. Tras el reclutamiento de Anémona por parte de este Servicio, se tomó la decisión de reducir al mínimo sus viajes visibles a Berlín Occidental. Como resultado, la Oficina de Berlín le proporcionó la identidad de Friedrich Leibach, obrero de la construcción residente en Lichtenberg, Berlín Oriental, donde el propio Anémona se agenció un cobertizo para guardar la bicicleta y el traje de operario.

salsa de tomate, todo ello preparado por Leamas, se ha convertido en tradición durante esos encuentros, que se producen a intervalos regulares, según las necesidades operativas y los compromisos profesionales de Anémona. En esta ocasión, como de costumbre, la sesión dio comienzo con un bloque informativo rutinario y comentarios sobre noticias diversas:

La subfuente Narciso ha sufrido una recaída en su enfermedad, pero insiste en seguir desempeñando su papel, consistente en recibir y entregar «libros difíciles de conseguir, folletos y correspondencia personal».

El informe de la subfuente Violeta sobre la concentración de efectivos soviéticos en la frontera checa ha tenido buena acogida en Whitehall. Se recomienda aprobar la bonificación solicitada.

La subfuente Pétalo tiene un novio diferente. Es un cabo de señales del Ejército Rojo, de veintidós años, procedente de Minsk, experto en códigos y asignado recientemente a la unidad de la subfuente. Está obsesionado por la filatelia, y Pétalo le ha dicho que su anciana tía (ficticia) posee una colección de sellos rusos anteriores a la revolución que ya no le interesa y de la que estaría dispuesta a desprenderse a cambio de una retribución. La subfuente pretende que el precio, negociado en la cama, sea un libro de códigos. A instancias de Leamas, Anémona le ha asegurado que Londres le proporcionará una colección adecuada de sellos postales.

Sólo entonces la conversación pasa a la subfuente Tulipán.

Transcripción textual:

Leamas: ¿Y qué me dices de Doris? ¿Está animada o deprimida?

Anémona: Paul, amigo mío, no lo sé ni puedo formular un diagnóstico. Con Doris, cada día es diferente.

Leamas: Eres su salvavidas, Karl.

Anémona: Ahora dice que su marido, el señor Quinz, le está prestando demasiada atención.

Leamas: Ya iba siendo hora. ¿En qué sentido?

Anémona: Parece que sospecha, aunque Doris no sabe exactamente qué. Le pregunta constantemente adónde va, con quién habla, dónde ha estado... La observa mientras cocina, o mientras se está vistiendo u ocupándose de sus asuntos.

Leamas: ¿No será que por fin está celoso?

Anémona: Ella lo niega. Dice que Quinz sólo siente celos de sus colegas, porque sólo le importa su brillante carrera y su ego. Pero con Doris nunca se sabe.

Leamas: ¿Qué tal le va en la oficina?

Anémona: Dice que Rapp ni siquiera se atreve a sospechar de ella, a causa de sus infracciones disciplinarias. Dice que si la S.I. desconfiara, ya la habrían metido en uno de los calabozos que hay un poco más abajo, en la misma calle.

Leamas: ¿La S.I.?

Anémona: La Seguridad Interna de la Stasi. Todas las mañanas pasa por delante de sus oficinas cuando se dirige a la suite de Rapp.

Ese mismo mediodía, como medida rutinaria, Leamas le indicó a De Jong que revisara los planes de emergencia existentes para la exfiltración de la subfuente Tulipán. De Jong confirmó que los salvoconductos y los recursos materiales necesarios para una exfiltración hacia el este, vía Praga, estaban al día y disponibles. Tras esperar al cambio de turno de los operarios, Anémona volvió en bicicleta a Berlín Oriental.

Pepsi no se está quieta y no deja de bajar de su trono para recorrer la sala sin razón aparente; de vez en cuando, viene y me espía por encima del hombro. Imagino a Tulipán en el mismo estado de nerviosismo, en su casa de Hohenschönhausen, o tal vez en su oficina contigua al despacho de Emmanuel Rapp, en la sede de la Stasi, en el número 3 de Magdalenenstrasse.

El segundo indicio llegó en forma de interconsulta médica. Con la ayuda del cuerpo policial de Berlín Occidental, habíamos ideado un sistema para establecer contacto en caso de emergencia. Si Anémona llamaba al Klinikum (Berlín Occidental) desde el hospital Charité (Berlín Oriental) y solicitaba hablar con el doctor Fleischmann, un colega ficticio, la llamada se desviaba automáticamente a la Oficina de Berlín. A las 09.20 horas del 21 de enero, tras la oportuna desviación de la llamada, se produjo la siguiente conversación entre Anémona y Leamas, bajo cobertura médica.

Transcripción textual:

Anémona (desde el hospital Charité, en Berlín Oriental): ¿Doctor Fleischmann?

Leamas: ¿Diga?

Anémona: Soy el doctor Riemeck. Tengo entendido que usted tiene una paciente, Lisa Sommer.[2]

Leamas: Así es. ¿Le ha pasado algo?

2. Nombre en clave de Tulipán.

Anémona: Anoche, estando yo de guardia, la señora Sommer se presentó en mi servicio de urgencias aquejada de delirios. La sedamos y posteriormente le dimos el alta.

Leamas: ¿Qué clase de delirios?

Anémona: Tiene la fantasía de que su marido sospecha de ella y la cree capaz de entregar secretos de Estado a elementos fascistas contrarios al Partido.

Leamas: Gracias. Tomo nota. Por desgracia, me requieren en el quirófano, el teatro de operaciones.

Anémona: Entendido.

Pasaron dos horas, durante la cuales Anémona sacó de su escondite el equipo Teatro,[3] lo encendió y lo sintonizó según las instrucciones recibidas, y al cabo de un rato logró captar una débil señal. La calidad de sonido fue irregular durante toda la conversación. Su contenido:

Horas antes, esa mañana, Tulipán había hecho por primera vez una llamada de crisis a la consulta de Anémona. Tal como habían acordado, la llamada había consistido únicamente en un repiqueteo aplicado sobre el auricular del teléfono de un tercero (en este caso, una cabina). Como respuesta, Anémona había manifestado su acuerdo: dos golpes, pausa y tres golpes más.

El punto de encuentro para casos de emergencia era un bosquecillo en las afueras de Köpenick, que casual-

3. Teatro era un sistema de comunicaciones de corto alcance, de alta frecuencia, especialmente desarrollado para las comunicaciones encubiertas Este-Oeste dentro de la ciudad de Berlín. En una nota semioficial al director del departamento técnico, Leamas calificó el sistema de «engorroso, condenadamente complicado, hipertrofiado y típicamente yanqui». Desde entonces, ha dejado de utilizarse.

mente era el mismo elegido previamente por Anémona para esconder su equipo Teatro. Los dos asistentes a la reunión llegaron en bicicleta con pocos minutos de diferencia. El estado de ánimo inicial de Tulipán, según Anémona, era «triunfal». Según ella, Quinz estaba «neutralizado», prácticamente «como si estuviera muerto». Tenían que celebrarlo, porque Dios estaba de su parte. A continuación, relató lo siguiente:

Al volver a casa del trabajo la noche anterior, Quinz había cogido la cámara Zenit que colgaba detrás de la puerta de entrada, la había abierto mascullando algo entre dientes, había vuelto a cerrarla y la había colgado otra vez del gancho. Después, había exigido inspeccionar el contenido del bolso de Tulipán. Ante la oposición de ella, la apartó de un empujón y le registró el bolso por la fuerza. Cuando Gustav salió en defensa de su madre, Quinz le dio una bofetada que le hizo sangrar la nariz y la boca. Como no encontró lo que buscaba, Quinz se puso a revolver los cajones y los armarios de la cocina, a palpar frenéticamente los almohadones y a rebuscar entre la ropa de Tulipán e incluso entre los juguetes del niño, sin éxito.

Después, hablando a gritos delante de Gustav, desafió a Tulipán a explicarle varias cuestiones que procedió a enumerar con los dedos: uno, ¿por qué la cámara Zenit de la familia no estaba cargada?; dos, ¿por qué había solamente un rollo de película virgen en el bolsillo de la funda de la cámara, cuando la semana anterior había dos?, y tres, ¿por qué faltaba también el rollo que el domingo anterior estaba dentro de la Zenit, con sólo dos fotogramas expuestos?

Y varias preguntas subsidiarias más: ¿qué había hecho ella con los ocho fotogramas restantes? ¿Adónde había llevado a revelar la película? ¿Dónde estaban las fotos reveladas? ¿Y qué había pasado con el rollo de película virgen? ¿O sería tal vez —como era su íntima convicción— que había estado fotografiando los documentos clasificados que él traía a casa para venderlos a los espías occidentales?

La realidad, como bien sabía Tulipán, era la que se expone a continuación. Desde que había conseguido esconder una Minox debajo del plato de ducha del cuarto de baño de mujeres de su sección del bloque 3, Tulipán ya no tenía ninguna cámara subminiatura en el bolso, ni en su domicilio. Cuando Quinz se llevaba a casa documentos interesantes del Ministerio de Asuntos Exteriores de la RDA, ella esperaba a que estuviera dormido u ocupado con sus amistades masculinas y los fotografiaba con la Zenit de la familia. El domingo anterior, le había hecho dos fotos a Gustav mientras se columpiaba en el parque. Por la noche, mientras Quinz bebía con sus amigos, había usado el resto del rollo para fotografiar los documentos de su maletín. Después, había retirado el rollo de la Zenit y lo había enterrado en un tiesto, a la espera de su siguiente encuentro con ANÉMONA; pero se había olvidado de cargar la cámara con un rollo nuevo y de hacer un par de fotos tapando el objetivo con el dedo para fingir que eran dos tomas malogradas de Gustav. Aun así, TULIPÁN se las arregló para montar lo que ella consideraba un contraataque devastador contra su marido. Le dijo a Quinz, por si no lo sabía, que mucha gente de la Stasi desconfiaba de él por los antecedentes de su padre y por su supuesta homosexualidad, y que nadie se creía sus exageradas protestas de lealtad al Partido. Y era verdad que fotografiaba todos los documentos que encontraba en su maletín, pero no lo hacía para vender la información a Occidente, sino para chantajearlo cuando tuviera que luchar por la custodia de Gustav, una eventualidad que consideraba inminente. Porque una cosa era segura —le dijo—: si alguna vez se descubría que Lothar Quinz se llevaba a casa documentos secretos para estudiarlos obsesivamente durante sus horas libres, su sueño de ser embajador de la RDA en el extranjero se esfumaría para siempre.

Continuación de la grabación:

Leamas: Entonces ¿cómo han quedado las cosas?

Anémona: Está convencida de haberle cerrado la boca. Esta mañana, Quinz fue a trabajar como de costumbre. Estaba tranquilo e incluso afectuoso.

Leamas: ¿Dónde está ella ahora?

Anémona: En su casa, esperando a Emmanuel Rapp. A las doce en punto del mediodía, la recogerá en su coche para ir a Dresde, a una sesión plenaria del Consejo de Seguridad Interior. Será un honor para ella.

[Quince segundos de pausa.]

Leamas: Muy bien. Te diré lo que debe hacer ella. En primer lugar, llamará por teléfono a la oficina de Rapp. Le dirá que anoche se puso muy enferma, que ahora tiene fiebre alta y no puede viajar. Y que está desolada. Después, abortará la operación. Ya conoce el procedimiento. Que vaya al punto de encuentro y espere.

Después, Leamas telegrafió a la Oficina Central para comunicar que la solicitud de exfiltración urgente para la subfuente Tulipán pasaba del ámbar al rojo y que toda la red Anémona estaba en peligro, porque Tulipán conocía perfectamente a la fuente Anémona. Como el plan de fuga requería la colaboración de las oficinas de Praga y París, era esencial contar con la colaboración de la Dirección Conjunta. Al mismo tiempo, Leamas pidió autorización inmediata para ocuparse personalmente de la exfiltración. Estaba al corriente de las últimas órdenes del Circus y sabía que todo oficial de servicio que poseyera información particularmente sensible y se propusiera entrar en territorio hostil sin protección diplomática debía disponer de autorización previa por escrito de la Oficina Central, más concretamente, de la Dirección Conjunta. Diez minutos después, recibió su respuesta: «Solicitud denegada. Confirme recepción. D.C.». El telegrama no estaba firmado, aparte de las iniciales, de acuerdo con la política de responsabilidad colectiva en la toma de decisiones adoptada por el director de la D.C. [Haydon]. Simultáneamente, Inteligencia de Señales informó de un incremento súbito de las comunicaciones en todas las longitudes de onda de la Stasi, y la Misión Militar Británica en Potsdam observó un refuerzo de las medidas de seguridad en todos los puestos fronterizos de Berlín Occidental y a lo largo de toda la frontera entre la RDA y Alemania Occidental. A las 15.05, hora de Greenwich, la radio de la RDA anunció la búsqueda por todo el país de una mujer «lacaya del imperialismo fascista» cuyo nombre no fue revelado. La descripción ofrecida por las autoridades coincidía con la de TULIPÁN.

Mientras tanto, Leamas había tomado medidas por su cuenta, desobedeciendo abiertamente el mensaje de la Dirección Conjunta. No se disculpa por ello. Dice solamente que no podía quedarse «con el culo aplastado en el asiento», viendo cómo acababan con Tulipán y con toda la red Anémona. Cuando la Dirección Conjunta instó a proceder de inmediato a la exfiltración del propio Anémona, como mínimo la respuesta de Leamas fue contundente: «Puede marcharse cuando quiera, pero se niega. Prefiere que lo juzguen, como a su padre». Menos claro es el papel desempeñado por Stavros de Jong, auxiliar de la Oficina de Berlín, recientemente ascendido, y por Ben Porter, guardia de seguridad y chófer de la Oficina.

Testimonio de Ben Porter (guardia de seguridad de la Oficina de Berlín) a P.G. Transcripción textual:

Alec está en su escritorio, hablando con la Dirección Conjunta por la línea segura. Yo estoy en la puerta. Cuelga el teléfono, se vuelve hacia mí y me dice: «Ben, tenemos trabajo. Ve a buscar el Land Rover y dile a Stas que se reúna conmigo en el patio, con todo el equipo, dentro de cinco minutos». En ningún momento me dice el señor Leamas: «Ben, tengo que informarte de que al hacer esto estás contraviniendo las instrucciones de la Oficina Central».

Testimonio de Stavros de Jong (agente a prueba en la Oficina del director de Encubiertas en Berlín) a P.G. Transcripción textual:

Le pregunté al director de Encubiertas: «Alec, ¿estás seguro de que tenemos el apoyo de la Oficina Central para esto?». Y él me respondió: «Stas, te doy mi palabra». Y yo lo creí.

Las protestas de inocencia de los dos testigos eran cosa mía, no suya. Como no me cabía duda de que Smiley había animado a Leamas para que se ocupara personalmente de la exfiltración de Tulipán, procuré suministrar a Porter y a De Jong una coartada segura, en caso de que se vieran obligados a responder por sus actos delante de Percy Alleline o de alguno de sus secuaces.

Han pasado tres días. Ahora es el propio Alec quien narra la historia. Son las diez de la noche y está presentando su informe sentado a una mesa de madera basta, en una sala segura de la embajada británica en Praga, donde se ha refugiado una hora antes. Habla delante de una grabadora y tiene al otro lado de la mesa al director de la Oficina de Praga, un tal Jerry Ormond, marido de la formidable Sally, que es además la número dos de la Oficina, en su particular sociedad matrimonial de espionaje. También hay sobre la mesa, o quizá solamente en mi bien fundamentada imaginación, una botella de whisky escocés y un solo vaso —el de Alec—, que Jerry rellena de vez en cuando. Por el tono apagado de la voz de Alec, es evidente que está agotado, lo cual es una ventaja desde el punto de vista de Ormond, porque su función como receptor del informe final de la misión consiste en extraerle al sujeto la narración de los hechos antes de que su memoria tenga tiempo de modificarla. También en mi imaginación, Alec está sin afeitar y viste un albornoz prestado después de la ducha apresurada que le han permitido darse. El acento irlandés se manifiesta en su voz en estallidos irregulares.

¿Y dónde estoy yo, Peter Guillam? En Praga no, aunque podría haber estado. Me encuentro en una sala del piso de arriba de la sede de Encubiertas en Marylebone, escuchando la cinta que un avión de la RAF acaba de transportar urgentemente a Londres, y pensando: «Ahora me toca a mí».

A.L.: Estamos a ocho grados bajo cero en la escalera del Estadio Olímpico; sopla viento de levante cargado de nieve fina, y hay hielo en las carreteras. Creo que el mal tiempo es una ventaja. El tiempo inclemente es tiempo de fuga. El Land Rover espera, con Ben al volante. Stas de Jong baja la escalera en uniforme y consigue embutir todo su metro noventa, con botas del ejército incluidas, en el compartimento del suelo. Cerramos la trampilla, y me siento delante, al lado de Ben. Llevo gorra y capote de oficial con tres estrellas y, debajo del uniforme, ropa de operario de Alemania Oriental. Bajo el asiento, una maltrecha bolsa de bandolera para los documentos. Una de mis reglas es llevar siempre los documentos aparte, para el salto. A las 09.20 horas cruzamos el puesto oficial de Friedrichstrasse para personal militar tras enseñar a los VoPos nuestros pases a través de las ventanillas cerradas, sin dejar que los cabrones les pongan las manos encima, como se estila últimamente, según nos indican los diplomáticos. En cuanto dejamos atrás el puesto de control, empieza a seguirnos un Citroën con dos VoPos dentro. Un día normal, por tanto. Necesitan asegurarse de que somos un vehículo militar británico más que intenta reivindicar los derechos otorgados por el acuerdo cuatripartito, y nosotros hacemos todo lo posible para confirmárselo. Atravesamos Friedrichshain y pienso que ojalá que Tulipán haya salido ya de su casa, porque si no lo ha hecho, significa que estará muerta o algo peor, y también lo estará la red. Seguimos en dirección al norte, hacia Pankow, hasta llegar al perímetro militar soviético, y entonces giramos al este. Llevamos pegado el mismo Citroën, lo que resulta perfecto. No necesitamos un cambio de guardia ni ojos frescos que nos vigilen. Los hago bailar un poco, que es lo que esperan de nosotros. De vez en cuando giramos bruscamente, volvemos atrás, reducimos la marcha, frenamos... Ahora vamos hacia el sur, en dirección a Marzahn. Seguimos dentro del municipio de Berlín, pero el entorno es boscoso, con largas carreteras y nieve a nuestro alrededor. Pasamos junto a la vieja estación de radio nazi, que es nuestro primer punto de referencia. El Citroën ha quedado rezagado unos cien metros, ya que no rueda bien por la carretera helada. Ganamos velocidad cuesta abajo. Pronto llegamos a un desvío a la izquierda y entre los árboles asoma la chimenea blanca de una fábrica, nuestro segundo punto de referencia. Un antiguo aserradero. Tomamos rápidamente el desvío, reducimos la velocidad y nos deslizamos hasta casi frenar junto al aserradero. Salto del vehículo con la bandolera y sin el capote militar. Para Stas, es la señal de que ya puede salir del compartimento secreto y acomodarse en el asiento del acompañante, fingiendo ser yo. Me quedo tumbado en el arcén, cubierto de nieve. Debo de haber rodado solamente un par de metros. Cuando echo un vistazo, el Land Rover va subiendo la cuesta y el Citroën lo sigue, tratando de no quedar demasiado rezagado.

[Una pausa, durante la cual se oye un tintineo de cristales y el ruido de un líquido al caer en un vaso.]

A.L.: Junto al viejo aserradero hay un aparcamiento abandonado de camiones y un cobertizo de hojalata lleno de polvo de serrín. Entre el serrín, distingo un Trabant marrón y azul con un cargamento de tuberías de acero amarrado al techo. Tiene cientos de miles de kilómetros recorridos y huele a mierda de rata, pero el depósito está lleno, hay un par de latas de gasolina en el maletero y los neumáticos están en perfecto estado. El mantenimiento ha corrido a cargo de un paciente de confianza de Anémona que no ha querido dar su nombre. El único problema es que a los Trabis les sienta mal el frío. Tardo una hora en hacerlo arrancar y, mientras tanto, no dejo de pensar: «¿Dónde estás, Tulipán? ¿Te han atrapado? ¿Has empezado a hablar? Porque, si estás hablando, estamos jodidos».

J.O. [Jerry Ormond]: ¿Tu identidad?

A.L.: Günther Schmaus, obrero soldador de Sajonia. Tengo un buen acento sajón. Mi madre era de Chemnitz, y mi padre, de Cork.

J.O.: ¿Y Tulipán? ¿Quién será, cuando te encuentres con ella?

A.L.: Mi mujer, mi querida Augustina.

J.O.: ¿Dónde está en este momento? ¿Todo va bien?

A.L.: Está en el punto de encuentro, al norte de Dresde. Una zona rural. Ha intentado llegar en bicicleta a pesar del mal tiempo, pero después de un trecho se ha deshecho de la bici, porque saben que es su medio de transporte. Después ha cogido el tren de cercanías y ha caminado o ha conseguido que alguien la lleve al punto de encuentro, donde tiene órdenes de quedarse todo el tiempo que haga falta.

J.O.: ¿Y para pasar de Berlín Oriental a la RDA? ¿Qué previsiones tienes?

A.L.: Es difícil hacer previsiones. No hay puestos fronterizos. Sólo patrullas móviles. Puedes tener suerte o no tenerla.

J.O.: ¿Y vosotros la tuvisteis?

A.L.: No nos fue mal. Había dos coches de policía. Te cortan el paso, te meten un poco de miedo, te hacen bajar y te registran. Pero si los papeles parecen buenos, te dejan seguir.

J.O.: Y los vuestros lo parecían, ¿verdad?

A.L.: Si no, no estaría delante de esta puñetera mesa, ¿no te parece?

[Cambio de cinta. Cuarenta y cinco segundos de ruido blanco. Después vuelve a oírse la voz de Leamas, que describe el viaje en coche de Berlín Oriental a Cottbus.]

A.L.: Lo mejor del tráfico en la RDA es que básicamente no existe. Caballos, algunos carros, bicicletas, ciclomotores, sidecares, algún camión destartalado... Vamos por la autopista y de vez en cuando nos desviamos por carreteras secundarias. Voy alternando. Cuando las carreteras se vuelven impracticables por la nieve, regreso a la autopista. Hay que evitar Wünsdorf a toda costa. Antes había allí una base nazi enorme, de la que los rusos se apropiaron por completo: tres divisiones de carros de combate, instalaciones de lanzamiento de misiles y una estación de radio de grandes dimensiones. Los estamos espiando desde hace meses. Por razones de seguridad, doy un rodeo por el norte, pero no por la autopista, sino por una carretera secundaria.

Cada vez nieva con más fuerza y a los lados del camino hay hileras de árboles desnudos con las ramas cargadas de muérdago. Se me ocurre que algún día debería volver, cortar todo ese muérdago y venderlo en el mercadillo de Covent Garden. De repente —¿lo estaré soñando?—, me encuentro en medio de un convoy militar soviético, circulando en la dirección opuesta. Camiones cargados de soldados, carros T-34 transportados sobre remolques, seis u ocho piezas de artillería..., y yo en mi Trabi de dos colores, serpenteando entre los vehículos y tratando de salir de la puta carretera sin que ninguno de ellos se vuelva para mirarme. Siguen adelante, ¡y ni siquiera me dan tiempo a tomarles las jodidas matrículas!

[Risas de Leamas, a las que se suma Ormond. Una pausa. Se reanuda el relato, a un ritmo más lento.]

A.L.: A las 16.00 horas estoy a cinco kilómetros de Cottbus. Voy buscando a los lados de la carretera un taller de chapa y pintura abandonado, que es el punto de encuentro, y un guante infantil de lana metido entre los alambres de una valla, que es la señal de seguridad de Tulipán para hacerme saber que está allí. Enseguida lo veo: un guante de lana de color rosa fuerte, colocado ahí, como una condenada bandera en medio de la nada. Me da miedo, no sé muy bien por qué. El puto guante. Se ve demasiado. Quizá dentro del taller no me está esperando Tulipán, sino la Stasi. O puede que esté Tulipán, pero también la Stasi. Entonces me paro un momento y me pongo a pensar. Y mientras pienso, se abre la puerta del taller y la veo, de pie en la entrada, con un niño sonriente de seis años agarrado de la mano.

[Una pausa de veinte segundos.]

A.L.: Yo no había coincidido nunca con la maldita Tulipán. Habíamos quedado en que ella trabajaría para Anémona y nada más. La conocía por las fotos. Me le acerqué y le dije: «Hola, Doris, ¿qué tal estás? Me llamo Günther y durante este viaje seré tu marido». Y enseguida le pregunté: «¿Quién demonios es este crío?», aunque sabía perfectamente quién era el puñetero niño. Entonces ella me dice: «Es Gustav, mi hijo, y viene conmigo». Y yo le digo: «Una puta mierda. Somos una pareja sin hijos y no vamos a esconderlo debajo de una manta para pasar la frontera checa. ¿Qué piensas hacer?». Me responde que en ese caso no piensa ir conmigo, y el niño, con su vocecita aguda, me dice que él tampoco. Así que le ordeno a Gustav que vuelva a entrar en el taller. La agarro a ella por el brazo, me la llevo a la parte trasera del cobertizo y le digo lo que ya sabe pero no quiere oír: que no tenemos papeles para el crío, que nos pararán por el camino y nos pedirán la documentación, y que si no nos deshacemos del niño, ella estará tan jodida como yo, y también lo estará el bueno del doctor Riemeck, porque cuando la atrapen a ella con el chiquillo, tardarán menos de cinco minutos en sacarle el nombre del médico. No me contesta. Se está haciendo de noche y empieza a nevar de nuevo. Entramos en el taller, que es grande como un maldito hangar de aviación y está lleno de maquinaria averiada. Vemos que Gustav, el condenado crío, ha estado «poniendo la mesa» para la cena, lo creas o no. Ha sacado las provisiones que llevaba su madre y las ha ordenado en el suelo: salchichón, pan y un termo con chocolate caliente, además de unas cajas para sentarnos. ¡Una auténtica fiesta! Nos sentamos y disfrutamos de nuestro pequeño pícnic familiar, mientras Gustav nos canta un himno patriótico. Después se acuestan los dos, arropados con sus abrigos y otras cosas que han traído, y yo me quedo sentado en un rincón, fumando. En cuanto empieza a amanecer, los hago subir a los dos al Trabi y me dirijo al pueblo que atravesé la noche anterior, porque recuerdo haber visto al pasar una parada de autobús. Por suerte, cuando llegamos a la parada, hay dos mujeres con caperuzas negras, faldas blancas y cestas de pepinos cargadas a la espalda. ¡Y bendita sea su alma, son sorbias!

J.O.: ¿«Sorbias»? ¿Y eso qué demonios...?

A.L. [en un estallido de indignación]: ¡Sorbias! ¡Por el amor de Dios! ¿Nunca has oído hablar de los putos *sorbios*? ¡Hay sesenta mil! Son una especie protegida, incluso en la RDA. Una minoría eslava, con poblaciones dispersas a lo largo del Spree. Llevan siglos en la región, cultivando sus malditos pepinos. Intenta reclutar a uno y verás.

[Una pausa de diez segundos, hasta que se tranquiliza.]

A.L.: Paro. Les digo a Tulipán y a Gustav que se queden en el coche y no se muevan. Me bajo. Una de las sorbias me mira, la otra ni se molesta. Intento parecer simpático. Para demostrarles mi respeto, le pregunto a la primera si habla alemán. Dice que sí, pero que prefiere hablar sorbio. Una broma. Le pregunto adónde van. En autobús a Lübbenau y después en tren hasta la Ostbahnhof de Berlín, a vender los pepinos. En Berlín se los pagan mejor. Me invento un cuento chino sobre Gustav: familia mortalmente preocupada, madre desesperada, el chico tiene que volver a Berlín con su padre, ¿podrían llevarlo? La mujer le comunica la propuesta a su amiga y las dos deliberan un momento, en sorbio. Mientras tanto, pienso que en cualquier instante aparecerá el puto autobús por la cuesta y todavía no se habrán decidido. Entonces la primera dice: «Nos llevaremos al niño si nos compra los pepinos». Y yo le digo: «¿Todos?». Y ella: «Sí, todos». Le contesto: «Si se los compro todos, no les quedará ni un solo maldito pepino para vender en Berlín y entonces ya no tendrán que ir a la ciudad». Se ríen de buena gana, comentando en sorbio lo que acabo de decir. Le tiendo a la primera un fajo de billetes. «Por los pepinos —le digo—. Pero pueden quedárselos. Y esto, para pagarle el tren al niño, y esto otro, para el trayecto hasta Hohenschönhausen.» En ese momento aparece el autobús a lo lejos y me voy a buscar al chico. Vuelvo al coche y le digo a Gustav que se baje, pero su madre está como paralizada y se tapa los ojos con una mano, y él tampoco se mueve. Entonces le ordeno a Gustav que se baje del coche, le grito que lo haga, y al final el crío obedece. «Irás marcando el paso hasta el autobús —le digo— y esas dos amables camaradas te acompañarán a la Ostbahnhof. Y desde la estación, irás a tu casa en Hohenschönhausen y esperarás a que llegue tu padre. Es una orden, camarada.» El crío me pregunta adónde va su madre y por qué no puede acompañarla, y yo le respondo que su madre tiene un importante trabajo secreto que hacer en Dresde, y que su deber, como buen soldado del comunismo, es volver con su padre y continuar la lucha. Entonces el niño se va. [Cinco segundos de silencio.] Bueno, ¿por qué cojones iba a actuar de otra manera? ¡Es un niño del Partido con un padre del Partido y tiene solamente seis años!

J.O.: ¿Y Tulipán, mientras tanto?

A.L.: Sentada en el puto Trabi, mirando a través del parabrisas como si estuviera en trance. Vuelvo a mi puesto, recorremos un kilómetro más, paro otra vez y la saco del coche. Tenemos un helicóptero zumbando sobre nuestras cabezas. No sé qué mierda pretenderán ni de dónde puñetas lo habrán sacado. ¿Se lo habrán prestado los rusos? «Escúchame —le digo—. Tienes que escucharme, porque nos necesitamos mutuamente. Mandar a tu hijo a Berlín no es el final del problema. Es el principio de otro nuevo. Dentro de dos horas, toda la Stasi sabrá que Doris Quinz, de soltera Doris Gamp, fue vista por última vez en los alrededores de Cottbus, en dirección al este, en compañía de un hombre. Tendrán una descripción del coche y de todo lo demás. Así que ya podemos despedirnos de pasar la frontera checa con papeles falsos a bordo de este montón de mierda sobre ruedas, porque a partir de ahora, cada unidad de la Stasi y del KGB, y cada puesto fronterizo desde Kaliningrado hasta Odesa, estará a la caza de un Trabant de dos colores con una pareja de espías fascistas dentro.» Ella lo acepta con entereza, debo reconocerlo. No hace ningún drama. Solamente pregunta qué otro plan tenemos, y yo se lo digo: un mapa de los antiguos contrabandistas que decidí traer en el último minuto.

Con suerte, y rezando un poco, puede servirnos para pasar la frontera a pie. Entonces lo piensa y, al cabo de un momento, me pregunta (como si para ella fuera un factor decisivo): «Si voy contigo, ¿cuándo podré volver a ver a mi hijo?». Eso me hace pensar que quizá esté considerando la posibilidad de entregarse, por el niño. Entonces la agarro por los hombros y, mirándola a los ojos, le juro que conseguiré que nos entreguen a su hijo en el próximo intercambio de agentes, aunque sea lo último que haga en mi vida. Y sé tan bien como tú que es tan improbable que algún día cumpla esa promesa como que... [Pausa de tres segundos.] ¡Qué jodido es todo!

¿Fue meramente por razones de economía que, en mi posterior transcripción, que ahora estoy leyendo, me aparté en ese punto de las palabras textuales de Alec y preferí parafrasearlas, digamos que en nombre de una mayor... objetividad? Después de dejar a Gustav al cuidado de las dos sorbias, Alec continuó por carreteras secundarias, allí donde la nieve lo permitía. Su problema, según explicó, era «no saber ni una puta mierda» sobre los peligros del terreno que estaban atravesando. Toda el área estaba inundada de agentes de la Inteligencia Militar y de estaciones de escucha del KGB. Alec habló de carreteras desiertas cubiertas por quince centímetros de nieve fresca, donde había que guiarse por las hileras de árboles, y de su alivio al entrar en un bosque, hasta que Tulipán soltó un grito de horror porque acababa de divisar el antiguo refugio nazi donde la élite de la RDA llevaba a los dignatarios extranjeros a cazar venados y jabalíes y a emborracharse. Hicieron un rodeo apresurado, se perdieron y vieron luces encendidas en una casa solitaria. Leamas llamó a la puerta. Le abrió una campesina aterrorizada, con un cuchillo en la mano. Tras conseguir que le indicara el camino, la convenció para que le vendiera pan, embutido y una botella de slivovitz, y de regreso al Trabant, tropezó con un cable telefónico caído. Supuso que serviría para dar la alarma en caso de incendio, pero lo cortó de todos modos.

Estaba oscureciendo, nevaba cada vez más y el Trabant bicolor estaba agonizando: «embrague estropeado, radiador jodido, caja de cambios en las últimas y humo saliendo del capó». Calculó que faltaban unos diez kilómetros para Bad Schandau y alrededor de quince para llegar al punto de cruce de la frontera en el mapa de los contrabandistas. Tras confirmar su posición lo mejor que pudo con una brújula, eligió un camino de leñadores orientado al este y siguió avanzando con el coche hasta que la nieve acumulada les impidió continuar. Acurrucados juntos en el interior del Trabi, con un frío de mil demonios, comieron el pan y el *wurst* y bebieron el slivovitz, tiritando y mirando pasar los ciervos, mientras Tulipán, medio adormilada, con la cabeza apoyada sobre el hombro de Alec, describía lánguidamente sus esperanzas y sus sueños de una nueva vida con Gustav en Inglaterra.

No quería que su hijo fuera a Eton, porque había leído que los internados ingleses estaban en manos de pederastas, como el padre del niño. Prefería una escuela pública proletaria, con niñas y con mucho deporte, pero que no fuera demasiado estricta. Gustav empezaría a aprender inglés desde el mismo día de su llegada. Ya se ocuparía ella de que así fuera. Para su cumpleaños, le compraría una bicicleta inglesa. Había oído decir que Escocia era un lugar muy bonito. Irían juntos a recorrer Escocia en bicicleta.

Mientras ella seguía hablando de ese modo, semidormida, Alec distinguió figuras masculinas armadas con kaláshnikovs que se habían apostado en silencio alrededor del vehículo. Tras ordenarle a Tulipán que se quedara quieta donde estaba, abrió la puerta y salió lentamente del coche, ante la mirada de los cuatro desconocidos. Calculó que ninguno debía de tener más de diecisiete años y observó que estaban tan asustados como él. Tomando la iniciativa, les preguntó si creían que era normal abordar de esa manera a una pareja de amantes. Al principio, ninguno respondió, pero al cabo de un momento, el más audaz le explicó que eran furtivos en busca de carne para comer. Entonces Alec respondió que, si mantenían la boca cerrada, él tampoco diría nada. Sellaron el trato con sucesivos apretones de manos y, tras el final de la ronda, los cuatro se marcharon en silencio.

El día siguiente amanece despejado, sin nieve. Pronto comienza a brillar un sol pálido. Juntos, empujan el Trabant bicolor cuesta abajo y lo tapan con nieve y unas cuantas ramas. A partir de ahí, tendrán que seguir a pie. Tulipán solamente tiene unas botas ligeras de piel, con suela normal de ciudad, altas hasta la rodilla. El calzado de operario de Alec es un poco más adecuado. Se ponen en marcha y se agarran de la mano cada vez que resbalan o están a punto de caer. Están en «la Suiza sajona», un paisaje de bosques, cuestas empinadas y ondulados campos de nieve. Sobre las laderas hay viejas casonas en ruinas o transformadas en orfanatos de verano. A juzgar por el mapa, están avanzando en paralelo respecto a la frontera. Sin soltarse de la mano, suben una pendiente y rodean una laguna helada. Finalmente llegan a un pueblo de montaña, con casitas de madera.

A.L.: Si el mapa no nos engañaba, o estábamos muertos, o estábamos en Checoslovaquia.

[Tintineo de cristales. Ruido de un líquido que cae en un vaso.]

Pero la historia no ha hecho más que empezar. Véanse los telegramas adjuntos del Circus. Véase también la razón por la cual, tras escuchar la cinta de Alec, sigo sentado de madrugada en el piso de arriba de la sede de Encubiertas en Marylebone, nervioso, esperando a que en cualquier momento me llamen de la Oficina Central.

Sally Ormond, vicedirectora de la Oficina de Praga y esposa de Jerry, el jefe de la Oficina, es el tipo de mujer ambiciosa de clase alta que el Circus adora ciegamente. Educada en el colegio de señoritas de Cheltenham, hija de un director de operaciones especiales durante la guerra y sobrina de dos mujeres que trabajaron rompiendo códigos en Bletchley, dice tener un misterioso parentesco político con George, algo que en mi opinión él tolera con excesiva nobleza.

Informe de Sally Ormond, S.D. Oficina de Praga,
a D. Encubiertas [Smiley]. Personal y privado.
Prioridad: URGENTE

Encubiertas dio instrucciones a esta Oficina de recibir, dar apoyo y alojar a un oficial con identidad falsa, Alec Leamas, y a una agente en proceso de exfiltración, ambos con documentación de Alemania Oriental, en viaje a bordo de un Trabant registrado en la RDA, con el número de matrícula indicado, cuya llegada estaba prevista para las primeras horas de la noche.

Sin embargo, esta Oficina NO FUE INFORMADA de que la operación se llevaba a cabo contraviniendo las órdenes expresas de la Dirección Conjunta. Supusimos que, al saberse que Leamas se estaba ocupando personalmente del asunto, la Oficina Central habría decidido proporcionarle apoyo operativo.

La Oficina de Berlín (De Jong) nos había avisado de que, en cuanto entrara en territorio checo, Leamas nos anunciaría su llegada mediante una llamada anónima a la sección de visados de la embajada, en la que preguntaría si los visados británicos eran válidos para viajar a Irlanda del Norte. La Oficina de Praga le contestaría activando una respuesta grabada en la que lo instaría a llamar en horas de oficina. Esa grabación sería la forma de acusar recibo del mensaje.

A continuación, Leamas y la agente Tulipán continuarían por cualquier medio disponible hasta un punto de la carretera entre la ciudad de Praga y el aeropuerto, y esperarían en el área de descanso indicada en el mapa.

Según el plan preparado por esta Oficina y aprobado por el director de Encubiertas, la pareja abandonaría el coche al tiempo que un conductor de la red GODIVA de Praga recogería la furgoneta de la embajada (con matrícula del cuerpo diplomático y cristales tintados), que normalmente transporta al personal desde o hacia el aeropuerto. Dicho vehículo iría a buscar a Leamas y a Tulipán al lugar acordado. En la parte trasera de la furgoneta habría ropa occidental de gala, proporcionada por esta Oficina. Leamas y Tulipán se vestirían como invitados a una cena oficial del embajador de su majestad y, con ese pretexto, entrarían en la embajada, que se encuentra bajo vigilancia permanente de los servicios de seguridad checos.

A las 10.40 se celebró una reunión de urgencia en la sala segura de la embajada, en la que su excelencia la embajadora (S.E.) accedió gentilmente a seguir adelante con este plan. Sin embargo, a las 16.00, tras consultar con el Foreign Office, revocó su decisión sin disculparse, aduciendo que los datos de la fugitiva ya habían aparecido ampliamente en los medios de información de la RDA, que la calificaban de criminal de Estado, por lo que las potenciales repercusiones diplomáticas de la operación superaban con creces cualquier otra consideración.

Ante la postura adoptada por S.E., no nos era posible utilizar vehículos ni personal de la embajada para llevar adelante el plan de fuga. Por tanto, desconecté el sistema de respuestas grabadas de la sección de visados, con la esperanza de que Leamas dedujera que no teníamos medios de apoyo a nuestro alcance.

He vuelto a ponerme los auriculares. Estoy otra vez con Alec, pero no en el confort imperial de nuestra embajada británica en Praga, sino con Tulipán, al borde de la carretera, sin medios de apoyo, sin vehículo de recogida y, como diría Alec, sin una puta mierda. Recuerdo lo que siempre decía mi amigo: cuando planifiques una operación, piensa en todas las maneras en que el Servicio puede joderte y espera a que te jodan de la única manera que tú no habías previsto, pero ellos sí. Supongo que ahora estará pensando en eso.

A.L. [continúa la transcripción textual]: Al ver que no aparecía ninguna furgoneta ni me contestaban en la sección de visados, me cabreé mucho y pensé que siempre pasaba lo mismo con Londres. Lo único que nos quedaba era improvisar sobre la marcha. Somos un matrimonio de alemanes orientales en apuros, mi mujer se está muriendo, ¡que alguien nos ayude! Le digo a Doris que se siente en el pavimento y ponga cara de desesperación, que es algo que se le da muy bien, y al cabo de un momento, un camión cargado de ladrillos para a un costado de la carretera y el conductor asoma la cabeza. Gracias al cielo, es un alemán de Leipzig y quiere saber si soy el chulo de esa chica tan atractiva sentada en el suelo. Entonces le contesto que no, colega, lo siento. Es mi mujer y está enferma. Y él me dice que subamos al camión, que nos lleva al hospital, al centro de la ciudad. Por si acaso, llevo un pasaporte británico cosido al forro de mi bolso de bandolera, a nombre de un tal Miller. Lo extraigo de su escondite y me lo guardo en el bolsillo. Entonces le digo a Doris: «Te has puesto terriblemente enferma. Estás embarazada y te encuentras cada vez peor. Así que hazme un favor: saca la barriga y pon cara de sentirte como la misma mierda». Al final, conseguimos que nos abran la puerta de la embajada y entramos. Lo siento.

J.O.: Pero eso no es todo, ¿no? [Más líquido cayendo en un vaso.]

A.L.: Dios santo, no. De acuerdo. Llegamos a vuestra calle empedrada, ahí fuera. Nos acercamos a vuestra noble verja con el real escudo de su majestad pintado de dorado. Hay tres matones checos en traje gris del lado de fuera, que no hacen nada demasiado llamativo. Puede que ni siquiera te hayas fijado en ellos. Doris nos está regalando una actuación por la que Sarah Bernhardt habría dado los ojos. Les enseño el pasaporte británico. ¡Tienen que dejarnos pasar enseguida! «Escuchadme bien —les digo en mi inglés más refinado—. ¡Apretad ese puto botón que tenéis ahí en la pared y decid a los de dentro que mi mujer va a perder al bebé si no la ve un médico ahora mismo! ¡Y si lo llega a perder aquí, en la calle, vosotros seréis los culpables! ¿Acaso no tenéis madres, cabrones de mierda?» Eso les dije, o alguna otra cosa similar. Entonces, ¡abracadabra!, la verja se abrió y entramos al jardín de la embajada. Y Tulipán se agarra la tripa y agradece a su santa patrona por librarnos del mal. Y tu querida esposa y tú os disculpáis profusamente por otra cagada mayúscula de la Oficina Central. Agradezco vuestras gentiles disculpas y las acepto. Y, si no te importa, ahora me voy a dormir un rato.

A partir de ahí, Sally Ormond sigue contando la historia.

Informe de Sally Ormond, S.D. Oficina de Praga, carta personal, informal y manuscrita, a D. Encubiertas [Smiley], por correo directo del Circus.
Prioridad: URGENTE

Claro, como era de esperar, la verdadera diversión empezó cuando Alec y la pobre Tulipán estuvieron dentro del complejo de la embajada. Sinceramente, creo que tanto la embajadora como el Foreign Office se habrían quedado mucho más a gusto si la hubiéramos entregado a las autoridades de la RDA y no se hable más del asunto. Para empezar, la embajadora no quiso alojarla en «su casa», aunque desde el punto de vista jurídico no hubiera ninguna diferencia entre un edificio y otro. De hecho, insistió en que dos conserjes se trasladaran al edificio principal, para que de esa forma Tulipán pudiera instalarse en la zona de servicio, que en realidad resulta más conveniente por estrictos motivos de seguridad. Pero ésa no fue la razón de la embajadora, como ella misma se ocupó de aclarar en cuanto los cuatro estuvimos embutidos en la sala segura de la embajada. Estábamos reunidos su excelencia, asistida por Arthur Lansdowne (su secretario *muy* privado), mi querido esposo y yo misma. Alec no contaba con el visto bueno de la embajadora, como ya te explicaré en otro momento. De todos modos, estaba atendiendo a Tulipán en la zona de servicio.

Por cierto, George, una posdata:

La sala segura de la embajada es terriblemente sofocante y un riesgo potencial para la salud de los funcionarios a lo largo de todo el año, tal como yo misma he informado repetidamente, aunque en vano, a la administración de la Oficina Central. El aire acondicionado es de risa y no funciona. Succiona el aire hacia dentro, en lugar de echarlo para fuera. Según Barker (la plaga administrativa máxima), es imposible conseguir piezas de repuesto. Y como a nadie del Foreign Office le ha parecido oportuno enviarnos un sistema nuevo, cualquiera que se reúna en esa sala se cocina y se ahoga. La semana pasada, el pobre Jerry estuvo a punto de morir literalmente sofocado, pero no se queja porque es demasiado noble para decir nada. He pedido un millón de veces que la sala segura pase a la jurisdicción directa del Circus, pero por lo visto eso sería una infracción... ¡de los *derechos* territoriales del Foreign Office!

Si puedes mover un poco este tema en la administración (¡con Barker no, por favor!), te lo agradecería infinitamente. Jerry se suma a mis palabras de lealtad y afecto para ti y, sobre todo, para Ann.

S.

Texto del telegrama urgente, personal y de confidencialidad máxima enviado por la embajadora británica en Praga a sir Alwyn Withers, director del Departamento de Europa del Este del Foreign Office, con copia al Circus (Dirección Conjunta)
Acta de la reunión urgente convocada a las 21.00 horas en la sala segura de la embajada. Presentes: S.E. la embajadora (Margaret Renford), Arthur Lansdowne, secretario privado de S.E., Jerry Ormond (D. Oficina de Praga) y Sally Ormond (S.D. Oficina de Praga).
Propósito de la reunión: Gestión y resolución de una acogida temporal en la embajada. Prioridad: URGENTE

Estimado Alwyn:

Tras nuestra conversación telefónica segura de esta mañana, acordamos el siguiente procedimiento en lo referente a nuestra visitante no invitada (VNI):

1. La VNI viajará a su siguiente destino provista de un pasaporte válido no británico, facilitado por nuestros

amigos. Será la manera de prevenir futuras acusaciones por parte de las autoridades checas de que esta embajada se dedica a repartir pasaportes británicos entre los fugitivos de cualquier nacionalidad que intentan evadir la justicia de la RDA o de Checoslovaquia.

2. La VNI no recibirá ningún tipo de apoyo para su desplazamiento, ni será acompañada o transportada por ninguno de los miembros diplomáticos o no diplomáticos de esta embajada. No se utilizará para su exfiltración ningún vehículo con matrícula diplomática británica. No se le expedirá documentación británica falsa.

3. Si en algún momento la VNI declarara que goza de la protección de la embajada británica, se procederá de inmediato a desmentir sus aseveraciones, tanto localmente como desde Londres.

4. La VNI deberá abandonar los terrenos de la embajada en el plazo de tres días hábiles, o de lo contrario se tomarán medidas para su expulsión, incluida su entrega a las autoridades checas.

Suena mi teléfono y la luz roja parpadea. Es el imbécil de Toby Esterhase, recadero de Percy Alleline y Bill Haydon, que con marcado acento húngaro me grita que mueva el culo y vaya cagando leches a la Oficina Central. Después de aconsejarle que cuide el lenguaje, monto en la moto que me está esperando en la puerta principal, porque alguien me la ha traído.

Acta de la reunión de urgencia convocada en la sala segura de la Dirección Conjunta, en Cambridge Circus. Preside la reunión: Bill Haydon (D. de la D.C.). Presentes: coronel Étienne Jabroche (agregado militar de la embajada

francesa en Londres y enlace con la inteligencia francesa), Jules Purdy (oficina de la D.C. en Francia), Jim Prideaux (oficina de la D.C. en los Balcanes), George Smiley (D. Encubiertas), Peter Guillam (JACQUES).
Escribiente asignado a la reunión: T. Esterhase. Transcripción textual parcial de la grabación. Copia a D. Oficina de Praga.

Son las cinco de la mañana y se han enviado las citaciones oportunas. Llego de Marylebone en moto. George ha venido directamente del Tesoro. Está sin afeitar y parece más preocupado que de costumbre.

—Tienes completa libertad para negarte en cualquier momento, Peter —me asegura en dos ocasiones.

Ya ha dicho que la operación es «innecesariamente compleja», pero su principal inquietud, por mucho que intente disimularlo, es que el plan operativo es obra colectiva de la Dirección Conjunta. Somos seis, sentados a la larga mesa de la sala segura del Circus.

Jabroche: Bill, mi querido amigo, mis jefes de París necesitan estar seguros de que vuestro *monsieur Jacques* es capaz de hablar con soltura de las pequeñas explotaciones agrícolas francesas.
Haydon: Díselo, Jacques.
Guillam: Yo no me preocuparía por eso, coronel.
Jabroche: ¿Ni siquiera en compañía de expertos?
Guillam: Crecí en una granja de Bretaña.
Haydon: ¿Qué? ¿Bretaña está en Francia? ¡Me asombras, Jacques!
[Carcajadas.]
Jabroche: Con tu permiso, Bill.

El coronel Jabroche se pasa al francés y entabla un animado diálogo con Guillam sobre el sector agrícola de su país, con particular atención al noroeste.

Jabroche: Me doy por satisfecho, Bill. Monsieur Jacques ha pasado la prueba con honores. ¡Incluso habla como un bretón, el pobre!

[Más carcajadas.]

Haydon: Pero ¿funcionará, Étienne? ¿Conseguirás hacerlo entrar?

Jabroche: Entrar, sí. Salir, en cambio, será cosa suya y de la señora que lo acompañará. Tienen el tiempo justo. La lista de delegados franceses está a punto de cerrarse. De hecho, hemos tenido que insistir para que no la cierren todavía. Sugiero que la presencia de monsieur Jacques en la conferencia sea lo más breve posible. Lo inscribiremos en el visado colectivo. Tendrá que retrasar el viaje por enfermedad, pero no querrá perderse la sesión de clausura. Al ser uno entre trescientos delegados internacionales, no llamará particularmente la atención. ¿Habla usted finlandés, monsieur Jacques?

Guillam: No mucho, coronel.

Jabroche: Creía que todos los bretones lo hablaban. [Risas.] ¿Y la dama en cuestión no habla francés?

Guillam: Que nosotros sepamos, solamente alemán y un poco de ruso que aprendió en la escuela. Pero nada de francés.

Jabroche: Pero han dicho que tiene estilo, ¿no? Que es simpática y decidida. Y que viste bien.

Smiley: Tú la conoces, Jacques.

Es cierto. La he visto vestida y semidesnuda. Prefiero concentrarme en lo primero.

Guillam: Solamente nos hemos cruzado. Pero me ha causado muy buena impresión. Sabe moverse y piensa con rapidez. Es creativa y tiene temple.

Haydon: ¡Dios mío! ¡Creativa! ¿Quién demonios necesita *creatividad*? Esa mujer tiene que limitarse a hacer lo que se le ordene y callar, ¿no es así? ¿Seguimos adelante o no? ¿Jacques?

Guillam: Yo estoy dispuesto, si a George le parece bien.

Haydon: ¿George?

Smiley: Teniendo en cuenta que Conjunta y el coronel proporcionarán la cobertura necesaria sobre el terreno, desde Encubiertas nos parece asumible el riesgo.

Haydon: Me parece una manera un poco retorcida de decirlo, pero estamos de acuerdo: seguimos adelante. Étienne, ¿os ocuparéis vosotros de facilitarle a Jacques el pasaporte francés y la documentación para viajar? ¿O queréis que lo hagamos nosotros?

Jabroche: Nosotros somos mejores. [Risas.] Y te ruego que recuerdes, Bill, que si las cosas llegan a torcerse, mi gobierno se escandalizará muchísimo al descubrir que los pérfidos servicios secretos ingleses facilitan a sus agentes identidades falsas francesas.

Haydon: Y nosotros desmentiremos enérgicamente la acusación y pediremos disculpas. [A Prideaux.] Jim, muchacho, ¿algún comentario? Has estado misteriosamente callado. Checoslovaquia es tu circunscripción. ¿No te importa que nos metamos en tus dominios?

Prideaux: No tengo objeciones, si te refieres a eso.

Haydon: ¿Algo que quieras añadir o quitar?
Prideaux: Nada que se me ocurra ahora.
Haydon: Muy bien, caballeros. Os doy las gracias a todos. Seguimos adelante con el plan. Empezaremos de inmediato. Jacques, estamos contigo. Étienne, ¿puedo hablar un momento contigo en privado?

Pero George no olvida fácilmente su desconfianza, como se verá más adelante. Las manecillas del reloj avanzan implacablemente. Dentro de seis horas, tengo que salir para Praga.

P.G. a D. Encubiertas

George:

Cuando hablamos, me pediste que te describiera mi experiencia en la Oficina de Salida (O.S.) de la terminal 3 de Heathrow, actualmente bajo las órdenes de la Dirección Conjunta. En apariencia, la O.S. es una oficina más del aeropuerto, al final de un pasillo sin barrer. En el vidrio de la puerta hay un cartel que dice CONEXIÓN DE CARGA y, para entrar, hay que llamar a un intercomunicador. Una vez dentro, el ambiente es deprimente: un par de mensajeros cansados que juegan a las cartas, una auxiliar que ha tenido que doblar su turno porque su colega está de baja por enfermedad, mucho humo, unos cuantos ceniceros y un solo cubículo privado, porque están esperando a que lleguen las cortinas nuevas del otro.

La gran sorpresa fue la festiva recepción que me esperaba: Alleline, Bland y Esterhase. Si también hubiera estado presente Bill H., habría hecho póquer. Aparentemente, habían venido a despedirme y desearme suerte. Alleline, que como siempre llevaba la voz cantante, me entregó con gran ostentación mi pasaporte francés y mi tarjeta de identificación para la conferencia, cortesía de Jabroche. Esterhase hizo lo propio con mi maleta, que contenía el atrezo necesario para el viaje: ropa comprada en Rennes, manuales de agricultura y un libro sobre la historia del canal de Suez y su construcción por parte de Francia para entretenerme durante el viaje. Roy Bland interpretó el papel de hermano mayor y me preguntó con malicia si quería que informaran a alguien en caso de que mi ausencia se prolongara unos años más de lo previsto.

Pero el verdadero propósito de sus atenciones no podía ser más evidente. Querían averiguar más sobre Tulipán: de dónde había salido, cuánto tiempo hacía que trabajaba para nosotros, quién la supervisaba... El momento más extraño se produjo después de eludir todas sus preguntas, cuando estaba dentro del cubículo, vistiéndome. Toby E. asomó la cabeza a través de la cortina y me dijo que tenía el siguiente mensaje personal de Bill para mí: «Si alguna vez te cansas de tu tío George, piensa en la dirección de la Oficina de París». Le respondí con una evasiva.

Peter

Ahora veréis a George en su papel de máxima minuciosidad operativa, intentando atar los cabos sueltos del plan notoriamente chapucero de la Dirección Conjunta.

Mensaje de D. Encubiertas [Smiley] a D. Oficina de Praga [Ormond]
SECRETO MÁXIMO. Prioridad: URGENTE

A. El pasaporte finlandés para la subfuente Tulipán, a nombre de Venia Lessif, nacida en Helsinki, experta en nutrición y casada con Adrien Lessif, llegará mañana en valija diplomática. Incluye el visado para viajar a Checoslovaquia, sellado con fecha de entrada correspondiente al inicio de la conferencia Campos para la Paz, patrocinada por el Partido Comunista francés.

B. Peter Guillam llegará al aeropuerto de Praga en el vuelo 412 de Air France mañana a las 10.40, hora local, provisto de pasaporte francés a nombre de Adrien Lessif, profesor adjunto de Economía Agraria en la Universidad de Rennes. Las fechas de su visado también coincidirán con las de la conferencia, aunque teóricamente su viaje a Praga se ha retrasado por enfermedad. El matrimonio Lessif ya aparece inscrito en la lista de asistentes a la conferencia: un participante (que llega con retraso) y su cónyuge.

C. También llegarán mañana en valija diplomática dos billetes de Air France a nombre de Adrien y Venia Lessif, para el vuelo Praga-París-Le Bourget que sale a las 06.00 horas del 28 de enero. Los registros de Air France confirmarán que la pareja viajó a Praga en fechas diferentes (véanse los sellos de entrada), pero regresará a París con el grupo de los participantes en la conferencia.

D. Se ha reservado alojamiento para el profesor Lessif y su esposa en el hotel Balkan, donde la delegación francesa pasará la noche, antes de partir a primera hora de la mañana con destino a París-Le Bourget.

Y la respuesta de Sally Ormond, que nunca pierde la ocasión de ponerse alguna medalla:

Fragmento de la segunda carta personal de Sally Ormond a George Smiley, marcada como «estrictamente personal y privada» y «extraoficial»

Al recibir tu lúcido mensaje, que por la presente agradecemos, nos pareció aconsejable a Jerry y a mí empezar a preparar a Tulipán para su salida de la embajada y la dura prueba que le espera. Enseguida atravesé el patio y me dirigí a la suite del anexo donde la tenemos alojada: dobles cortinas del lado de la calle; catre de campaña en el pasillo, delante de la puerta del dormitorio, y dispositivo de seguridad extraordinario en el vestíbulo de la planta baja, en previsión de visitas inesperadas.

La encontré sentada en la cama. Alec estaba a su lado y le había pasado un brazo por los hombros, pero ella no parecía notar su presencia. No hacía más que sollozar de vez en cuando, hipando casi en silencio.

Fuera como fuese, decidí hacerme cargo de la situación y, tal como habíamos planeado, envié a Alec a dar un paseo junto al río con Jerry, para que hablaran de sus cosas. Como mis conocimientos de alemán son más bien rudimentarios (no paso del nivel 2), al principio no conseguí que me hablara mucho, aunque dudo que me hubiera servido de algo dominar mejor el idioma, ya que no parecía dispuesta a decir nada, mucho menos a escuchar. Susurró «Gustav» varias veces y, comunicándonos un poco por señas, deduje que Gustav no era su *mann*, sino su *sohn*.

En cualquier caso, logré transmitirle que mañana saldrá de la embajada para viajar a Inglaterra, aunque no directamente, y que formará parte de un grupo mixto francés integrado por profesores universitarios y agricultores. Su primera reacción, muy natural, fue preguntar cómo iba a formar parte de ese grupo si no hablaba ni una palabra de francés. Cuando le dije que no importaba que no hablara francés, porque sería finlandesa y nunca hay nadie que hable finlandés, su siguiente reacción fue: «¿Con esta ropa?». Con eso me dio pie para desplegar todas las maravillas que la Oficina de París había preparado para nosotros prácticamente sin previo aviso y de un día para otro: un conjunto precioso de jersey y chaqueta de punto color cebada, comprado en Printemps, unos zapatos monísimos de su número exacto, un camisón de lo más sexi, varios juegos de ropa interior y un equipo de maquillaje como para morirse. (La Oficina de París debe de haberse gastado una fortuna.) Era todo lo que ella había estado soñando durante los últimos veinte años, quizá sin saberlo, con preciosas etiquetas de Tours para completar la ilusión. También había un anillo de compromiso, que yo misma me habría puesto encantada, y una alianza de matrimonio decente, para sustituir el trozo de hojalata que lucía en el dedo. Obviamente, tendrá que devolverlo todo en cuanto aterrice, pero pensé que no era necesario decírselo todavía.

Para entonces, ya había aceptado la idea. Se había despertado en ella la profesional que llevaba dentro. Estudió con mucha atención su bonito pasaporte nuevo (que en realidad no parece nuevo) y dictaminó que estaba bastante bien. Cuando le dije que un gallardo joven francés viajaría con ella, fingiendo ser su marido, respondió que le parecía una buena decisión y quiso saber qué aspecto tendría su acompañante.

Entonces, de acuerdo con las órdenes recibidas, le enseñé una fotografía de Peter G., que ella se limitó a contemplar de manera totalmente inexpresiva. Tengo que decir que me sorprendió su falta de reacción, ya que P.G. no es de lo peor que pueda tocarle a una como falso marido. Al cabo de un momento, preguntó: «¿Es francés o inglés?». Y yo le dije: «Las dos cosas, del mismo modo que tú eres finlandesa y francesa». ¡Y Dios mío, qué gracia le hizo mi comentario!

Al poco tiempo, Alec y Jerry volvieron de su paseo y, como ya habíamos roto el hielo, le explicamos seriamente todos los detalles. Ella escuchó con atención y con calma.

Al final de la sesión, me dio la impresión de que la idea había acabado por gustarle. Por horrible que pueda parecer, creo que incluso la encontraba divertida. «Otra adicta al peligro», pensé. En eso, y sólo en eso, se parece mucho a Alec.

Cuídate y recuerda transmitirle mi afecto a nuestra maravillosa Ann.

S.

No hagas ningún movimiento apresurado o inadvertido. Mantén las manos y los hombros exactamente donde están ahora y respira. Pepsi ha vuelto a acomodarse en su trono, pero no te quita los ojos de encima y no es por amor.

Informe de Peter Guillam a Operaciones Encubiertas sobre su asignación temporal, en relación con la exfiltración de la subfuente TULIPÁN de Praga a París-Le Bourget, para su posterior traslado a bordo de un caza de la RAF al aeródromo de Northolt, Londres, el 27 de enero de 1960

Llegué al aeropuerto de Praga a las 11.25 hora local (se había retrasado el vuelo), convertido en profesor adjunto de Economía Agraria de la Universidad de Rennes.

Gracias a nuestro enlace francés, sabía que el aplazamiento de mi llegada por causa de enfermedad había quedado formalmente registrado en la conferencia y que mi nombre figuraba en la lista de asistentes en poder de las autoridades checas.

Mientras comprobaban mi documentación, vino a mi encuentro el agregado cultural de la embajada francesa, que utilizó sus credenciales diplomáticas para acelerar las formalidades en el aeropuerto. Con el agregado de intérprete, los trámites resultaron relativamente sencillos.

Después me llevó en su coche oficial a la embajada francesa, donde firmé el libro de visitas antes de seguir viaje, también en un vehículo de la embajada, hasta el lugar donde se celebraba la conferencia, donde había un asiento reservado para mí en la última fila.

El centro de convenciones era un edificio pomposo con acabados dorados y capacidad para cuatrocientos delegados, construido originalmente para el Consejo Central de Ferroviarios. Las medidas de seguridad eran mínimas. En un rellano de la gran escalinata, dos mujeres muy atareadas que solamente hablaban checo comprobaban los nombres de los delegados de media docena de países sentadas detrás de un escritorio. La conferencia se desarrollaba en forma de seminario dirigido por un panel de expertos situados en el escenario, con aportaciones coreografiadas desde la platea. No estaba previsto que yo hiciera nada. Me impresionó la habilidad de nuestro enlace francés, que con tan poco tiempo había podido justificar mi presencia ante la seguridad checa y los delegados, dos de los cuales parecían claramente conscientes de mi papel, ya que enseguida vinieron a darme la bienvenida y a estrecharme la mano.

A las 17.00 horas se dio por concluida la conferencia, y los delegados franceses fuimos conducidos en autobús al hotel Balkan, un establecimiento pequeño y anticuado que había sido reservado exclusivamente para nosotros. Al registrarme en el mostrador de recepción, recibí la llave de la habitación número ocho, catalogada como «habitación familiar», ya que supuestamente me alojaba en ella con mi mujer. El Balkan tenía un comedor para huéspedes y, a la salida, un bar con una mesa central, donde me instalé para esperar a mi supuesta esposa.

Tenía entendido que la sacarían de la embajada británica en ambulancia para luego llevarla a una casa segura en los suburbios y, desde allí, al hotel Balkan, en un medio de transporte no especificado.

Por eso me sorprendí al verla bajar de un vehículo diplomático francés, del brazo del mismo agregado cultural que me había recibido en el aeropuerto de Praga. Me gustaría señalar una vez más el ingenio y la eficacia de nuestro enlace francés.

Con el nombre de Venia Lessif, Tulipán había sido inscrita como esposa de un delegado asistente a la conferencia. Su atractivo físico y su estilo causaron cierto revuelo entre los miembros de la delegación francesa alojados en el hotel. Una vez más, vinieron en nuestra ayuda los mismos delegados que me habían tratado con familiaridad en la conferencia, que en esta ocasión saludaron a Tulipán como si todos fuéramos amigos. Ella, por su parte, recibió sus cumplidos con elegancia, hablando un alemán deliberadamente incorrecto, que enseguida se convirtió en la *lingua franca* de nuestro matrimonio, ya que mi alemán no es muy bueno.

Después de cenar en compañía de los dos delegados franceses, que desempeñaron su papel a la perfección, no nos quedamos en el bar con el resto de la delegación, sino que nos retiramos a nuestra habitación, donde seguimos hablando de trivialidades acordes con nuestras falsas identidades, ya que estábamos prácticamente seguros de que en un hotel para extranjeros habría micrófonos y quizá incluso cámaras por todas partes.

Por fortuna, nuestra habitación era espaciosa, con camas individuales y dos lavabos instalados en el cuarto de baño. Durante gran parte de la noche no tuvimos más remedio que oír el alboroto de los delegados en la planta baja y sus canciones, que se prolongaron hasta la madrugada.

Tengo la impresión de que no dormimos ninguno de los dos. A las cuatro de la mañana, nos reunimos con el resto de la delegación y salimos en autobús hacia el aeropuerto de Praga, donde milagrosamente pasamos los controles en bloque y fuimos directamente a la zona de tránsito y, desde allí, a Le Bourget, en un vuelo de Air France. Quiero reiterar mi profundo agradecimiento a nuestro enlace francés por su apoyo.

Me desconcierta por un momento que el documento siguiente figure en mi informe, pero, tras un instante de reflexión, deduzco que debí de añadirlo para desviar la atención.

Carta extraoficial, personal y confidencial,
de Jerry Ormond, D. Oficina de Praga, a George Smiley.
NO ARCHIVAR

Estimado George:

Bueno, ya está. El pájaro ha volado. Aquí todos han respirado aliviados, como podrás imaginar. Supongo que ahora estará en Villa Tulipán, en algún lugar de Inglaterra, si no felizmente instalada, al menos a salvo. Tanto la salida como el vuelo parecen haberse desarrollado sin novedad, pese a que el descarado de JONAH pidió en el último minuto una bonificación de quinientos dólares, al margen de su salario, para transportar a Tulipán en su ambulancia hasta el punto de encuentro. Pero no te escribo para hablar de Tulipán, ni mucho menos de Jonah, sino de Alec.

Como has dicho muchas veces, somos profesionales unidos por el secreto y tenemos la obligación de cuidarnos entre nosotros. Eso significa estar mutuamente atentos, y si vemos que uno de nosotros se resquebraja por efecto de la tensión y ni siquiera lo nota, nuestro deber es protegerlo de sí mismo y, de esa forma, proteger también al Servicio.

Sé muy bien que Alec es el mejor agente de campo que ha existido o existirá jamás. Tiene más oficio que nadie. Es entregado, inteligente y reúne todas las cualidades. Por si fuera poco, acaba de sacar adelante con pulcritud una de las operaciones más arriesgadas que he tenido el placer de presenciar, por encima de las cabezas de la Dirección Conjunta y en contra de la opinión de nuestra venerada embajadora y de los gerifaltes de Whitehall. Por eso, si un día se acaba de una sentada tres cuartas partes de una botella de whisky o empieza una pelea con un guardia de la embajada que le cae mal, hacemos la vista gorda. Le damos un trato especial.

Pero el otro día Alec y yo salimos a dar un paseo. Una hora junto al río, subida al castillo y vuelta a la embajada. Un paseo de dos horas, durante el cual todavía estaba sobrio, tratándose de Alec. Y durante toda la caminata no dijo más que una cosa: el Circus está infiltrado. Y no sólo por algún oscuro funcionario de la sección de correspondencia preocupado por su hipoteca, sino por lo más alto de la jerarquía: la Dirección Conjunta, donde realmente cuenta. Lo suyo no es una pequeña preocupación. Es una obsesión gigantesca. No piensa en otra cosa. Pero la idea es desproporcionada, no tiene fundamento y, francamente, me parece paranoica. Combinada con su odio visceral a los estadounidenses, resulta alarmante y dificulta cada vez más el diálogo con él, por decirlo suavemente. Por eso, obedeciendo a las normas de nuestra profesión que tú mismo has definido, y con todo mi afecto y respeto, te hago partícipe de mi inquietud.

Un abrazo de tu amigo,

Jerry

P.D. Y exprésale a Ann todo mi afecto y admiración. J.

También hay un clip rosa que ha colocado Laura para indicarme que no siga leyendo.

—¿Ha estado bien la lectura?

—Tolerable. Gracias, Conejo.

—Bueno, ¿qué esperabas? Tú escribiste el informe, ¿verdad? Te habrá emocionado un poco, ¿no?, después de tantos años.

Esta tarde ha traído a un amigo: un joven rubio, pulcro y sonriente, que no parece ni remotamente marcado por la vida.

—Peter, éste es Leonard —me dice ceremoniosamente, como si yo tuviera que conocerlo—. Leonard será el abogado del Servicio en caso de que nuestro pequeño asunto llegue a los tribunales, aunque naturalmente esperamos que no sea así. También será nuestro portavoz en la reunión preliminar de la comisión parlamentaria, la semana que viene, en la que, por cierto, ya está programada tu intervención. —Nos presenta con una sonrisa que es casi un rictus—. Leonard... Peter...

Nos estrechamos las manos. La de Leonard es suave como la manita de un niño.

—Si Leonard representa al Servicio, ¿qué hace aquí conmigo? —pregunto.

—Una pequeña reunión para vernos las caras —responde Conejo en tono conciliador—. Leonard es un abogado particularmente contundente —dice, y al ver que arqueo las cejas añade—: Lo que quiero decir es que domina hasta el último recoveco jurídico, dentro y fuera de los libros. Los abogados corrientes como yo no tenemos nada que hacer a su lado.

—Oh, por favor... —protesta Leonard.

—Y puesto que no lo preguntas, Peter, la razón por la

que Laura no ha venido hoy es que Leonard y yo, de común acuerdo, hemos decidido que lo mejor para todas las partes, y también para ti, será que esta conversación se desarrolle únicamente entre hombres.

—¿De qué demonios estás hablando?

—De tener un poco de tacto, por ejemplo, y de respetar tu intimidad. Y también de la posibilidad de que, por una vez, al menos, nos digas la verdad. —Me mira con una sonrisa traviesa—. De ese modo, Leonard podría hacerse una idea sobre la forma más conveniente de proceder. ¿Te parece bien que haya dicho eso, Leonard? ¿O he hablado demasiado?

—No; me parece aceptable —responde Leonard.

—Y, por supuesto, también podríamos analizar más detenidamente la conveniencia de que tengas tu propio representante legal para defender mejor tus intereses —prosigue Conejo—. Hemos de estar preparados para la desafortunada contingencia de que todos los grupos de la comisión parlamentaria decidan inhibirse y dejar que la justicia ciega ajuste cuentas contigo. Con nosotros. No sería la primera vez que lo hacen.

—Quizá podría contratar a un cinturón negro para que me defienda —sugiero.

No prestan atención a mi jocoso comentario, o tal vez sí, pero sólo para comprobar que hoy estoy particularmente tenso.

—En caso de necesidad, el Circus dispone de una lista de candidatos válidos, o digamos... *aceptables*. Leonard, creo que te habías ofrecido para aconsejar a Peter en ese sentido, en caso de presentarse esa eventualidad, que ojalá no se presente nunca —añade volviéndose hacia Leonard con una sonrisa de colegas.

—Claro que sí. El problema es que no somos muchos los autorizados para trabajar en algo tan delicado. Creo que Harry lo está haciendo tremendamente bien en los últimos tiempos, como ya sabes —dice Leonard—. Ha presentado su candidatura al Consejo de la Reina y los jueces lo adoran. Así que, desde mi punto de vista personal y sin pretender ejercer ninguna influencia, os recomiendo a Harry. Es un hombre, y en los tribunales gusta que un hombre defienda a otro hombre. Quizá ni siquiera lo noten, pero es así.

—¿Quién pagará los honorarios del abogado o abogada? —pregunto.

Leonard sonríe, mirándose las manos, y Conejo responde:

—Bueno, Peter, a grandes rasgos, creo que todo dependerá de la marcha del juicio y también, digamos, de tu actitud personal, tu sentido del deber y tu grado de lealtad hacia tu antiguo Servicio.

Pero Leonard no le está prestando atención a Conejo, como puedo deducir de la manera en que sigue sonriendo, con la mirada fija en sus propias manos.

—Muy bien, Peter —dice Conejo, como si hubiera llegado a la parte más fácil de la conversación—. ¿Sí o no? —Aprieta los párpados—. Aquí, entre hombres, ¿te tiraste a Tulipán, sí o no?

—No.

—¿De ninguna manera?

—De ninguna manera.

—¿Irrevocablemente no, aquí, en esta sala, en presencia de un testigo de la máxima cualificación?

—Disculpa, Conejo —lo interrumpe Leonard, levantando una mano en señal de amistoso reproche—. Creo que momentáneamente has olvidado tu bagaje jurídico. Teniendo en cuenta mis obligaciones ante el tribunal y mi deber de defender a mi cliente, en ningún caso podría ejercer de testigo.

—Muy bien. Por favor, Peter, presta atención: «Yo, Peter Guillam, no me follé a Tulipán en el hotel Balkan de Praga la noche de su exfiltración a Gran Bretaña». ¿Verdadero o falso?

—Verdadero.

—Y eso es un gran alivio para todos nosotros, como podrás imaginar, sobre todo teniendo en cuenta que te tirabas prácticamente a todo lo que se movía.

—Un alivio inmenso —confirma Leonard.

—Así es, teniendo en cuenta también que la regla número uno de nuestro Servicio, que por lo demás no tiene muchas reglas, es que los agentes en activo no deben follar jamás con sus peones, como los llamabais vosotros, ni siquiera por cortesía. Con los peones ajenos sí, siempre que sea operativamente recomendable. En ese sentido, la veda está abierta. Pero con los propios, nunca. ¿Eres consciente de esa regla?

—Sí.

—¿Y la tenías presente en la época que nos ocupa?

—Sí.

—¿Y estarías de acuerdo en que, en el caso hipotético de habértela follado (algo que, como todos sabemos, no ocurrió), tu conducta habría constituido no sólo una infracción disciplinaria de proporciones monumentales, sino también una prueba irrefutable de tu naturaleza libertina e incontrolable y de tu falta de respeto por la sensibilidad de una madre fugitiva en peligro mortal, forzada por las circunstancias a separarse de su único hijo? ¿Estás de acuerdo en todo lo que acabo de afirmar?

—Estoy de acuerdo.

—Leonard, ¿tienes alguna pregunta?

Leonard se pellizca el sonrosado labio inferior con las yemas de los dedos y frunce un ceño sin arrugas.

—Te parecerá terriblemente desconsiderado por mi parte, Conejo, pero creo que no tengo ninguna pregunta —confiesa con una sonrisa de sorpresa hacia su propia respuesta—. Después de lo que acabo de oír, no tengo preguntas. Creo que por hoy hemos llegado tan lejos como podíamos llegar e incluso más. —Se vuelve hacia mí y añade en tono confidencial—: Te enviaré la lista, Peter. Y recuerda que nunca en tu vida me has oído mencionar a Harry. O quizá sea mejor que le deje esa responsabilidad a Conejo. Conflicto de intereses —me explica mientras me dedica otra de sus sonrisas y se agacha para recoger el maletín negro, lo que indica que la larga reunión que yo había previsto ya se está acabando—. En cualquier caso, creo que sería aconsejable que fuera un hombre. —No me lo dice a mí, sino a Conejo, en un aparte—. Cuando llegan las preguntas difíciles, los hombres juegan con ventaja en estos casos. Son menos puritanos. Nos vemos en la comisión parlamentaria, Peter. *Tschüs.*

¿Me la follé? No, decididamente no. Le hice el amor con frenesí y en silencio, en la más completa oscuridad, durante seis horas que me cambiaron la vida, en un estallido de tensión y lujuria entre dos cuerpos que se habían deseado desde el nacimiento y disponían solamente de una noche para vivir.

¿Y se suponía que debía contárselo a ellos?, le pregunto a la penumbra con matices anaranjados, tumbado sin poder dormir en la cama de mi cárcel en Dolphin Square.

¿Yo, que desde la cuna aprendí a negar, negar y seguir negando? ¿Yo, que lo aprendí del mismo Servicio que ahora está intentando arrancarme una confesión?

—¿Has dormido bien, Pierre? ¿Estás contento? ¿Has pronunciado un buen discurso? ¿Volverás hoy a casa?

Debería haberla llamado yo.

—¿Cómo está Isabelle? —pregunto.

—Está preciosa. Te echa de menos.

—¿Ha vuelto ese amigo mío tan maleducado?

—No, Pierre, tu amigo terrorista no ha vuelto. ¿Has ido al fútbol con él?

—No, hace mucho que no vamos.

9

No hay nada que pueda ver entre los documentos —y doy gracias a Dios de que así sea— de la eternidad de días y noches que pasé en Bretaña, después de dejar a Doris en manos de Joe Hawkesbury, el director de nuestra Oficina de París, en el aeropuerto de Le Bourget, a las siete de una brumosa mañana de invierno. Cuando nuestro avión aterrizó y una voz por megafonía llamó al profesor Lessif y a su esposa, sentí un alivio casi eufórico. Pero mientras bajábamos juntos la escalerilla, vi a Hawkesbury que nos estaba esperando dentro de un Rover negro con matrícula diplomática, con una joven auxiliar administrativa de su Oficina en el asiento trasero, y se me encogió el corazón.

—¿Y mi Gustav? —preguntó Doris, agarrándome por un brazo.

—Todo saldrá bien. Te lo traerán —le dije, consciente de que no hacía más que repetir las promesas vacías de Alec.

—¿Cuándo?

—En cuanto puedan. Son buena gente, ya lo verás. Te quiero.

La ayudante de Hawkesbury estaba sosteniendo la puerta trasera. ¿Me habría oído? ¿Habría oído mis palabras insensatas, dichas por alguien que no era yo y hablaba desde mi interior? Daba igual que no supiera alemán. Cualquier imbécil sabe lo que significa *Ich liebe dich*. Animé a Doris a seguir adelante. Entró a disgusto en el coche y se acomodó en el asiento trasero. La joven entró tras ella y cerró la puerta de un golpe. Yo me senté delante, al lado de Hawkesbury.

—¿Habéis tenido buen viaje? —me preguntó él mientras el coche aceleraba por la pista, detrás de un Jeep con luces giratorias.

Entramos en un hangar. En la penumbra, distinguimos un bimotor de la RAF, con las hélices girando lentamente. La joven auxiliar se bajó del coche. Doris permaneció inmóvil, susurrando en alemán algo que no conseguí entender. Mis aturdidas palabras no parecían haberle causado ninguna impresión. Quizá no las oyó. O también era posible que yo no las hubiera dicho. La joven intentó hacerla bajar del coche, pero ella no se movió. Entré, me senté a su lado y la cogí de la mano. Apoyó la cabeza sobre mi hombro, mientras Hawkesbury nos observaba por el espejo retrovisor.

—*Ich kann nicht* —susurró. «No puedo.»

—*Du musst*. Todo saldrá bien. *Ganz ehrlich*. De verdad.

—*Du kommst nicht mit?* —«¿No vienes conmigo?»

—Más adelante. Cuando hayas hablado con ellos.

Me bajé del coche y le tendí la mano. Ella no la aceptó y salió del vehículo sin mi ayuda. No, no parecía que me hubiera oído. No podía haberme oído. Una suboficial uniformada con una pizarra en la mano vino hacia nosotros. Con la ayudante de Hawkesbury a un lado y la suboficial al otro, Doris se dejó guiar hacia el bimotor. Al llegar a la escalerilla, se detuvo, miró un momento hacia arriba y, tras serenarse, empezó a subir, ayudándose con las dos manos. Me quedé esperando a que mirara atrás. La puerta de la cabina se cerró.

—Muy bien. Todo listo —dijo Hawkesbury animadamente, sin volverse aún para mirarme—. Las altas esferas quieren que te transmita su enhorabuena. Has hecho un gran trabajo. Ahora vuelve a tu casa en Bretaña, descansa y espera una llamada importante. ¿Adónde te llevamos? ¿A la estación de Montparnasse?

—Montparnasse estará bien, gracias.

Puede que seas el protegido de la Dirección Conjunta, querido Hawkesbury, pero por muy protegido que seas, Bill Haydon me ha ofrecido tu puesto.

Todavía hoy me costaría mucho describir el torrente de emociones contradictorias que bullían en mi interior después de volver a la granja, tanto si iba conduciendo un tractor, como si esparcía estiércol por los campos o intentaba de cualquier otra manera hacer notar mi presencia como joven propietario de la finca. En un minuto revivía las sensaciones de una noche tan extraordinaria que no aceptaba definiciones, y al minuto siguiente me echaba a temblar ante la monstruosa temeridad del acto compulsivo e inconsciente que había cometido y de las palabras que quizá —o quizá no— había dicho.

Cuando evocaba la silenciosa oscuridad donde se habían enzarzado nuestros cuerpos, intentaba convencerme de que nuestro encuentro amoroso había sido solamente imaginario, una ilusión alimentada por el miedo a que la seguridad checa nos echara la puerta abajo en cualquier momento. Pero un solo vistazo a la huella de sus dedos en mi piel me bastaba para saber que me estaba engañando.

Ninguna fantasía mía podría haber inventado aquel momento, bajo las primeras luces del alba, cuando aún no habíamos intercambiado ni una sola palabra, y ella fue desenredando de mí cada parte de su cuerpo, de una en una, y se quedó de pie, desnuda y despierta, como se había presentado ante mí en una playa búlgara, para cubrirse después prenda a prenda con su elegante ropa francesa, hasta que sólo le faltó ajustarse la sobria falda y abotonarse la chaqueta negra hasta el cuello, aunque para entonces yo la deseaba más desesperadamente que nunca.

O el modo en que se fue aquietando la luz del deseo triunfante en su rostro mientras se vestía, o la forma en que creció la distancia entre nosotros, por su propia elección, primero en el autobús al aeropuerto de Praga, cuando rechazó mi mano, y otra vez en el avión a París, cuando por razones que desconozco nos asignaron asientos separados, hasta que aterrizamos, nos levantamos, empezamos a salir en fila y nuestras manos volvieron a encontrarse, sólo para separarse poco después.

En el penoso viaje en tren a Lorient —en aquella época no había trenes de alta velocidad—, se produjo un episodio que en retrospectiva me sigue pareciendo un presagio del horror que se avecinaba. Cuando no hacía más de una hora que habíamos salido de París, el tren se detuvo bruscamente, sin motivo aparente. Primero se oyeron voces amortiguadas en el exterior y, a continuación, un grito solitario de procedencia desconocida, que nunca sabré si era masculino o femenino. Esperamos un momento. Algunos empezamos a intercambiar miradas. Otros seguían empecinadamente concentrados en sus libros o periódicos. En la puerta del vagón apareció un guardia uniformado, un chico que no debía de tener más de veinte años. Recuerdo muy bien el silencio que precedió al discurso que traía preparado y que pronunció con encomiable tranquilidad tras una inspiración profunda:

—Señoras y señores, lamento informarlos de que la marcha de este convoy se ha visto interrumpida por intervención humana. Dentro de unos minutos volveremos a circular.

No fui yo, sino el anciano caballero de aspecto docto y cuello almidonado que tenía a mi lado, quien levantó la cabeza y preguntó con cierta brusquedad:

—¿Qué tipo de intervención?

Ante lo cual, el joven guardia sólo pudo responder con la voz de un penitente:

—Un suicidio, monsieur.

—¿De quién?

—Un hombre, señor. Creo que ha sido un hombre.

A las pocas horas de llegar a Les Deux Églises, bajé a la cala: mi pequeña ensenada, el lugar donde me sentía más a gusto. Primero, el laborioso descenso hasta el límite de mis tierras y, después, el difícil camino por la cara del acantilado hasta encontrar al pie una diminuta extensión de arena, con rocas bajas a los lados como cocodrilos dormidos. Era el lugar donde de niño solía pensar, el sitio adonde había llevado a mis mujeres a lo largo de los años: los amores, los amores a medias y los que no llegaban ni a la cuarta parte. Pero la única mujer que anhelaba era Doris. Me burlaba de mí mismo pensando que nunca habíamos mantenido una sola conversación que no fuera una tapadera. Pero ¿acaso no había compartido indirectamente cada hora de su vida, dormido o despierto, durante todo un maldito año? ¿No había respondido a cada uno de sus impulsos, a cada envite suyo de pureza, lujuria, rebeldía o venganza? ¿Acaso había habido otra mujer a la que hubiera conocido durante tanto tiempo y tan íntimamente antes de acostarme con ella?

Me había hecho sentirme poderoso. Me había convertido en el hombre que nunca había sido. A lo largo de los años, más de una mujer me había dicho —ya fuera amablemente, con brusquedad o con sincera decepción— que no tenía capacidad para el sexo, que no sabía dar ni recibir con abandono, que controlaba en exceso y carecía de auténtico fuego instintivo.

Doris sabía todo eso, antes incluso de abrazarnos. Lo sabía cuando nos rozamos al pasar, y lo sabía también cuando me recibió desnudo en sus brazos y me acogió, me absolvió, me enseñó y se construyó a sí misma a mi alrededor, hasta convertirnos primero en viejos amigos, después en amantes concienzudos y finalmente en rebeldes triunfantes, libres de las cadenas de todo aquello que pretendía controlar nuestras vidas.

Ich liebe dich. Lo dije porque lo sentía. Lo seguiría sintiendo siempre. Y cuando volviera a Inglaterra, pensaba decírselo otra vez, y le contaría a George que se lo había dicho y añadiría que ya había cumplido con creces mis obligaciones con el Servicio y que, si tenía que abandonarlo para casarme con Doris y luchar por Gustav, estaba dispuesto a hacerlo. Me mantendría en mis trece y ni siquiera George, con toda su aterciopelada lógica, me haría cambiar de opinión.

Pero no había acabado de tomar esa grandiosa e irreversible decisión cuando empezó a atormentarme la promiscuidad de Doris, ampliamente documentada. ¿Sería ése su auténtico secreto? ¿Les haría el amor a todos sus hombres con la misma indiscriminada generosidad? Llegué incluso a convencerme a medias de que también lo había hecho con Alec. ¡Dios mío, habían pasado juntos dos noches enteras! Es cierto que durante la primera los acompañaba Gustav. Pero ¿qué no habría pasado aquella segunda noche, apretados los dos solos dentro del Trabant, acurrucados para darse calor? Ella le había apoyado la cabeza en el hombro —¡él mismo lo había reconocido!— y le había desnudado el alma y quién sabe cuántas cosas más. Yo, en cambio, en mi papel de correo clandestino, prácticamente podía contar las palabras que había intercambiado con Doris en toda mi vida.

Pero incluso mientras conjuraba ese espectro de traición imaginaria, sabía que me estaba engañando, lo que volvía aún más dolorosa la ignominia. Alec no era ese tipo de hombre. Si hubiera pasado la noche con Doris en el hotel Balkan en mi lugar, se habría quedado en un rincón, fumando plácidamente, tal como había hecho aquella otra noche en Cottbus, mientras Doris rodeaba a Gustav con sus brazos, y no a él.

Todavía estaba yo con la vista perdida en el mar, reflexionando inútilmente en esos términos, cuando me di cuenta de que no estaba solo. Absorto en mis asuntos, ni siquiera había notado que alguien me seguía. Peor aún, ese alguien era el miembro más despreciable de nuestra comunidad: Honoré, el enano apestoso, que se dedicaba a la compraventa de estiércol para abono, neumáticos usados y cosas peores. Tenía aspecto de duende, pero de duende siniestro: físico achaparrado, hombros cuadrados y expresión maligna entre la boina bretona y el blusón. Con las piernas separadas al borde del acantilado, miraba hacia abajo.

Alcé la vista y lo llamé. Le pregunté con cierto desdén si se le ofrecía alguna cosa. En realidad, le estaba pidiendo que se largara y me dejara a solas con mis pensamientos. Su reacción fue bajar por el sendero del acantilado y, sin mirarme siquiera, ir a apostarse sobre una roca junto al mar. Estaba cayendo la noche. Al otro lado de la bahía, las luces de Lorient empezaban a encenderse. Después de un rato, levantó la cabeza y me miró con expresión inquisitiva. Al no recibir respuesta, sacó una botella de un bolsillo de la bata y, tras llenar dos vasos de papel que sacó del otro bolsillo, me hizo señas para que me acercara, cosa que hice por cortesía.

—¿Pensando en la muerte? —preguntó en tono ligero.

—Al menos no conscientemente.

—¿Una mujer? ¿Otra más?

Fingí no haberlo oído. Me sorprendió a mi pesar su misteriosa amabilidad. ¿Sería una novedad? ¿O no la habría notado previamente? Levantó su vaso y yo hice lo propio con el mío. En Normandía lo llaman calvados, pero para nosotros los bretones es el *lambig.* En la versión de Honoré, era más o menos lo que les untan a los caballos en los cascos para endurecerlos.

—¡Por tu padre, que Dios tenga en su gloria! —dijo brindando con la cara vuelta hacia el mar—. Un gran héroe de la Resistencia. Mató a un montón de alemanes.

—Eso dicen —repliqué con cautela.

—También le pusieron medallas.

—Un par.

—Lo torturaron y después lo mataron. Fue doblemente un héroe. Bravo por él —dijo, y volvió a beber sin apartar la vista del mar—. Mi padre también fue un héroe —prosiguió—. Un *gran* héroe. Enorme. Por lo menos, dos metros más grande que el tuyo.

—¿Qué hizo?

—Colaboró con los alemanes. Habían prometido conceder la independencia a Bretaña cuando ganaran la guerra y el imbécil de mi viejo los creyó. Cuando terminó la guerra, los héroes de la Resistencia lo colgaron en la plaza Mayor, o en lo que quedaba de la plaza. Todo el mundo lo fue a ver. Los aplausos y los gritos se oían en todo el pueblo.

¿También los habría oído él? ¿Se habría tapado los oídos con las manos, acurrucado en el sótano de algún vecino compasivo? Tuve la sensación de que así debía de haber sido.

—Por eso, te aconsejo que le compres a otro la mierda de caballo —prosiguió—, porque podrían ahorcarte a ti también.

Se quedó esperando a que yo dijera algo, pero no me

salió nada, de modo que volvió a llenar nuestros vasos y los dos seguimos mirando el mar.

En aquella época, los campesinos aún jugaban a la petanca en la plaza del pueblo y cantaban canciones en bretón cuando se emborrachaban. Empeñado en considerarme uno más entre las personas normales, bebía sidra con ellos y prestaba oídos al gran guiñol de los rumores y habladurías del pueblo: la pareja de empleados de la oficina de correos, que se habían encerrado en el piso de arriba y no habían vuelto a salir desde que su hijo se había matado; el recaudador de impuestos del distrito, abandonado por su mujer porque su padre tenía demencia y bajaba a desayunar todos los días a las dos de la madrugada, o el granjero del pueblo vecino, que estaba en la cárcel por haberse acostado con sus hijas. Y escuchando todo eso, yo intentaba asentir con la cabeza en los momentos adecuados, mientras las preguntas que no me dejaban en paz se multiplicaban en mi cabeza y se volvían cada vez más profundas.

«¡Tan condenadamente fácil, por todos los demonios!»

¿Por qué había funcionado todo el operativo como un reloj, si en todas las otras misiones en las que había participado nada había sido preciso ni milimétrico, aun cuando al final todo hubiera acabado bien, a pesar de los desajustes?

¿Una funcionaria de la Stasi, huida a un Estado policial vecino plagado de informantes? ¿Buscada por una seguridad checa notoria por su despiadada eficacia? Y, sin embargo, en lugar de observarnos, seguirnos, ponernos escuchas o al menos interrogarnos, nos habían guiado con la mayor presteza y amabilidad hacia la puerta de embarque.

¿Y desde cuándo los servicios de inteligencia franceses funcionaban de manera tan jodidamente inmaculada? Por lo que yo había oído, eran una organización desgarrada por rivalidades internas, incompetente e infiltrada de arriba abajo, como algún otro servicio que yo conocía. ¿Y de repente se habían convertido en los grandes maestros del oficio?

Si mis sospechas eran ésas, como de hecho lo eran, y si por momentos se volvían más inquietantes y ensordecedoras, ¿qué pensaba hacer al respecto? ¿Comunicárselo a Smiley, antes de tirar la toalla y retirarme?

Hasta donde yo sabía, Doris debía de estar enclaustrada en alguna casa rural, informando a los responsables de cerrar la operación. ¿Les estaría contando que habíamos hecho el amor con pasión desenfrenada? En cuestiones del corazón, el autocontrol no era su punto fuerte.

Y si los agentes que la interrogaban comenzaban a sospechar lo mismo que yo, que la facilidad de su huida a través de Alemania Oriental y Checoslovaquia no había sido natural, ¿qué conclusiones podrían sacar?

¿Que todo había sido una maniobra? ¿Que ella era una infiltrada, una agente doble, una pieza más en una operación de mayor envergadura? ¿Y que Peter Guillam, el muy imbécil, se había acostado con el enemigo? De hecho, yo empezaba a sospechar esto último cuando Oliver Mendel me llamó, a las cinco de la mañana, para ordenarme en nombre de George que acudiera a la ciudad de Salisbury cuanto antes. Nada de «¿Qué tal estás, Peter?», ni de «Siento sacarte de la cama a estas horas intempestivas», sino únicamente: «Dice George que vengas al Campamento 4 cuanto antes, muchacho».

El Campamento 4 era la casa segura de la Dirección Conjunta en New Forest.

Me acomodé como pude en el último asiento disponible de un pequeño avión que salía de Le Touquet y me puse a pensar en el juicio sumarísimo que me esperaba. Doris debía de haber confesado que era una agente doble y estaría usando nuestra noche de pasión como elemento de distracción.

Pero, entonces, mi otra mitad tomó la palabra: ¡es la misma Doris de siempre, por el amor de Dios! Tú la quieres. Se lo has dicho, o al menos eso crees, y en cualquier caso sigue siendo cierto, ¡así que no te precipites a juzgarla solamente porque están a punto de juzgarte a ti!

En el momento de aterrizar en Lydd, no le veía ninguna lógica al asunto, y seguía sin vérsela por ninguna parte cuando mi tren entró en la estación de Salisbury. Pero al menos había tenido tiempo de reflexionar sobre la elección del lugar para cerrar la operación de Doris. Tratándose del Circus, el Campamento 4 no era el más secreto de su archipiélago de casas y pisos francos, ni el más seguro. Sobre el papel, lo tenía todo: una pequeña finca en el corazón de New Forest, invisible desde la carretera, con una casa baja de dos plantas, un huerto detrás de un muro, un riachuelo, una porción de lago y cuatro hectáreas de terreno parcialmente boscoso, y todo ello rodeado de una alambrada de dos metros de altura, oculta por frondosos arbustos.

Pero ¿era el lugar perfecto para poner punto final a la exfiltración de una valiosa agente, arrancada pocos días antes de las garras de la Stasi, su antiguo empleador? El sitio era algo deslucido, seguramente, y un poco más visible de lo que George habría deseado, si la Dirección Conjunta no hubiera estado al frente de todo el operativo.

En la estación de Salisbury, un conductor del Circus llamado Herbert, que yo conocía de mis tiempos en la sección de cazacabelleras, me estaba esperando con un cartel: VISITANTE PARA BARRACLOUGH, uno de los nombres en clave de George. Pero cuando intenté charlar un poco con él de cualquier tema, me dijo que no estaba autorizado a hablar conmigo.

Entramos en el largo sendero lleno de baches que conducía a la finca. Prohibida la entrada. Las ramas bajas de los tilos y los arces rozaban el techo de la furgoneta. En la penumbra, se dibujó la improbable figura de Fawn (nombre de pila desconocido), antiguo instructor de combate sin armas en Sarratt, que ocasionalmente hacía algún trabajo sucio para Encubiertas. Pero ¿qué demonios estaba haciendo Fawn en ese lugar, entre todas las personas posibles, cuando se suponía que el Campamento 4 disponía de guardia de seguridad propia, materializada en la famosa pareja gay que todos los participantes en los cursos de formación adoraban: los señores Harper y Lowe? Entonces recordé que Smiley tenía en muy especial consideración la profesionalidad de Fawn y lo había utilizado para una serie de misiones delicadas.

El conductor detuvo el vehículo. Fawn me miró sin sonreír y, con un movimiento de la cabeza, nos indicó que siguiéramos. El sendero continuaba cuesta arriba. Un par de sólidos portones de madera se abrieron a nuestro paso y volvieron a cerrarse detrás de nosotros. A nuestra derecha se erguía una casona de falso estilo Tudor, construida para un cervecero, y a nuestra izquierda, unas cocheras, un par de barracones y un majestuoso depósito de diezmos con techumbre de paja que llamábamos el Granero. En el patio había tres Ford Zephyr aparcados, una furgoneta Ford negra y, delante de los vehículos, el único ser humano a la vista: Oliver Mendel, inspector de policía retirado y viejo aliado de George, con un walkie-talkie pegado a la oreja.

Salgo de la furgoneta, arrastrando conmigo mi mochila, y grito:

—¡Hola, Oliver! ¡Ya estoy aquí!

Pero Oliver Mendel no mueve ni un músculo. Murmura algo a su walkie-talkie y me mira mientras yo me acerco. Hago ademán de saludarlo de nuevo, pero lo pienso mejor. Lo oigo susurrar:

—Muy bien, George.

Y corta la comunicación.

—Nuestro amigo está bastante ocupado en este momento, Peter —me dice con voz grave—. Hemos tenido un pequeño incidente. Si no te importa, tú y yo vamos a dar un paseo por la finca.

Muy bien. He recibido el mensaje. Doris lo ha contado todo, incluido el *Ich liebe dich*. Nuestro amigo George está ocupado, lo que significa que está disgustado, furioso y decepcionado porque su protegido le ha fallado. Como no quiere ni verme, le ha pedido al leal inspector Oliver Mendel que le eche la bronca del siglo al joven Peter, y quizá también que a continuación me despida. Pero ¿por qué ha llamado a Fawn? ¿Y por qué flota en el ambiente una sensación de fortín precipitadamente abandonado?

Subimos por una cuesta cubierta de hierba, mirándonos de soslayo, lo que seguramente es la intención de Mendel. Fijamos la vista en algún punto indefinido, a media distancia: un par de abedules o un viejo palomar.

—Tengo un mensaje muy triste para ti, Peter.

Ya está.

—Siento comunicarte que la subfuente Tulipán, la mujer que sacaste con éxito de Checoslovaquia, ha sido hallada muerta esta mañana.

Y como nadie sabe nunca qué decir en esos momentos, y yo no soy una excepción, no me concederé la obligada exclamación de dolor, horror o incredulidad. Sé que dejé de ver las cosas con claridad, ya fueran los dos abedules o el palomar. Sé que el día era más soleado y caluroso de lo habitual en esa época del año. Y que sentí el impulso de vomitar, pero, fiel a mis naturales inhibiciones, logré controlarme. Sé que seguí a Mendel hasta la destartalada cabaña de verano situada en el extremo sur de la finca, separada de la casa principal por un frondoso soto de cipreses de Monterrey. Y que cuando nos sentamos en el raquítico porche, teníamos ante nosotros un descuidado campo de croquet, cuyos arcos metálicos sobresalían entre la hierba sin cortar.

—Me temo que se colgó del cuello hasta morir, muchacho —dijo Mendel, repitiendo las palabras de las sentencias de muerte—. Fue un trabajo casero. Se colgó de la rama más baja de un árbol, al otro lado de esa cuesta. Junto al puente. En el punto 217 del mapa. Defunción certificada por el doctor Ashley Meadows, a las ocho de la mañana.

Ash Meadows, psiquiatra de moda en Harley Street e improbable amigo de George, hacía trabajos ocasionales para el Circus, sobre todo cuando había desertores neuróticos de por medio.

—¿Ash está aquí?

—Está con ella.

Asimilo lentamente la noticia. Doris ha muerto. Ash está con ella. Un médico vigila a una muerta.

—¿Dejó una nota o algo? ¿Le dijo a alguien lo que pensaba hacer?

—Se ahorcó y nada más, muchacho. Con un trozo de cuerda de escalar de plástico que encontró por ahí. De casi tres metros de largo. Seguramente se la habría olvidado alguien después de un entrenamiento. Una negligencia, en mi opinión.

—¿Se lo han dicho a Alec? —pregunto, imaginando la cabeza de ella apoyada sobre su hombro.

Mendel habla otra vez con su voz de policía:

—George le dirá a tu amigo Alec Leamas lo que necesite saber, en el momento en que necesite saberlo, muchacho, ni un minuto antes. Y el propio George decidirá cuándo ha llegado ese momento, ¿entendido?

Entendido. Alec sigue convencido de que ha llevado a Tulipán a un lugar seguro.

—¿Dónde está ahora? —pregunto como un estúpido—. No me refiero a Alec, sino a George.

—En este preciso instante, casualmente, está hablando con un caballero suizo. El pobre hombre quedó atrapado en la trampa de un cazador, dentro de la finca. No era una trampa de lazo, sino un cepo colocado por algún furtivo sin escrúpulos, según suponemos. Estaba entre las hierbas altas y, a juzgar por la herrumbre, probablemente llevaba mucho tiempo tendida. Pero el muelle funcionaba a la perfección. Y, por lo que me dicen, los bordes dentados podían haberle cercenado el tobillo al pobre desgraciado, de modo que tuvo suerte. —Y ante mi persistente silencio, en el mismo tono casual, añade—: El sujeto en cuestión es ornitólogo aficionado, algo que me parece muy respetable, ya que yo también lo soy en cierto modo. Había salido a observar aves. No invadió deliberadamente la finca, pero entró sin permiso y ahora lo lamenta. En su lugar, yo también lo lamentaría. Lo que me sorprende es que Harper y Lowe no hayan visto la trampa en una de sus rondas de vigilancia. Tienen suerte de no haber quedado atrapados en el cepo.

—¿Por qué tiene que hablar George con él ahora?

Supongo que quería decir «precisamente ahora, en un momento como éste».

—¿Con el caballero suizo? Bueno, es testigo presencial, ¿no es así, muchacho? Nos guste o no, estaba dentro de la finca. Fue un error, desde luego. Yo también soy aficionado a las aves y sé que puede ocurrirle a cualquiera. Pero estaba aquí a la hora indicada, para su desgracia. Naturalmente, George quiere saber si vio u oyó algo que pueda arrojar un poco de luz sobre lo sucedido. Quizá la pobre Tulipán se dirigió a él de alguna manera. Si te paras a pensarlo, es una situación delicada. Estas instalaciones son secretas y Tulipán todavía no había entrado oficialmente en Gran Bretaña, por lo que el caballero suizo se metió casualmente en un auténtico avispero de los servicios de inteligencia. Es preciso ocuparse de él, independientemente de todo lo demás.

Lo estaba oyendo, pero en realidad no lo escuchaba.

—Necesito verla, Oliver —le dije.

Ante lo cual, sin inmutarse, me contestó:

—Quédate aquí, muchacho, mientras doy curso a la solicitud, y no te muevas.

Y tras decir eso, se marchó entre las hierbas altas del campo abandonado de croquet, hablando en voz baja por el walkie-talkie. Al cabo de un momento, me hizo una señal y lo seguí hasta las puertas enormes del Granero. Llamó y retrocedió un paso. Las puertas crujieron al abrirse y apareció Ash Meadows en persona, antiguo jugador de rugby de cincuenta años, con tirantes rojos y camisa de cuadros, fumando en pipa como era su costumbre.

—Siento mucho lo sucedido —dijo mientras se apartaba para dejarme entrar.

Tuve que responder que yo también lo sentía.

Sobre una mesa de ping-pong, en el centro del gran establo, yacía el bulto de una mujer delgada, metida en una bolsa para cadáveres, con cremallera. Estaba tumbada boca arriba, con los dedos de los pies apuntando al techo.

—Pobre chica. Hasta que llegó aquí no supo que la llamábamos Tulipán —rememoró Ash, con el tono pausado que evidentemente utilizaba para hablar en presencia de los muertos—. En cuanto se enteró de que su nombre era Tulipán, no quiso que nadie la llamara de otra manera. ¿Estás seguro?

Me estaba preguntando si estaba preparado para que abriera la cremallera. Le dije que sí.

Su cara, por primera vez desde que la conocía, era inexpresiva. Tenía el pelo castaño trenzado y atado con una cinta verde, y la trenza yacía junto a su cabeza. Los ojos cerrados. Era la primera vez que la veía dormir. El cuello era una ciénaga de grises y azules.

—¿Ya está, muchacho?

Volvió a cerrar la cremallera.

Salgo con Mendel al aire fresco. Delante de mí, la cuesta de hierba sube hasta un bosquecillo de castaños. Las vistas son bonitas desde lo alto: la casa principal, una pineda y los campos a su alrededor. Pero cuando no he hecho más que empezar el ascenso, Mendel me cierra el paso con la mano.

—Nos quedamos aquí abajo, si no te importa. No hace falta llamar la atención —me indica.

Y supongo que tampoco es sorprendente que yo no cuestione lo que acaba de decir.

Después, durante un rato —no sabría contar los minutos—, vamos y venimos sin rumbo aparente. Mendel me habla de apicultura, y después de *Poppy*, un perro labrador que ha sacado de un refugio y que tiene enamorada a su mujer. Me parece que ha dicho que es macho. Me sorprendió la historia, según recuerdo, porque no sabía que Oliver Mendel estuviera casado.

Poco a poco, yo también empiezo a hablar. Cuando me pregunta cómo va todo en Bretaña, cómo se presentan las cosechas y cuántas vacas tengo en la granja, mi respuesta es articulada y minuciosa. Aparentemente, era la señal que estaba esperando, porque al llegar al sendero de grava que pasa junto al Granero y sigue hasta la cochera, se aleja unos pasos de mí y habla brevemente por el walkie-talkie. Cuando regresa a mi lado, ya no parece tan dispuesto como antes a la charla informal. Vuelve a actuar como un policía.

—Ahora, muchacho, quiero que me prestes atención. Vas a conocer la otra mitad de la historia. Veas lo que veas, no reaccionarás de ninguna manera y, cuando te marches, guardarás silencio sobre todo lo que hayas visto. No son órdenes mías. Son órdenes personales de George para ti. Otra cosa, hijo. Si por casualidad te estás echando la culpa por el suicidio de esa pobre mujer, deja de culparte, ¿entendido? Este mensaje no es de George. Es mío. Por cierto, ¿hablas suizo?

Está sonriendo y, para mi asombro, yo también sonrío. El rumbo seguido por nuestra charla informal adquiere de pronto un sentido escalofriante. Había olvidado por un momento al caballero suizo. Suponía que Mendel me estaba dando conversación por pura amabilidad. Pero de pronto vuelve a ocupar un primer plano el misterioso aficionado a las aves que entró por error en la finca. En el otro extremo del sendero está Fawn y, a su espalda, la escalera de piedra que sube hasta una puerta verde oliva, con un cartel: PELIGRO DE MUERTE. NO PASAR.

Subimos los peldaños detrás de Fawn. Llegamos a un pajar. Varios arreos de caballería cubiertos de moho cuelgan de unos ganchos viejos. Pasamos entre fardos de heno medio podrido hasta llegar al Submarino, una celda de aislamiento especialmente construida para enseñar a los novatos el ingrato oficio de resistir a los interrogatorios severos y de practicarlos. No había seminario de actualización que no incluyera unas horas entre esos muros acolchados sin ventanas, con grilletes en las manos y los pies y efectos sonoros capaces de partirle a uno la cabeza. La puerta era de acero ennegrecido, con una trampilla para mirar hacia dentro, pero nunca hacia fuera.

Fawn mantiene la distancia. Mendel avanza hacia el Submarino, se inclina, abre la trampilla y vuelve a apartarse. Me indica por señas que mire. Y entre dientes, precipitadamente, me dice:

—Ya sabes que no se ahorcó, ¿verdad, muchacho? Nuestro amigo el ornitólogo lo hizo por ella.

En mis seminarios de formación, nunca había visto muebles dentro del Submarino. Podías tumbarte en el suelo o caminar dando vueltas en la más completa oscuridad, mientras los altavoces aullaban hasta que ya no podías soportarlo o hasta que la dirección decidía que ya habías tenido suficiente. Pero en esa ocasión, los dos improbables ocupantes del Submarino disponen de una mesa de juego con tapete rojo y de dos sillas perfectamente decentes.

En una de ellas está sentado George Smiley, con el aspecto que sólo él puede tener cuando dirige un interrogatorio: un poco incómodo y algo dolido, como si la vida fuera una prolongada molestia y no hubiera nadie capaz de volverla tolerable, excepto quizá el interrogado.

Frente a George, en la otra silla, hay un hombre rubio de

mi edad, robusto, con contusiones recientes en torno a los ojos, una pierna vendada y estirada hacia delante y las manos encadenadas sobre la mesa, con las palmas hacia arriba, como un mendigo.

Cuando vuelve la cabeza, veo justo lo que para entonces estoy esperando ver: una vieja cicatriz, como una herida de espada, que le recorre la mejilla derecha de arriba abajo.

Y aunque casi no lo distingo por culpa de los cardenales, sé que tiene los ojos azules, porque así constaba en la ficha de antecedentes criminales que tres años atrás sustraje para George Smiley, después de que el hombre que tiene sentado delante lo golpeara casi hasta matarlo.

Lo está interrogando, ¿o estará negociando? El nombre del prisionero —¿cómo olvidarlo?— es Hans-Dieter Mundt, antiguo miembro de la Misión de Acero de la RDA en Highgate, con carácter oficial pero sin estatuto diplomático.

Durante su estancia en Londres, Mundt mató a un vendedor de automóviles que sabía demasiado para su gusto y trató de eliminar a George por el mismo motivo.

Ahora, ese mismo Mundt está sentado en el Submarino: un asesino de la Stasi entrenado por el KGB, que finge ser un ornitólogo suizo atrapado en un cepo para venados, mientras Doris —que prefería ser conocida únicamente como Tulipán— yace muerta a menos de quince metros.

Mendel me tira del brazo.

—Vamos, Peter. El lugar adonde vamos está muy cerca de aquí por carretera. George se reunirá con nosotros más adelante.

—¿Qué ha pasado con Harper y Lowe? —le pregunto cuando estamos dentro del coche, por hablar de algo.

—Harper está en el hospital por orden de Meadows, para que le arreglen la cara, y Lowe ha ido a acompañarlo. Digamos que nuestro amigo el ornitólogo no se entregó voluntariamente cuando lo soltaron de la trampa en la que había caído. Fue preciso convencerlo, como habrás podido observar.

—Tengo un par de cosas para ti, Peter —me dice Smiley, tendiéndome la primera.

Son las dos de la madrugada. Estamos solos en el cuarto de estar de una casa antigua, en los límites de New Forest. Nuestro anfitrión, un viejo amigo de Mendel, ha encendido un fuego de carbón en la chimenea y nos ha traído una bandeja con té y pastas antes de retirarse al piso de arriba con su mujer. No hemos bebido el té ni hemos tocado las pastas. Lo primero que me da Smiley es una tarjeta postal inglesa corriente, sin sello. Tiene unos rasguños, como si la hubieran deslizado por una ranura estrecha, quizá por debajo de una puerta. El lado correspondiente a la dirección está en blanco. Del lado del texto, hay un mensaje escrito a mano en tinta azul o negra, en alemán, todo en letras mayúsculas:

SOY UN AMIGO SUIZO Y PUEDO LLEVARLA CON GUSTAV. REÚNASE CONMIGO JUNTO AL PUENTE, A LAS 01.00 HORAS. TODO SE ARREGLARÁ. SOMOS PERSONAS CRISTIANAS. [Sin firma.]

—¿Por qué esperaron a que llegara a Inglaterra? —consigo preguntarle a George, después de una larga demora—. ¿Por qué no la mataron en Alemania?

—Para proteger a su fuente, obviamente —responde Smiley en tono de reproche por mi escasa capacidad de deducción—. La orden llegó del Centro de Moscú, que como es natural exigió la mayor discreción. No podía ser un accidente de tráfico, ni cualquier otro suceso igualmente forzado. Lo mejor era un suicidio, para causar el mayor desaliento posible en el campo enemigo. Me parece completamente lógico, ¿a ti no? ¿No lo crees, Peter?

Hay rabia en el férreo control de su voz, habitualmente amable, y en la rigidez de sus rasgos, por lo general relajados. Rabia hacia sí mismo. Rabia por la monstruosidad que se ha visto obligado a hacer, contra todo impulso de decencia.

—*Pastorear* es el verbo que ha utilizado Mundt —continúa, sin esperar ni prever una respuesta por mi parte—. «La *pastoreamos* hasta Praga, la enviamos a Inglaterra como habríamos hecho con una oveja y la *pastoreamos* hasta el Campamento 4. Después, la estrangulamos y la colgamos de un árbol.» Nunca *yo*. Siempre el *nosotros* colectivo. Le he dicho que me parece despreciable. Quiero pensar que me ha oído. —Y después, como si acabara de recordarlo—: Oh, y este otro papel es para ti.

Me entrega una hoja plegada con la marca de agua de la papelería Basildon Bond y el nombre «Adrien» escrito en grandes caracteres, esta vez con lápiz de mina blanda. La caligrafía es pulcra y cuidada, sin adornos innecesarios: una aplicada colegiala alemana que escribe a su amigo por correspondencia de Inglaterra.

Mi adorado Adrien, mi Jean-François:
Eres todos los hombres que he amado. Le pido a Dios que también te quiera.
Tulipán

—Te he preguntado si prefieres guardarla como recuerdo o quemarla —repite Smiley ante mi aturdimiento, con la misma voz de rabia congelada—. Te recomiendo lo segundo. La encontró Millie McCraig por casualidad, apoyada contra el espejo de la cómoda de Tulipán.

Después, sin emoción aparente, me ve arrodillarme delante del fuego y depositar la carta de Doris todavía plegada, como una ofrenda, sobre las ascuas ardientes. Y entre todos los sentimientos turbulentos que me atenazan en ese instante, se me ocurre pensar que George Smiley y yo estamos más cerca de lo que habríamos querido en materia de amores fracasados. Yo bailo mal. George, según su errabunda esposa, se niega de plano a bailar. Sigo sin decir ni una sola palabra.

—El acuerdo al que acabo de llegar con Herr Mundt tiene varias condiciones útiles —prosigue de forma implacable—. Por ejemplo, la cinta con la grabación de nuestra conversación. Hemos convenido que a sus patrones de Moscú y Berlín no les gustaría oírla. También hemos acordado que su trabajo para nosotros, hábilmente administrado por ambas partes, será muy positivo para promocionar su carrera dentro de la Stasi. Volverá con sus camaradas convertido en un héroe. Los gerifaltes de la Dirección estarán encantados con él. El Centro de Moscú quedará muy satisfecho. El cargo de Emmanuel Rapp quedará vacante, y no sería mala idea que él lo solicitara. Me ha dicho que lo hará. A medida que vaya ascendiendo en Berlín y Moscú, tendrá acceso a más información y llegará un día en que quizá pueda decirnos quién traicionó a Tulipán y a otros agentes nuestros que encontraron un fin prematuro. Hay muchas cosas que a ti y a mí nos gustaría saber algún día, ¿verdad?

Yo sigo sin abrir la boca —o al menos así lo recuerdo—, mientras Smiley se dispone a decir algo muy importante antes de terminar.

—Tú, yo y muy pocas personas más conocemos esta información, extremadamente secreta. En lo que respecta a la Dirección Conjunta y al Servicio en general, la versión oficial es que fuimos demasiado codiciosos, trajimos a Tulipán sin pensar en nada más y no prestamos atención a sus sentimientos más profundos. Como resultado, se ahorcó. Transmitiremos esa historia a la Oficina Central y a todas las oficinas en el extranjero. No habrá ninguna excepción, sobre todo en los sitios de mayor influencia de la Conjunta. Me temo que eso incluye a nuestro amigo Alec Leamas.

La incineramos con el nombre de Tulipán Brown, religiosa de origen ruso huida de la persecución comunista y establecida en Inglaterra, donde llevaba una vida solitaria. Al sacerdote ortodoxo retirado que localizaron las funcionarias de Encubiertas —las mismas que encargaron los tulipanes para el funeral— le explicamos que la difunta había adoptado el apellido Brown por miedo a las represalias. El sacerdote, que también trabajaba ocasionalmente para nosotros, no hizo ninguna pregunta incómoda. Éramos seis: Ash Meadows, Millie McCraig, Jeanette Avon e Ingeborg Lugg (las funcionarias de Encubiertas), Alec Leamas y yo. George tenía asuntos que tratar en otro sitio. Cuando terminó la ceremonia, las mujeres se marcharon y los tres hombres nos fuimos en busca de una taberna.

—¿Por qué demonios tuvo que matarse la condenada idiota? —protestó Alec, mientras apoyaba la cabeza sobre las manos, delante de nuestros whiskies—. ¡Después de todo lo que estuvimos trabajando por ella! —Y en el mismo tono de falsa indignación—: ¡Si me hubiera dicho lo que pensaba hacer, no me habría molestado en sacarla de Alemania!

—Yo tampoco —dije lealmente, antes de levantarme para pedir otra ronda de lo mismo.

—El suicidio es una decisión que ciertas personas toman relativamente pronto en la vida —estaba pontificando el doctor Meadows cuando regresé—. Quizá no lo sepan, Alec, pero lo llevan dentro. Un buen día ocurre algo que desencadena la reacción. Puede ser algo totalmente trivial, como olvidarse la cartera en un autobús, o algo más trágico, como la muerte de un amigo cercano. Pero la intención estaba ahí desde el primer momento. Y el resultado es el mismo.

Bebemos sin decir nada, hasta que Alec rompe el silencio:

—Puede que en el fondo todos los peones sean suicidas, pero algunos no llegan a consumarlo, pobres desgraciados. —Y a continuación, añade—: Por cierto, ¿quién va a decírselo al chico?

¿Al chico? Por supuesto. Se refiere a Gustav.

—George sugiere que le dejemos esa tarea al enemigo —respondo.

—¡Dios mío, qué planeta! —gruñe Alec.

Y vuelve a enfrascarse en su whisky.

10

He dejado de mirar fijamente a la pared de la biblioteca. Nelson, que sustituye a Pepsi, se ha inquietado por mi falta de atención. Obedientemente, reanudo la lectura del informe que con dolor y remordimiento preparé siguiendo las órdenes de Smiley, sin omitir ningún detalle, por extemporáneo que fuera, con el fin de disimular el único secreto que sólo muy pocos conocíamos.

SUBFUENTE TULIPÁN. INFORME FINAL Y SUICIDIO
Cierre de la operación realizado por Ingeborg Lugg (Encubiertas) y Jeanette Avon (Encubiertas), con la presencia esporádica del Dr. Ashley Meadows, colaborador ocasional de Encubiertas
Informe recopilado y cotejado por P.G. y aprobado por D. Encubiertas Marylebone, para su presentación a la Comisión de Supervisión del Tesoro
Copia previa a D. Dirección Conjunta para eventuales comentarios

---

Avon y Lugg son las estrellas de los informes finales de Encubiertas, dos mujeres centroeuropeas de mediana edad, con una larga experiencia operativa.

1. Recepción de TULIPÁN y traslado al Campamento 4

A su llegada a Northolt, en vuelo de la RAF, Tulipán no cumplió ninguna formalidad de entrada al país, por lo que oficialmente no ha estado nunca en Gran Bretaña. Tras presentarse ante ella como «el representante de un Servicio que se siente muy orgulloso de usted», el doctor Meadows le dedicó un breve discurso de bienvenida en la sala de recepción de personas importantes, en la zona de tránsito del aeropuerto, y le hizo entrega de un ramillete de rosas inglesas, un gesto que pareció emocionarla profundamente, porque permaneció con las flores apoyadas cerca de la cara durante todo el trayecto.

Fue trasladada directamente, en vehículo cerrado, al Campamento 4. Avon (nombre en clave ANNA), enfermera titulada y con gran habilidad social, se sentó detrás con ella para tranquilizarla y darle conversación. Lugg (nombre en clave LOUISA) y el doctor Meadows (nombre en clave FRANK) se sentaron delante, junto al conductor de la furgoneta. La idea era favorecer la conexión entre Avon y Tulipán, dejándolas a las dos solas en la parte trasera del vehículo. Los tres entendemos el alemán y lo hablamos con fluidez (nivel 6).

Durante el viaje, Tulipán alternó momentos de sopor con otros de entusiasmo, durante los cuales señalaba elementos del paisaje que serían del agrado de su hijo Gustav cuando llegara a Gran Bretaña, una eventualidad que al parecer consideraba inminente. También señalaba senderos y zonas donde pensaba que le gustaría practicar el ciclismo, también con Gustav. Preguntó en dos ocasiones por Adrien, y al decirle nosotros que no conocíamos a nadie con ese nombre, pasó a interesarse por Jean-François. El doctor Meadows le dijo que el correo

Jean-François había sido requerido con urgencia en otro lugar, pero que seguramente iría a verla en cuanto estuviera libre.

El alojamiento en la zona de invitados del Campamento 4 consta de dormitorio, cuarto de estar, cocina americana y galería, siendo esta última una estructura de madera y cristal construida en el siglo XIX, que da a la piscina al aire libre (no hay instalación de agua caliente). Todos los espacios, incluidas la galería y la zona de la piscina, están provistos de micrófonos ocultos y otros dispositivos especiales.

Detrás de la piscina hay un bosquecillo de coníferas a las que se han podado algunas ramas bajas, pero no todas. Hay muchos venados y es frecuente verlos acercarse a la piscina. Debido a la valla que rodea los terrenos, los ciervos son en la práctica un rebaño doméstico confinado en la finca, lo que contribuye al ambiente de cultivado encanto y tranquilidad del Campamento 4.

En primer lugar, hicimos las presentaciones entre Tulipán y Millie McCraig (ELLA), que a instancias del director de Operaciones Encubiertas ya se había instalado ese mismo día como encargada de la casa segura. A petición del director de Encubiertas, se habían colocado asimismo micrófonos en lugares escogidos, tras desconectar los que aún seguían activos de operaciones anteriores.

Las dependencias personales de la encargada del Campamento 4 se encuentran directamente detrás de las habitaciones de la invitada, al final de un corto pasillo. Un intercomunicador conecta los dos apartamentos, lo que permite a la invitada pedir ayuda a cualquier hora de la noche. Por sugerencia de McCraig, Avon y Lugg ocupan dormitorios en la casa principal, lo que proporciona a Tulipán un ambiente exclusivamente femenino.

Los guardias de seguridad permanentes del Campamento 4, Harper y Lowe, comparten habitación en la antigua cochera. Los dos son buenos jardineros. Por su formación de guardabosques, Harper tiene asignada la tarea de controlar la población de animales salvajes de la finca. En la cochera hay otro dormitorio libre, que ha sido asignado al doctor Meadows.

2. Cierre de la misión, días 1-5

El período inicial de cierre de la misión se fijó en un principio entre dos y tres semanas prorrogables, a las que se añadirían varias sesiones de seguimiento, de duración no especificada, aunque de este último extremo no se informó a Tulipán. Nuestra tarea inmediata era instalarla, hacerle ver que estaba entre amigos y hablarle con confianza del futuro (con Gustav), todo lo cual se consiguió satisfactoriamente, desde nuestro cauteloso punto de vista, al final de la primera velada. Se le hizo saber que el doctor Meadows (Frank) era uno de los diversos entrevistadores con intereses especiales que se reunirían con ella, y que el resto irían apareciendo a lo largo de nuestras sesiones. Se la informó también de que *Herr Direktor* (D. Encubiertas) había tenido que ausentarse para ocuparse de un asunto urgente relacionado con el doctor Riemeck (ANÉMONA) y otros miembros de la red, pero esperaba ansiosamente el momento de conocerla y de estrecharle la mano.

Como por regla general el cierre de toda misión debe comenzar cuando el sujeto todavía está «caliente», nuestro equipo se reunió en el salón de la casa principal, a las

09.00 del día siguiente. La sesión se prolongó hasta las 21.05, con varias pausas. La grabación fue supervisada desde sus dependencias por Millie McCraig, que además aprovechó la oportunidad para efectuar un registro minucioso de las habitaciones y los efectos personales de Tulipán. El interrogatorio corrió a cargo de Lugg (Louisa), de acuerdo con las órdenes recibidas, con la ayuda de Avon (Anna) y con intervenciones esporádicas del doctor Meadows (Frank), cada vez que la ocasión se prestaba para explorar la actitud mental y la motivación de Tulipán.

Sin embargo, pese al esfuerzo para disimular el sentido de las preguntas aparentemente inocentes de Frank, Tulipán no tardó en reconocer la naturaleza psicológica de las cuestiones y, al ser informada de que era médico, se burló de él llamándolo «discípulo del archimentiroso y estafador Sigmund Freud». Se fue indignando cada vez más y al final declaró que sólo había tenido un médico en su vida: Karl Riemeck. Llamó imbécil a Frank y le dijo: «¡Si de verdad quiere hacer algo útil por mí, tráigame a mi hijo!». Como no quería ser una influencia negativa, el doctor Meadows decidió regresar a Londres y permanecer a la espera por si se requerían sus servicios.

Durante los dos días siguientes, pese a que de vez en cuando se repitieron ese tipo de estallidos, las sesiones se desarrollaron con eficacia, en un ambiente de relativa calma. Cada noche se enviaban a Marylebone las cintas con la grabación de la sesión del día.

Al director de Encubiertas le interesaba sobre todo la circulación de información sobre objetivos británicos, por mínima que fuera, entre Moscú y la oficina de Rapp.

Aun sabiendo que había muy pocos datos de ese tipo en los documentos fotografiados por Tulipán, existía la posibilidad de que ella hubiera leído u oído algo al respecto de fuentes de Moscú, pero no hubiera informado porque le hubiera parecido poco importante o porque se le hubiera olvidado. Por ejemplo, ¿había oído insinuar a alguien o jactarse de disponer de fuentes activas en los escalones más altos de la política o los servicios secretos británicos? ¿Alguna referencia a desciframiento de códigos?

Pese a plantearle esas preguntas a Tulipán de muchas maneras diferentes —ante su creciente irritación—, no logramos ningún resultado positivo. Aun así, creemos que el valor del producto de Tulipán debe considerarse entre alto y muy alto, teniendo en cuenta que sus posibilidades de informar se vieron gravemente obstaculizadas por las condiciones operativas. Durante todo el tiempo en que estuvo activa, se relacionó tan sólo con Anémona y nunca directamente con la Oficina de Berlín. No se le comunicaron aspectos potencialmente sensibles, porque ante la eventualidad de un interrogatorio podrían haber dejado al descubierto puntos débiles de nuestros servicios de inteligencia. Pero durante estas sesiones fue posible planteárselos sin limitaciones: por ejemplo, indagaciones sobre la credibilidad de otras subfuentes activas o potenciales; identidad de diplomáticos y políticos extranjeros controlados por la Stasi; posible explicación de los pagos encubiertos revelados en algunos documentos del escritorio de Rapp fotografiados por ella, que no se han visto en ningún otro contexto, y localización y aspecto de las instalaciones secretas de radio que había visitado en compañía de Rapp, con sus planos, protocolos, dimensiones, forma y dirección de las antenas, y cualquier indicio de presencia soviética o de cualquier otra procedencia no alemana sobre el terreno. Y, en general, cualquier otra información que hasta el momento no se hubiera transmitido, a causa del escaso tiempo de que disponía Tulipán para reunirse con Anémona, la naturaleza errática de sus conversaciones y las limitaciones impuestas por los métodos clandestinos de comunicación.

Aunque con frecuencia expresaba frustración y protestaba en términos insultantes hacia nosotros, Tulipán también parecía encantada de ser el centro de atención, e incluso se permitió coquetear abiertamente con los dos guardias de seguridad del Campamento 4 cada vez que tuvo ocasión de hacerlo, siendo el joven Harper el más favorecido. Con cada anochecer, sin embargo, su estado de ánimo cambiaba rápidamente y se transformaba en desesperación teñida de culpa, sobre todo por su hijo Gustav, pero también por su hermana Lotte, cuya vida creía haber destruido con su deserción.

La encargada de la casa, Millie McCraig, la acompañaba de manera intermitente a lo largo de la noche. Habían descubierto que ambas profesaban la fe cristiana y solían rezar juntas. El santo preferido de Tulipán era san Nicolás, del que poseía una pequeña imagen que la había acompañado durante toda su exfiltración. La afición al ciclismo era otro interés que compartían las dos mujeres. A instancias de Tulipán, McCraig (Ella) le consiguió un catálogo de bicicletas para niños. Entusiasmada al descubrir que McCraig era escocesa, Tulipán le pidió que le proporcionara cuanto antes un mapa de las Highlands para poder estudiar juntas posibles rutas ciclistas. Al día siguiente, la Oficina Central le facilitó un mapa del Servicio Cartográfico. Aun así, su estado de ánimo continuó siendo irregular y con frecuencia perdía los nervios. Los sedantes y somníferos que le suministraba McCraig a petición suya no parecían hacerle mucho efecto.

De vez en cuando, en cualquier momento de nuestras sesiones, exigía que le dijéramos la fecha exacta del intercambio de Gustav, e incluso preguntaba si lo habían intercambiado ya. De acuerdo con las instrucciones, se le decía que *Herr Direktor* estaba negociando el asunto al más alto nivel y que era posible que el acuerdo se produjera de un momento a otro.

3. *Necesidades recreativas de TULIPÁN*

Desde el momento de su llegada a Gran Bretaña, Tulipán expresó con claridad su necesidad de actividad física. El caza de la RAF era demasiado estrecho; el trayecto hasta el Campamento 4 la había hecho sentirse como una reclusa; el confinamiento de cualquier tipo era insoportable para ella, etcétera. Puesto que los senderos del Campamento 4 no son adecuados para practicar el ciclismo, le propusimos que corriera. Tras obtener su número de calzado, Harper fue a Salisbury a comprarle unas zapatillas y, durante las tres mañanas siguientes, Tulipán y Avon (Anna), que también es muy aficionada al ejercicio, corrieron juntas por el sendero perimetral de la finca antes del desayuno. Tulipán llevaba una mochila ligera, por si encontraba un fósil o una piedra rara que pudiera interesarle a Gustav. Decía que la mochila era su «bolsa por si acaso», tomando prestada una expresión rusa. En la finca también hay un pequeño gimnasio que ofrecía a Tulipán un alivio temporal de su evidente estrés cuando los otros medios fracasaban. Fuera cual fuese la hora del día o de la noche, Millie McCraig nunca dejaba de acompañarla al gimnasio.

El proceder normal de Tulipán consistía en vestirse y apostarse delante del ventanal de su cuarto de estar, a las 06.00 horas, para esperar a Avon. Sin embargo, esa mañana en concreto, Tulipán no estaba delante de su ventana. Por tanto, Avon entró en sus habitaciones por el lado del jardín. La llamó por su nombre, golpeó la puerta del baño y, al no recibir respuesta, la abrió, pero todo fue en vano. Llamó a McCraig por el intercomunicador y le preguntó por el paradero de Tulipán, pero la encargada no supo decírselo. Ya bastante preocupada, Avon echó a andar a paso rápido por el sendero. Mientras tanto, como precaución, McCraig avisó a Harper y Lowe de que nuestra huésped se había ido «a dar una vuelta», y los dos guardias de seguridad se pusieron a registrar la finca.

4. *Hallazgo de TULIPÁN. Declaración de J. Avon*

Viniendo por el este, el sendero que rodea la finca sube primero por una empinada cuesta de unos veinte metros de largo y se nivela después en un tramo de medio kilómetro, aproximadamente, para bajar a continuación hacia una hondonada cenagosa atravesada por una pasarela de madera que conduce hasta una escalera de nueve peldaños, también de madera, a la sombra de un frondoso castaño.

En el momento de girar al norte para bajar hacia la hondonada, descubrí a Tulipán colgada de una rama baja del castaño, con los ojos abiertos y los brazos caídos a los lados del cuerpo. Recuerdo que la distancia entre sus pies y el peldaño de madera más próximo no era de más de treinta centímetros. La cuerda que le rodeaba el cuello era tan fina que a primera vista parecía como si Tulipán estuviera flotando en el aire.

Soy una mujer hecha y derecha de cuarenta y dos años. Debo destacar que he consignado estas impresiones tal como las conservo ahora en la memoria. He seguido los cursos de formación del Servicio y tengo experiencia en emergencias operativas. Por tanto, me avergüenza confesar que mi único impulso al ver a Tulipán colgada del árbol fue correr a la casa en busca de ayuda, en lugar de proceder de inmediato a cortar la cuerda e iniciar las maniobras de reanimación. Lamento profundamente esa infracción de las normas operativas. Por otro lado, me han asegurado categóricamente que Tulipán llevaba por lo menos seis horas muerta cuando la encontré, lo que constituye un gran alivio para mí, unido al hecho de que yo no disponía de cuchillo y la cuerda estaba fuera de mi alcance.

Informe complementario de Millie McCraig, encargada de la casa segura denominada Campamento 4 y funcionaria de carrera de grado 2, sobre las atenciones, gestión y suicidio de la subfuente TULIPÁN. Copia a George Smiley, D. Encubiertas (solamente)

Millie, tal como la conocía yo entonces: casada con el Servicio, hija devota de un pastor de la Iglesia Libre Presbiteriana. Escalaba los Cairngorms, cazaba zorros y tenía a sus espaldas una historia de cargos peligrosos. Había perdido a su hermano por culpa de la guerra, a su padre por el cáncer y su corazón por un hombre casado, mayor que ella, que valoraba más la honorabilidad que el amor. Las malas lenguas decían que el hombre en cuestión era George, aunque nunca noté nada entre ellos que me lo confirmara. ¡Pero, ay de cualquiera de los integrantes de la nueva hornada que intentáramos ponerle un dedo encima! Millie no quería saber nada de ninguno de nosotros.

1. Desaparición de TULIPÁN

Tras ser informada a las 06.10 horas por Jeanette Avon de que Tulipán había salido a correr sola, solicité de inmediato a seguridad (Harper y Lowe) que registraran la finca, con especial atención al sendero perimetral, que según me había comunicado Avon era la ruta preferida por Tulipán. Como precaución, efectué a continuación una inspección minuciosa del apartamento de invitados y observé que su chándal y sus zapatillas seguían guardados en el armario. Por otra parte, el traje de calle y la ropa interior francesa que le habían proporcionado en Praga habían desaparecido. Aunque no disponía de documentos de identidad ni de dinero, también faltaba su bolso de mano, en cuyo interior no había nada, excepto unos pocos efectos personales, según yo misma había podido comprobar en una ocasión anterior.

Al tratarse de una situación que iba más allá de nuestras competencias, y puesto que el director de Encubiertas había tenido que desplazarse a Berlín para ocuparse de un asunto urgente, tomé la decisión ejecutiva de llamar al oficial de guardia de la Dirección Conjunta para solicitarle que informara a nuestro enlace con la policía de que una paciente psiquiátrica con la descripción de Tulipán se había fugado del lugar donde estaba siendo atendida. Debía especificar que no era violenta, que no hablaba inglés y que necesitaba recibir tratamiento. Si la encontraban, tenían que traerla de inmediato a este instituto.

A continuación, telefoneé a la consulta del doctor Meadows en Harley Street y le dejé un mensaje a su secretaria para que llamara cuanto antes al Campamento 4, pero enseguida supe que ya estaba en camino, por haber recibido previamente aviso de la Oficina Central.

2. *Descubrimiento de un intruso no autorizado en el Campamento 4*

No había acabado de hacer esas llamadas cuando por el sistema de comunicación interna recibí un aviso de Harper, quien me indicó que en el transcurso de la búsqueda de Tulipán, en una zona boscosa cercana al límite oriental de la finca, había encontrado a un hombre herido, aparentemente un intruso que, tras penetrar en los terrenos a través de una brecha recién abierta en la valla, había pisado y activado una antigua trampa oculta por la maleza, colocada presumiblemente por un cazador furtivo, antes de que el Circus adquiriera la propiedad.

Dicha trampa, un dispositivo anticuado e ilegal, consistía en un cepo de dientes herrumbrados, cuyo mecanismo de muelle aún funcionaba. Según Harper, la trampa se había cerrado sobre la pierna izquierda del intruso, que al intentar liberarse había quedado aún más atrapado. El hombre, que hablaba inglés correctamente, aunque con acento extranjero, dijo que al ver la brecha en la valla se había colado en la finca con el único propósito de hacer sus necesidades. Explicó, además, que estaba observando las aves, por ser aficionado a la ornitología.

Al cabo de un momento llegó Lowe y entre los dos liberaron al intruso de la trampa, instante que el hombre aprovechó para propinar un puñetazo en el vientre a Lowe y un cabezazo a Harper en la cara. Tras unos momentos de lucha, los dos guardias consiguieron reducir al intruso y conducirlo al Granero, situado a escasa distancia. El prisionero quedó encerrado en el calabozo (el Submarino), con un vendaje provisional en la pierna izquierda. En aplicación de los protocolos vigentes, Harper había informado directamente del incidente a la sección de seguridad interna de la Oficina Central y al director de Operaciones Encubiertas, en viaje de regreso desde Berlín. Cuando le pregunté a Harper si Lowe o él habían visto a Tulipán, que seguía desaparecida, me respondió que el intruso los había distraído temporalmente de la búsqueda y que pensaban reanudarla de inmediato.

3. Noticias de la muerte de TULIPÁN

Más o menos en ese momento, Jeanette Avon apareció en el porche de la casa principal en estado de gran nerviosismo y consternación, y anunció que había encontrado a Tulipán colgada de la rama de un árbol, presumiblemente muerta, en el punto 217 del mapa de la finca. De inmediato le pasé la información a Harper y a Lowe y, tras confirmar que el intruso había quedado inmovilizado, les indiqué que se dirigieran a toda prisa al punto 217 y proporcionaran la asistencia necesaria.

Después hice sonar la Alerta Roja, para que todo el personal de apoyo presente en la finca acudiera cuanto antes a la casa principal. Los integrantes del personal son dos cocineras, un chófer, un encargado de mantenimiento, dos limpiadoras y dos empleados del lavadero. (La lista completa figura en el Apéndice A.) Procedí a informarlos de que había aparecido un cadáver en la finca y les dije que debían permanecer en la casa principal hasta nuevo aviso. No consideré necesario comunicarles que nuestros guardias habían encontrado además un intruso.

Por fortuna, en ese momento llegó el doctor Meadows, que había acudido a toda velocidad al volante de su Bentley. Los dos nos pusimos en marcha por el sendero perimetral, en dirección al este, hacia el punto 217. Cuando llegamos, ya habían descolgado a Tulipán, que yacía muerta en el suelo con una cuerda alrededor del cuello. Harper y Lowe vigilaban el cadáver. Al primero le sangraba la cara, por el cabezazo que le había propinado el intruso. Propuso que llamáramos a la policía. Lowe, por su parte, quería llamar a una ambulancia. Dadas las circunstancias, aconsejé no llamar a nadie sin antes obtener autorización del director de Encubiertas, que ya venía de camino al Campamento 4. El doctor Meadows, tras una exploración preliminar del cadáver, fue de la misma opinión.

Por tanto, les indiqué a Harper y a Lowe que volvieran al Granero sin hablar con nadie y esperaran nuevas órdenes, evitando en todo momento cualquier intercambio con el prisionero. Cuando se marcharon, el doctor Meadows me informó de que Tulipán probablemente llevaba varias horas muerta en el momento del hallazgo.

Mientras el doctor proseguía el examen de la fallecida, yo tomé nota de su atuendo, que consistía en un conjunto de jersey y chaqueta de punto de fabricación francesa, falda plisada y zapatos de tacón. Los bolsillos de la chaqueta estaban vacíos, a excepción de dos pañuelos de papel usados. De hecho, Tulipán había comentado que estaba un poco resfriada. En su «bolsa por si acaso» encontré el resto de su ropa interior francesa.

Nuestras instrucciones, que para entonces nos llegaban sin interrupción desde la Oficina Central a través del intercomunicador, fueron trasladar de inmediato el cadáver al Granero. Así pues, llamé a Harper y a Lowe para que lo transportaran entre los dos. Lo hicieron con la mayor presteza, a pesar de que para entonces la herida de Harper sangraba profusamente.

En compañía del doctor Meadows, volví a la casa principal. Debo decir que Avon ya se había repuesto y estaba sirviendo té con pastas a los miembros del personal, y los estaba animando. Se esperaba para media tarde la llegada del gabinete de crisis de la Oficina Central, encabezado por el director de Encubiertas. Mientras tanto, todos debían permanecer en la casa principal, excepto Harper y Lowe. El doctor Meadows procedió a limpiarle las heridas a Harper y fue a atender al intruso encerrado en el Submarino.

Las personas confinadas en la casa principal se pusieron a discutir entonces sobre la culpabilidad. Jeanette Avon insistía en considerarse la mayor responsable del suicidio de Tulipán, pero yo hice lo posible por contradecirla. Tulipán padecía depresión clínica, su sentimiento de culpa era insoportable, echaba de menos a Gustav y estaba convencida de haber destruido la vida de su hermana Lotte. Era probable que ya considerara la idea del suicidio a su llegada a Praga, y sin duda lo pensó seriamente al instalarse en el Campamento 4. Había tomado unas decisiones y había pagado por ellas.

A continuación, entra en escena George, portador de mensajes falsos:

4. Llegada de D. Encubiertas [Smiley] y del inspector Mendel

El director de Operaciones Encubiertas (Smiley) llegó a las 15.55, acompañado del inspector retirado Oliver Mendel, colaborador ocasional de Encubiertas. De inmediato, el doctor Meadows y yo los condujimos al Granero.

Después regresé a la casa principal, donde Ingeborg Lugg y Jeanette Avon seguían tranquilizando al personal. Transcurrieron dos horas más antes de que el señor Smiley volviera del Granero con el inspector Mendel. Entonces el señor Smiley reunió a todo el personal y nos ofreció sus condolencias, además de asegurarnos que la única culpable de la muerte de la subfuente Tulipán era ella misma y que ninguna de las personas empleadas en el Campamento 4 teníamos nada que reprocharnos.

Estaba anocheciendo, el autobús lanzadera esperaba en el patio delantero y muchos de los miembros del equipo estaban ansiosos por regresar a sus casas en Salisbury. Entonces el director de Encubiertas se tomó un momento para tranquilizarlos en lo referente al hallazgo de un «misterioso intruso», del que probablemente algunos habían oído hablar. Mientras el inspector Mendel sonreía a su lado con expresión serena, anunció que estaba dispuesto a hacerlos partícipes de un secreto que normalmente no revelaría, pero que dadas las circunstancias consideraba que merecían conocer.

El misterioso intruso no era ningún misterio, según explicó. Era un apreciado integrante de una sección de élite de nuestro servicio hermano, el MI5, cuya misión era poner a prueba las defensas de las instalaciones secretas más sensibles de nuestro país, tratando de penetrar en ellas por medios legales o ilegales. Casualmente, el agente en cuestión también era amigo personal y profesional del inspector Mendel, allí presente. Risas. La naturaleza de ese tipo de maniobras exigía que los responsables de la instalación escogida no estuvieran informados previamente, y el hecho de que el ejercicio estuviera programado para el mismo día en que la pobre Tulipán se había quitado la vida no era —en palabras del propio Smiley— más que «un acto de la maliciosa providencia», la misma que había guiado los pasos del intruso hacia la trampa del cazador furtivo. Risas. La conducta de Harper y Lowe había sido ejemplar. Habían aceptado las disculpas tras escuchar las explicaciones pertinentes, pero seguían considerando, como era de esperar, que «la reacción violenta de nuestro amigo» había sido «un tanto exagerada». Más risas.

Y para mayor desinformación de todos los presentes:

El director de Operaciones Encubiertas reveló a continuación que el intruso no era en realidad un extranjero, sino un británico a carta cabal, natural de Clapham, y que ya iba de camino hacia el servicio de urgencias de Salisbury, donde le administrarían la vacuna del tétanos y le curarían las heridas. El inspector Mendel iría en breve a visitar a su viejo amigo, con una botella de whisky, y le transmitiría los mejores deseos del personal del Campamento 4. Aplausos.

Conejo y Laura vuelven a ser los protagonistas. Sin Leonard. Conejo lleva la voz cantante. Laura escucha con escepticismo.

—De modo que recopilaste un informe detallado. Tediosamente detallado, si me permites decirlo. Reuniste todas las pruebas disponibles e incluso más. Enviaste una copia preliminar a la Dirección Conjunta. Y a continuación robaste esa misma copia de los archivos del Circus. ¿Fue eso lo que sucedió?

—No.

—Entonces ¿por qué encontramos tu informe aquí, en los Establos, junto con un montón de papeles que *sí* robaste?

—Porque ese informe nunca llegó a presentarse.

—¿A nadie?

—A nadie.

—¿De ninguna manera? ¿Ni siquiera en versión resumida?

—La Comisión del Tesoro decidió no reunirse.

—Te refieres a la llamada «Comisión de los Tres Sabios», ¿verdad? ¿La que supuestamente aterrorizaba al Circus?

—La presidía Oliver Lacon, que después de una larga reflexión llegó a la conclusión de que el informe no tendría ninguna utilidad. Ni siquiera en versión resumida.

—¿Con qué fundamento?

—Con el fundamento de que una investigación sobre el suicidio de una mujer que no había entrado nunca en Gran Bretaña no era un destino legítimo para el dinero de los contribuyentes.

—¿Influyó George Smiley de alguna manera, por remota que fuera, en la decisión de Lacon?

—¿Cómo puedo saberlo?

—Fácilmente, supongo. Puede que Smiley intentara protegerte a ti, entre otros implicados, si por ejemplo (como suposición puramente hipotética, escogida al azar) Tulipán se hubiera ahorcado por tu culpa. ¿Había quizá algún elemento o episodio concreto del informe que Smiley considerara demasiado perturbador para las tiernas mentes del Tesoro?

—Quizá para las tiernas mentes de la Dirección Conjunta, pero no para las del Tesoro. La Conjunta estaba demasiado implicada en la operación Anémona para el gusto de George. Tal vez George temía que una investigación le abriera aún más las puertas. Quizá aconsejó a Lacon en ese sentido. No se me ocurre otra cosa.

—¿No crees que la verdadera razón de la suspensión de la investigación podría ser que Tulipán no era en realidad la desertora dispuesta a colaborar que todos pintaban (incluido tú en tu informe) y tuvo que pagar un precio por ello?

—¿Qué *precio*? ¿De qué demonios estás hablando?

—Era una mujer muy decidida. Eso lo sabemos. También sabemos que era una auténtica arpía cuando quería. Y que, por encima de todo, deseaba recuperar a su hijo. Lo que estoy sugiriendo es que quizá se negó a colaborar con el equipo que la interrogaba hasta que le llevaran a su hijo, y que su actitud le sentó mal al equipo. A partir de ahí, su informe (el que tú recopilaste) podría ser una mera invención, compuesta por orden de Smiley. Sabemos que el Campamento 4, actualmente en desuso, disponía de una celda especial de confinamiento para personas como ella. La llamaban el Submarino y se utilizaba para lo que hoy denominamos «técnicas de interrogatorio mejoradas». Era el coto privado de una pareja de guardias de seguridad bastante pervertidos, que no destacaban precisamente por la suavidad de sus métodos. Cabe la posibilidad de que la mujer se beneficiara de sus atenciones. Pareces escandalizado. ¿He tocado una fibra sensible?

Me llevó unos segundos reaccionar.

—Tulipán nunca fue sometida a ningún interrogatorio, ¡por el amor de Dios! Estaba cerrando su misión, en un proceso dirigido con la mayor humanidad y decencia por profesionales que le tenían simpatía, le estaban agradecidos y sabían perfectamente que todos los desertores pasan por momentos de crisis y tienen estallidos de ira.

—Ríete del asunto, si quieres —respondió Conejo—, pero tenemos otro requerimiento y otro potencial litigante, si finalmente el caso llega a los tribunales. Un tal Gustav Quinz, hijo de Doris. Al parecer, actúa por instigación de Christoph Leamas, aunque eso no lo sabemos con certeza, y acaba de añadir su nombre a la lista de los que quieren llevar este Servicio a la ruina. Aduce que nosotros, el Servicio, encarnado mayormente en tu persona, sedujimos a su querida madre, la chantajeamos para que espiara para nosotros, la sacamos de su país contra su voluntad y la sumimos en un infierno de torturas hasta provocar que se suicidara colgándose del árbol más cercano. ¿Verdadero? ¿Falso?

Pensé que había terminado, pero no era así.

—Y puesto que esas alegaciones, dignificadas por el paso del tiempo, no pueden ser ignoradas por culpa de la draconiana jurisprudencia generada en los casos más recientes de naturaleza similar, es bastante probable que la comisión parlamentaria, o cualquier otra demanda subsiguiente, acabe utilizándose para husmear en cuestiones de bastante más relevancia para nosotros en la actualidad. Pareces divertido.

¿Divertido? Quizá sí. Gustav —estaba pensando yo—, bien hecho, muchacho. Finalmente has decidido cobrarte la deuda, aunque estés llamando a la puerta equivocada.

He cruzado Francia y Alemania en moto, a toda velocidad, bajo una lluvia torrencial. Estoy ante la tumba de Alec. La misma lluvia azota el pequeño cementerio de Berlín Oriental. Llevo puesto mi mono de cuero de motorista, pero por respeto a Alec me he quitado el casco y la lluvia me chorrea por la cara descubierta mientras le hablo en silencio de trivialidades. El anciano sacristán, o lo que sea, me conduce a su pequeña oficina y me enseña el libro de condolencias, con el nombre de Christoph entre las firmas.

Quizá haya sido ése el *point d'appui*, el impulso, primero para Christoph y después para Gustav, el chico de pelo de zanahoria y sonrisa franca, el mismo que había cantado sus himnos patrióticos para mí y más adelante para Alec, el niño que desde el día de la muerte de su madre yo había tomado secretamente a mi cuidado, aunque sólo fuera en teoría, imaginándolo primero encerrado en un horripilante reformatorio de Alemania del Este para hijos de desertores, y más adelante expulsado a un mundo despiadado.

También en secreto había transgredido yo de vez en cuando y sin ningún pudor las normas vigentes del Circus para buscarlo en los archivos con cualquier pretexto, prometiéndome —o quizá fantaseando— que algún día, cuando la situación cambiara, iría a buscarlo por amor a Tulipán y lo ayudaría de alguna manera inespecífica que las circunstancias se encargarían de determinar.

Seguía diluviando cuando monté en la moto y me puse en camino, pero no hacia el oeste, en dirección a Francia, sino al sur, a Weimar. La última dirección probablemente válida que tenía de Gustav era de diez años atrás: en un pueblo al oeste de la ciudad, en una casa registrada a nombre de su padre, Lothar. Tras dos horas de carretera, me encontré en el umbral de un deprimente bloque de apartamentos de estilo soviético, construido a diez metros de la iglesia del pueblo como acto de agresión socialista. Las baldosas de la fachada parecían a punto de caerse. Algunas ventanas estaban empapeladas por dentro. Unas esvásticas pintadas con aerosol decoraban el portal, que parecía medio derruido. El apartamento de Quinz era el 8D. Llamé al timbre, sin obtener respuesta. Se abrió una puerta y una anciana me miró con desconfianza de arriba abajo.

—*Quinz?* —dijo disgustada, repitiendo mi pregunta—. *Der Lothar? Längst tot.* —«Hace mucho que murió.»

—¿Y Gustav? —pregunté—. ¿El hijo?

—¿Se refiere al *camarero*? —repuso en tono despectivo.

El hotel se llamaba Elephant y dominaba la histórica plaza principal de Weimar. No era nuevo. De hecho, había sido el hotel favorito de Hitler, como se había encargado de informarme la anciana. Pero había sido objeto de una espectacular reforma y su fachada resplandecía como un faro de la prosperidad occidental entre los edificios vecinos, hermosos pero mucho más pobres. En el mostrador de recepción, una chica de flamante traje negro entendió mal mi pregunta. No hay ningún Herr Quinz alojado en el hotel. Pero enseguida se ruborizó y añadió: «¡Ah, se refiere a Gustav!». Me dijo que el personal no podía recibir visitas y que tendría que esperar hasta la hora de la salida.

¿Y qué hora era ésa? Las seis. ¿Y dónde me sugería que lo esperara, si era tan amable? En la entrada de servicio, desde luego; ¿dónde, si no?

La lluvia no había amainado y empezaba a anochecer. Me quedé esperando en la entrada de servicio, tal como me había indicado la joven de la recepción. Al final, un hombre flaco que no sonreía y parecía mayor para su edad salió por una escalera que subía desde el sótano. Venía poniéndose un viejo chubasquero del ejército con capucha. Se agachó al lado de una bicicleta encadenada a la barandilla y se dispuso a abrir el candado.

—¿Herr Quinz? —pregunté—. ¿Gustav?

Levantó la cabeza y se irguió en toda su altura bajo la luz vacilante de una farola. Tenía los hombros prematuramente encorvados. El pelo que había sido rojo se le había vuelto ralo y empezaba a encanecer.

—¿Qué quiere?

—Yo era amigo de tu madre —dije—. Quizá me recuerdes. Nos conocimos en una playa en Bulgaria, hace mucho tiempo. Me cantaste una canción.

Le dije mi nombre en clave, el mismo que le había dicho en la playa mientras su madre permanecía detrás, enseñándome su cuerpo desnudo.

—¿Usted era amigo de mi madre? —repitió, intentando hacerse a la idea.

—Eso he dicho.

—¿Francés?

—En efecto.

—Ha muerto.

—Eso he oído. Lo siento mucho. Me gustaría saber si puedo ayudarte en algo. Casualmente, tenía tu dirección. Estaba de viaje en Weimar y me pareció una buena ocasión para visitarte. Podríamos ir a tomar una copa y hablar un poco.

Se me quedó mirando.

—¿Se acostaba usted con mi madre?

—Éramos amigos.

—Entonces se acostaba con ella —dijo como si hablara de un hecho histórico, sin levantar la voz ni bajarla—. Mi madre era una puta. Traicionó a la patria y a la revolución. Traicionó al Partido y también a mi padre. Se vendió a los ingleses y después se ahorcó. Era una enemiga del pueblo —me explicó.

Después, montó en su bicicleta y se marchó.

11

—Creo que lo *primerísimo* que deberíamos hacer, corazón... —me dice Tabitha con su voz perennemente insegura—. No te importa que te llame corazón, ¿verdad? Así es como llamo a mis mejores clientes. Es la manera de recordarles que yo también tengo uno, aunque el mío deba quedar necesariamente aparcado. Como te estaba diciendo, lo *primero* que vamos a hacer es elaborar un listado de todas las cosas horribles que la otra parte está diciendo de nosotros para después echarlas por tierra, una por una. Espero que estés cómodo. ¿Estás a gusto? Perfecto. Me oyes bien, ¿verdad? Nunca sé si esas cosas funcionan. ¿Son los audífonos que da el Sistema Nacional de Salud?

—La sanidad francesa.

Por lo que recuerdo de mis lecturas infantiles de los libros de Beatrix Potter, Tabitha era la agobiada madre de tres niños desobedientes. Por eso me pareció agradablemente irónico observar que la mujer del mismo nombre sentada frente a mí compartía muchas de las características del personaje: maternal, sonriente, de cuarenta y tantos años, entrada en carnes, un poco agitada y terriblemente cansada. También era, según me habían dado a entender, la letrada asignada a mi defensa. Leonard le había facilitado a Conejo la lista de nombres prometida, nombres que Conejo admiraba enormemente —«todos ellos pelearían por ti como verdaderos rottweilers, Peter»—, aunque había dos que le merecían ciertas dudas por no estar suficientemente rodados —«pero no digas que te lo he dicho yo»—, y uno —«de manera *totalmente* extraoficial, Peter, y, por favor, no vayas a traicionarme en esto»— que no me recomendaba en absoluto, por tratarse de una persona que no sabía cuál era su lugar y no tenía ni la más remota idea de cómo funcionaban los tribunales. Además, todos los jueces la detestaban. Esta última era Tabitha.

Dije que la última me parecía la persona idónea para mí y propuse ir a verla a su despacho. Conejo replicó que el despacho de la abogada no tenía el nivel de seguridad adecuado y puso a nuestra disposición sus oficinas en el bastión. Le contesté entonces que sus oficinas no tenían el nivel de seguridad adecuado para mí, y por eso estamos otra vez en la biblioteca, bajo las imágenes de cuerpo entero de Hans-Dieter Mundt y su archienemigo Josef Fiedler, que nos miran desde lo alto con una mueca de disgusto.

En tiempo presente, ha pasado solamente una noche de insomnio desde que incineramos a Tulipán, pero el mundo que Tabitha está intentando comprender ha dado un histórico paso hacia atrás.

Han levantado el Muro de Berlín.

Todos los agentes y subagentes de la red Anémona han desaparecido, han sido arrestados, ejecutados o las tres cosas.

Karl Riemeck, el heroico médico de Köpenick, fundador accidental e inspirador de la red, ha sido abatido a tiros despiadadamente cuando intentaba escapar a Berlín Occidental en su bicicleta de obrero.

Para Tabitha, son hechos históricos. Para quienes los padecimos, son una época de desesperación, desconcierto y frustración.

¿Trabaja para nosotros nuestro agente Carambola o lo tenemos en contra? Desde nuestro reducto en los Establos, unos pocos iniciados hemos seguido con asombro y admiración su fulgurante ascenso en las filas de la Stasi, hasta su actual posición a la cabeza del departamento de operaciones especiales.

Hemos recibido, procesado y difundido, bajo el encabezamiento genérico de «Carambola», información de excelente calidad sobre una serie de objetivos económicos, políticos y estratégicos, para enorme deleite de nuestros clientes de Whitehall.

Aun así, pese a su indudable poder —o quizá precisamente por esa causa—, Mundt ha sido incapaz de detener o al menos de reducir la implacable aniquilación de agentes y subagentes de Encubiertas, a cargo de su rival, Josef Fiedler.

En su siniestro duelo por los favores del Centro de Moscú y el control de la Stasi, Hans-Dieter Mundt, conocido también como la fuente Carambola, aduce que se ve obligado a aparentar incluso más fervor que Fiedler en la labor de limpiar la utópica República Democrática Alemana de espías, saboteadores y otros lacayos del imperialismo burgués.

A medida que caen los agentes, barridos por la furiosa

competencia entre Mundt y su archirrival, la moral del equipo de Carambola se hunde cada vez más.

Y no hay nadie más afectado que el propio Smiley, encerrado noche tras noche en la Sala Central, con unas pocas visitas ocasionales de Control que lo dejan todavía más deprimido.

—¿Por qué no puedo leer las acusaciones de los demandantes? —le pregunto a Tabitha—. O las alegaciones, o como se llamen.

—Porque tu antiguo Servicio, en su infinita sabiduría, ha solicitado que toda la correspondencia se clasifique como máximo secreto por razones de seguridad nacional, y tú no tienes autorización para leerla. Lo más probable es que la solicitud sea denegada, pero la tramitación será larga y el acceso a los documentos quedará restringido cautelarmente, que es lo que buscan tus antiguos empleadores. Mientras tanto, he conseguido sacarles algunos datos. ¿Quieres conocerlos?

—¿Por qué ya no están Conejo y Laura?

—Me temo que creen disponer de todo lo que necesitan. Y Leonard ya ha aceptado su versión. He podido echar un primer vistazo a sus documentos. Lamentablemente, la pobre Doris Gamp se encaprichó de ti desde que te puso la vista encima y corrió a contárselo a su hermana Lotte. Y cuando Lotte terminó de sincerarse con los interrogadores de la Stasi, no quedaba mucho más que contar acerca de tu persona. ¿Es cierto que saliste a correr desnudo con ella por una playa búlgara, a la luz de la luna?

—No.

—Bien. También hay una noche de amor y risas que supuestamente pasasteis juntos en un hotel de Praga, durante la cual volvió a suceder lo que era natural que sucediera.

—No es cierto.

—Bien. Pasemos ahora a los otros dos muertos: Alec Leamas y Elizabeth Gold, nuestros berlineses. En primer lugar, veamos qué pasó con Elizabeth. Según las alegaciones de su hija Karen, te pusiste en contacto con ella, ya fuera por tu propia iniciativa o a instancias de George Smiley o de otros conspiradores cuyos nombres no se mencionan, y la «engatusaste, sedujiste o convenciste» de algún modo para que fuera «carne de cañón» (la expresión no es mía, sino de la otra parte litigante), en un intento «aparatoso, frangollón y abortivo» (no sé de dónde sacarán estos adjetivos) de socavar la dirección de la Stasi. ¿Fue eso lo que sucedió?

—No.

—Bien. ¿Empiezas a ver por dónde van las acusaciones? Eres un seductor profesional contratado por la inteligencia británica para cazar chicas vulnerables y convertirlas contra su voluntad en cómplices de operaciones absurdas y mal concebidas que se abren por las costuras. ¿Verdadero?

—Falso.

—Por supuesto. También convenciste a Elizabeth Gold para que trabajara con tu amigo Alec Leamas. ¿Es cierto?

—No.

—Bien. Parece ser que también te llevaste a la cama a Elizabeth Gold, como de costumbre. Y, si no lo hiciste, la preparaste para servírsela en bandeja a tu amigo Alec Leamas. ¿Hiciste alguna de esas cosas?

—No.

—Ni por un momento lo he creído. Y como resultado de tus presuntas maquinaciones malignas, Elizabeth Gold cae abatida ante el Muro de Berlín, mientras su amante Alec Leamas intenta salvarla o simplemente decide morir con ella y, en cualquier caso, consigue que lo maten a balazos, y todo por tu culpa. ¿Hacemos una pausa para el té o continuamos? Continuamos. Veamos las acusaciones de Christoph Leamas, que son las más jugosas, porque su padre Alec es la víctima de todo lo mencionado anteriormente. Después de que tú lo embaucaras, engañaras, engatusaras, encandilaras, etcétera, hasta convertirlo en un desdichado juguete en manos de un manipulador compulsivo como tú, Alec era un hombre roto, incapaz de cruzar la calle solo y mucho menos de participar en una operación de desinformación endiabladamente complicada, que consistía en aparentar que se pasaba a la Stasi mientras permanecía bajo tu maligna influencia. ¿Es cierto?

—No.

—Claro que no. Solamente sugiero, con tu permiso, que nos adentremos en esos mares y observes con atención lo que he sacado a la luz esta misma madrugada, cuando finalmente me permitieron echar un vistazo muy limitado a una parte *minúscula* de los archivos históricos de tu querido Servicio. Pregunta número uno: ¿marca este episodio el comienzo del declive de tu amigo Alec? Pregunta número dos: de ser así, ¿fue un declive *real* o *simulado*? En otras palabras, ¿fue la primera fase de un proceso por el cual Alec intentaba volverse molesto para su propio Servicio y sumamente atractivo para el Centro de Moscú o los cazatalentos de la Stasi?

Telegrama del Circus, de D. Oficina de Berlín [McFadyen] a D. Dirección Conjunta, con copia a D. Operaciones Encubiertas y D. Personal. Máxima urgencia. 10 de julio de 1960
Asunto: Traslado inmediato de Alec Leamas de la Oficina de Berlín por motivos disciplinarios

---

Anoche, a la 01.00 hora, se produjo el siguiente episodio en el club nocturno Altes Fass de Berlín Occidental, entre el responsable de la Oficina de Berlín, Alec Leamas, y el de la Oficina de la CIA en Berlín, Cy Aflon. Ninguna de las partes desmiente los hechos. Los dos hombres mantienen una larga enemistad, de la que considero a Leamas único responsable, como he indicado en ocasiones anteriores.

Leamas entró solo en el club nocturno y se dirigió a la llamada *Damengalerie*, una barra situada a un costado, donde se reúnen señoritas solas en busca de compañía. Había estado bebiendo, pero en su opinión no estaba borracho.

Aflon estaba sentado junto a dos colegas femeninas de su Oficina, contemplando el espectáculo de variedades y bebiendo tranquilamente una copa.

Cuando Leamas lo vio, corrigió el rumbo, se acercó a su mesa, se inclinó y le dirigió las siguientes palabras en voz baja:

Leamas: Si vuelves a intentar comprar a una de mis fuentes, te parto la puta cara.

Aflon: ¡Eh, Alec! ¡A ver si moderas ese lenguaje delante de las señoras!

Leamas: Dos mil dólares al mes a cambio de ser los primeros en ver su material, que después ya puede vendernos a nosotros de segunda mano. ¿A eso le llamas pelear una guerra, cabrón de mierda? ¿También le dais de propina un morreo de estas amables señoritas?

Cuando Aflon estaba intentando ponerse de pie para protestar por el flagrante insulto, Leamas le propinó un golpe en la cara con el codo izquierdo que lo derribó y a continuación le asestó una patada en la entrepierna. Se dio aviso a la policía de Berlín Occidental, que llamó a su vez a la policía militar estadounidense. Aflon fue conducido al hospital del Ejército de Estados Unidos, donde actualmente se recupera de las lesiones. Por fortuna, no sufrió fracturas ni se teme por su vida.

He presentado personalmente mis más rastreras disculpas al propio Aflon y al director de su Oficina, Milton Berger. Éste ha sido el último de una lamentable serie de incidentes en los que Leamas se ha visto implicado.

Aunque reconozco que las pérdidas recientes de la red Anémona han supuesto una carga de estrés considerable para la Oficina y para Leamas, no me parece que sea justificación suficiente para el daño causado a nuestras relaciones con nuestro principal aliado. El antiamericanismo de Leamas es evidente desde hace ya mucho tiempo, pero ahora se ha vuelto totalmente inaceptable. Si él no se va, me voy yo.

Y tras las anotaciones en tinta verde con la letra de Control, la réplica lapidaria de Smiley: «Ya he ordenado el regreso de Alec a Londres».

—Entonces, Peter —dice Tabitha—, ¿fue algo simulado? ¿No lo fue? ¿Nos encontramos ante el comienzo oficial de su declive?

Y cuando yo, sinceramente dubitativo, contesto con evasivas, ella me ofrece su propia respuesta:

—Es obvio que Control consideraba que sí —observa, indicándome el texto verde manuscrito al pie de la página—. Mira esta nota dirigida a tu tío George: «Un comienzo muy prometedor». Firmado: «C.». No se puede decir con más claridad, ¿verdad?, ni tan siquiera en vuestro turbio mundo.

No, Tabitha, no se puede. Y sin duda era muy turbio.

Es un funeral. Un velatorio. Una reunión de ladrones convocada a la desesperada en plena noche, en esta misma sala, con las imágenes de Josef Fiedler y Hans-Dieter Mundt mirándonos con la misma lúgubre intensidad que ahora. Somos «los seis de Carambola», como nos ha bautizado Connie Sachs, nuestra última adquisición: Control, Smiley, Jim Prideaux, Connie, Millie —nuestra colega casi muda— y yo. Jim Prideaux acaba de regresar de una nueva misión encubierta, esta vez en Budapest, donde consiguió la rara hazaña de reunirse con nuestro activo más preciado, Carambola. Connie Sachs, que con poco más de veinte años ya es la incontestada niña prodigio de la investigación sobre agencias de inteligencia de la Unión Soviética y sus satélites, acaba de abandonar la Dirección Conjunta para caer directamente en los brazos de George, que la estaba esperando. Menuda, regordeta, enérgica y bastante marisabidilla, no tiene paciencia con las mentes menos privilegiadas como la mía.

Millie McCraig, majestuosa y remota, con su cabellera negra como ala de cuervo, se mueve entre nosotros como una enfermera en un hospital de campaña repartiendo café y whisky escocés a los necesitados. Control pide como siempre su infame té verde, bebe un sorbo y deja el resto. Jim Prideaux fuma sus fétidos cigarrillos rusos habituales, uno tras otro.

¿Y George? Parece retraído e inalcanzable, y tiene un aire de introspección tan severo que haría falta mucho coraje para sacarlo de sus pensamientos.

Cuando Control habla se pasa los dedos manchados de nicotina por los labios, como si estuviera buscando úlceras. De cabellera plateada, elegante y sin edad, dicen que no tiene amigos. Tiene una mujer en alguna parte, y se rumorea que la ha convencido de que trabaja en el Consejo de la Minería del Carbón. Cuando se pone de pie, sorprende ver sus hombros encorvados. Uno se queda esperando a que se le enderecen, pero siguen igual de encorvados. Aunque ocupa el cargo desde tiempos remotos, he hablado con él exactamente en dos ocasiones. Una vez asistí a una conferencia suya, el día de nuestro fin de curso en Sarratt. Habla con un hilo de voz, delgado como él mismo, y su tono es nasal, monocorde e irritable como el de un niño malcriado. Y no se va animando con las preguntas, ni siquiera con las suyas.

—¿Y bien? —inquiere con la boca medio tapada por los dedos movedizos—. ¿Seguimos recibiendo material de buena calidad de ese maldito Herr Mundt, sí o no? ¿Nos está vendiendo mercancía de segunda mano? ¿Alpiste para canarios? ¿Humo? ¿Nos está dando gato por liebre? ¿Qué dices, George?

En presencia de Control, nadie usa nombres en clave. Norma de la casa. No le gustan las identidades falsas. Dice que adornan demasiado. Prefiere llamar al pan, pan, y al vino, vino.

—Por lo que sabemos, el producto de Mundt sigue siendo tan bueno como siempre —le responde Smiley.

—Entonces es una pena que no nos haya avisado de la construcción del condenado Muro. ¿O se le habrá olvidado? ¿Jim?

Tras despegar a su pesar el cigarrillo de los labios, Jim Prideaux responde:

—Según Mundt, Moscú lo dejó fuera del círculo de información. Se lo dijeron a Fiedler. A Mundt, no. Y Fiedler guardó el secreto.

—Ese cerdo mató a Riemeck, ¿no? No fue precisamente un gesto amistoso. ¿Por qué lo hizo?

—Dice que casualmente llegó una hora o dos antes que Fiedler —contesta Prideaux con su voz áspera y monótona.

Volvemos a esperar la reacción de Control, que a su vez nos deja esperar.

—Por tanto, no creemos que nuestros oponentes cuenten otra vez con Mundt —gruñe Control, asumiendo por fin un tono de cierta irritación—. Sigue siendo nuestro. De hecho, no tiene otra opción, porque podríamos echárselo a los lobos en cualquier momento, cuando nos apetezca. Pero nosotros *queremos* que sea el niño mimado de Moscú. Y también el nuestro. De modo que nuestros intereses coinciden. Pero el condenado Josef Fiedler le está cerrando el paso. Y nos lo está cerrando a nosotros. Fiedler sospecha que Mundt trabaja para el enemigo, y está en lo cierto. Ahora quiere dejarlo con el culo al aire para llevarse todo el mérito. ¿Te parece un buen resumen de la situación, George?

—Yo diría que sí, Control.

—*Dirías* que sí. Nada es seguro. Todo es condicional. Yo pensaba que en este trabajo manejábamos hechos y no apariencias. Herr Josef Fiedler, que según nos dicen es un santo varón a ojos de la Stasi, un auténtico defensor de la causa y judío por añadidura, cree que su apreciado colega Hans-Dieter Mundt, nazi irredento, es el perro faldero de la inteligencia británica. Y no se equivoca, ¿verdad?

George mira a Jim Prideaux, que se masajea la mandíbula y fija la vista en la alfombra. Sigue hablando Control:

—¿Creemos a Herr Mundt? Otro interrogante. ¿Está hablando para salvarse, como tantos agentes que conocemos? ¿Te está engañando, Jim? Cuando se trata de vuestros peones, los encargados de los agentes sois demasiado blandos. Incluso a una escoria como Mundt le concedéis el beneficio de la duda.

Pero Jim Prideaux es tan blando como una piedra, y Control lo sabe.

—Mundt tiene a su gente en el campamento de Fiedler. Me ha dicho quiénes son. Los escucha. Sabe que Fiedler pretende acabar con él porque prácticamente se lo ha dicho en la cara. Fiedler también tiene amigos en el Centro de Moscú y Mundt cree que podrían intentar algo en un futuro próximo.

Una vez más, esperamos a Control, que finalmente decide beber un sorbo de té frío y que nosotros lo observemos mientras lo bebe.

—Así pues, se impone que nos hagamos una pregunta, ¿verdad, George? —protesta con gesto cansado—. Si Josef Fiedler fuera eliminado (con un método por determinar), ¿aumentaría el aprecio que Moscú siente por Mundt? Y, de ser así, ¿podríamos averiguar de una maldita vez quién es el condenado cabrón que está pasando los datos de nuestros agentes a los rusos? —Y al no recibir respuesta de los presentes—: ¿Qué me dices, Guillam? ¿Tiene la juventud la respuesta a esa pregunta? Hablo en términos relativos, por supuesto.

—Me temo que no, señor.

—Una pena. George y yo creemos haber encontrado la solución, ¿sabes? A George le cuesta digerirla, pero yo no tengo ese problema. Mañana he convocado una pequeña reunión con tu amigo Alec Leamas. Para tantear el terreno. Para ver qué idea tiene de todo esto, ahora que ha perdido su red en el fuego cruzado entre Mundt y Fiedler. Un tipo en su situación debería agradecer la oportunidad de acabar la carrera con una nota positiva, ¿no te parece?

Tabitha me está provocando, y sospecho que lo hace deliberadamente.

—El problema con vosotros, los espías, y no lo digo como ataque personal, es que no distinguís la verdad de vuestros propios codos. Por eso es terriblemente difícil defenderos, aunque te aseguro que siempre me empleo a fondo. —Y, al ver que le devuelvo su dulce sonrisa pero no reacciono de ninguna otra manera, añade—: El problema es que Elizabeth Gold llevaba un diario. Y Doris Gamp se lo contó todo a la pobre Lotte, su hermana. Las mujeres hacemos esas cosas: comentamos lo que nos pasa, llevamos diarios, escribimos cartas tontas... El grupo de Conejo le está sacando provecho al material. Te están comparando con nuestros modernos informantes clandestinos de la policía, que van por ahí robando el corazón de sus víctimas femeninas y las dejan preñadas. He mirado las fechas por si podías tener alguna responsabilidad en el nacimiento de Karen, pero por suerte estás completamente a salvo. A decir verdad, ha sido un gran alivio. Y Gustav, gracias a Dios, es demasiado mayor para que haya la más remota posibilidad.

Hace una agradable tarde de otoño en Hampstead Heath. Ha transcurrido una semana desde que Control anunciara que haría una pequeña prueba con Alec. Estoy sentado con George Smiley en la terraza de un café, en los jardines de Kenwood House. Es un día laborable, por lo que prácticamente no hay nadie en el parque. Podríamos habernos reunido en los Establos, pero George ha insinuado que la conversación era tan privada que necesitábamos hablar en un sitio al aire libre. Lleva puesto un sombrero panamá que me impide verle los ojos, de tal manera que, además de enterarme sólo parcialmente de su secreto, le veo únicamente una parte de la cara.

Ya hemos roto el hielo con las trivialidades habituales, o al menos eso creo. ¿Estoy contento con mi trabajo? Sí, gracias. ¿He superado lo de Tulipán? Así es, gracias. Ha sido un buen detalle que Oliver Lacon enterrara mi informe, por el riesgo de que la Conjunta quisiera remover el asunto del misterioso intruso suizo en el Campamento 4. Le digo que yo también me alegro, aunque me haya costado sangre, sudor y lágrimas preparar el maldito informe.

—Hay una chica que me interesa y necesito que te hagas amigo de ella, Peter —me confía Smiley, frunciendo el ceño para transmitir mayor seriedad. Pero enseguida nota que he podido malinterpretar sus palabras, y aclara—: ¡Dios santo! ¡Mi interés es profesional, por supuesto! Con fines estrictamente operativos. ¿Querrás hacerme ese favor? ¿Por el bien de la causa? ¿Podrías ganarte su confianza?

—La causa es Carambola —sugiero con cautela.

—Así es. Total y únicamente. Por el éxito continuado de la operación Carambola. Por su supervivencia. Como añadido necesario y urgente —contesta, y bebemos nuestro zumo de manzana mientras vemos pasar a la gente bajo el sol—. Y, además, a petición expresa de Control —continúa, quizá como incentivo añadido o tal vez para cargarle el muerto a otro—. Él mismo propuso tu nombre: «Ese joven, ese tal Guillam», dijo. Te mencionó específicamente.

¿Se supone que debo tomarlo como un cumplido o como una velada advertencia? Siempre he sospechado que a George no le cae demasiado bien Control, y sé que a Control no le cae bien nadie.

—Estoy seguro de que hay muchas maneras de abordarla —prosigue, considerando el lado positivo del asunto—. Es miembro de la filial local del Partido Comunista, por ejemplo. Los fines de semana sale a vender el *Daily*

Worker. Pero no acabo de verte comprando un ejemplar. ¿A ti qué te parece?

—Si me preguntas si creo que doy la imagen del típico lector del *Daily Worker*, no. Creo que no.

—No, ni tampoco debes intentarlo. En ningún caso debes inventarte una identidad que no acabe de cuadrar. Es más aconsejable conservar tu imagen habitual de persona afable de clase media. La chica sale a correr —añade de pronto, como si se le acabara de ocurrir.

—¿A correr?

—Todas las mañanas, a primera hora. Me parece una costumbre encantadora, ¿a ti no? Corre para estar en forma. Para estar sana. Da vueltas a la pista local de atletismo. Ella sola. Después se va a trabajar a un almacén de libros en Fulham. No a una librería, ¡ojo! A un almacén de libros. Hace envíos a mayoristas. A nosotros podría parecernos un trabajo tedioso, pero ella considera que está sirviendo a la causa. Es preciso que todos tengamos libros, sobre todo las masas oprimidas. Y lógicamente, también marcha.

—¿Además de correr?

—No, Peter. Por la paz. Marcha por la paz, con «P» mayúscula. Desde Aldermaston hasta Trafalgar Square y, desde allí, hasta Hyde Park Corner. Como si la paz fuera tan fácil...

¿Esperará que yo sonría? Lo intento.

—Pero tampoco te imagino ayudándola a llevar la pancarta. Claro que no. Eres un burgués decente que trata de abrirse camino en el mundo en el que vivimos, una especie bastante desconocida para ella y, por eso mismo, muy interesante. Con tu sonrisa traviesa y un buen par de zapatillas para correr, os haréis amigos en menos que canta un gallo. Y si adoptas tu identidad francesa, podrás desaparecer con elegancia cuando llegue el momento. Para entonces, todo estará listo. Podrás olvidarla a ella y ella a ti.

—Sería útil saber cómo se llama —sugiero.

Lo piensa. Parece tener algún problema, pero hace un esfuerzo.

—Bueno, sí, son inmigrantes. Su familia lo es. Sus padres son la primera generación, y ella, la segunda. Tras pensarlo un poco, se han decidido por el apellido Gold —reconoce, como si yo lo hubiera obligado a revelármelo—. Nombre de pila: Elizabeth. Liz para los amigos.

Yo también me tomo mi tiempo. Estoy bebiendo zumo de manzana en una tarde soleada, acompañado de un señor barrigón con sombrero panamá. ¿Quién puede tener prisa?

—Y cuando me haya ganado su confianza, ¿qué tengo que hacer?

—¡Qué pregunta! Vienes y me lo cuentas, por supuesto —responde en tono cortante, como si todo su aire dubitativo se hubiera transmutado de pronto en indignación.

Soy un joven viajante de comercio francés, de nombre Marcel Lafontaine, alojado actualmente en una pensión de Hackney, propiedad de un indio, en el este de Londres, y tengo documentos para demostrarlo. Es el quinto día. Todas las mañanas, cuando amanece, cojo un autobús para ir a correr al parque. Solemos ser seis o siete. Corremos, nos detenemos jadeando en la escalera de entrada del club deportivo, miramos nuestros tiempos y los comparamos.

Intercambiamos un par de comentarios, nos separamos para ir a los vestuarios y nos despedimos quizá con un «hasta mañana». A los demás les divierte vagamente mi nombre francés, pero les decepciona que no tenga acento extranjero. Les explico que mi difunta madre era inglesa.

En toda tapadera hay que atar los cabos sueltos antes de que la historia se nos vaya de las manos.

De las tres mujeres que forman nuestro grupo de corredores, Liz (no nos hemos dicho los apellidos) es la más alta, pero ni por asomo la más veloz. A decir verdad, no tiene talento natural para la carrera. Correr para ella es un acto de voluntad, de disciplina o tal vez de liberación. Es reservada y no parece consciente de su belleza un poco masculina. Tiene unas piernas larguísimas, el pelo oscuro muy corto, la frente ancha y unos grandes ojos castaños de mirada indefensa. Ayer nos sonreímos por primera vez.

—¿Te espera un día agitado? —le pregunto.

—Estamos en huelga —me explica sin aliento—. Tengo que estar delante de la verja a las ocho.

—¿Qué verja es ésa?

—La del lugar donde trabajo. La dirección quiere despedir a nuestro delegado sindical. El conflicto puede durar semanas.

Después nos decimos hasta luego, hasta la próxima.

Y la próxima es el día siguiente, que es sábado, y por lo visto no hay piquetes, ya que la gente necesita hacer la compra para la semana. Tomamos juntos un café y me pregunta a qué me dedico. Le explico que soy viajante comercial de un laboratorio farmacéutico francés y que visito hospitales y consultas médicas para vender nuestros productos.

Me dice que debe de ser un trabajo muy interesante, y yo le digo que en realidad no, porque lo que de verdad me gustaría es estudiar Medicina, pero mi padre se opone, porque la firma que represento es nuestra empresa familiar y quiere que aprenda el oficio desde abajo para hacerme cargo del laboratorio el día de mañana. Le enseño mi tarjeta de visita. La empresa lleva el nombre de mi padre ficticio. La estudia con una expresión entre contrariada y sonriente, pero al final gana la sonrisa:

—¿Te parece correcto? Socialmente, quiero decir. ¿Te parece justo que una persona herede el negocio familiar, solamente por ser el hijo de alguien?

Le digo que no, que no me parece correcto. De hecho, me molesta. Y tampoco le parece bien a mi novia; por eso, precisamente, me gustaría ser médico como ella, porque la admiro tanto como la quiero, y la considero una auténtica bendición para la humanidad.

La razón por la que me he fabricado una novia, a pesar de que Liz me resulta perturbadoramente atractiva, es que no quiero volver a tener otra Tulipán en mi vida. Sin embargo, gracias a mi novia imaginaria, Liz y yo podemos pasear juntos por el canal y hablar seriamente de nuestras respectivas aspiraciones, ahora que sabe que estoy perdidamente enamorado de una doctora francesa y rendido de admiración por ella.

Tras compartir nuestros sueños y nuestras esperanzas, hablamos de nuestros padres y de lo que significa ser medio extranjero. Me pregunta si soy judío, y le respondo que no.

Delante de una jarra de vino tinto, en una taberna griega, me pregunta si soy comunista, y yo, en lugar de responderle que no, prefiero hacerle una broma y le digo que aún no me he decidido entre la corriente bolchevique y la menchevique, y le pido consejo.

Después de eso, nos ponemos serios, o por lo menos ella se pone seria, y hablamos del Muro de Berlín, tan presente en mis pensamientos que jamás habría creído que también pudiera estarlo en los suyos.

—Dice mi padre que es una barrera para parar a los fascistas —afirma.

—Bueno, supongo que es una manera de verlo —replico, y ella se molesta.

—¿Qué crees *tú* que es? —me pregunta.

—No creo que hayan construido el Muro para parar a nadie —respondo—, sino más bien para impedir que salgan.

Entonces recibo la respuesta imposible de rebatir, a la que llega después de pensarlo un momento, con gesto grave:

—Mi padre no ve las cosas de ese modo, Marcel. Los fascistas mataron a su familia. No le hace falta saber nada más.

—El diario de la pobre Liz es una catarata monográfica sobre tu persona, Peter —dice Tabitha con su dulce sonrisa compasiva—. ¡Eres un caballero francés tan amable! Hablas un inglés tan perfecto que muchas veces se le olvida que eres francés. Ojalá hubiera más hombres en el mundo como tú. Eres una causa perdida en lo que respecta al Partido, pero eres un humanista, conoces el verdadero significado del amor y, con un poco de esfuerzo, quizá puedas ver la luz algún día. No reconoce que le gustaría echar arsénico en el café de tu novia, pero no hace falta que lo diga. También te hizo una fotografía, por si se te ha olvidado. Es ésta. Le pidió prestada la cámara Polaroid a su padre expresamente.

Llevo puesta la ropa de correr y estoy apoyado contra una barandilla, tal como ella me había indicado. También me había dicho que intentara parecer natural y que no sonriera.

—Me temo que también la tienen sus abogados. Es una de sus pruebas. Eres el malvado Romeo que le robó el corazón a una pobre chica y la envió al matadero. Prácticamente podrías ser el tema de una canción.

—Ya somos amigos —le anuncio a Smiley, pero esta vez no estamos en una soleada terraza de Hampstead Heath, con vasos de zumo de manzana sobre la mesa, sino en los Establos, oyendo como ruido de fondo la máquina de cifrado, en el piso de arriba, y el repiqueteo de las hermanas Carambola con sus máquinas de escribir manuales.

Le revelo a Smiley el resto de la información operativa. Vive con sus padres. No tiene hermanos. No suele salir. Sus padres discuten a menudo. La ideología de su padre oscila entre el sionismo y el comunismo. Nunca falta a la sinagoga ni se pierde una reunión con sus camaradas. Su madre es decididamente laica. Su padre quiere que trabaje en el sector textil, y su madre, que estudie Magisterio. Pero tengo la sensación de que George ya sabe todo eso, porque, de lo contrario, ¿por qué la ha escogido?

—Pero ¿qué quiere Elizabeth? Me gustaría saberlo —reflexiona.

—Quiere irse, George —replico con más impaciencia de lo que me habría gustado.

—¿Adónde? ¿O simplemente quiere irse de casa?

Le digo que lo mejor para ella sería una biblioteca. Tal vez una biblioteca marxista. Ha enviado su currículum a una que hay en Highgate, pero no le han contestado. Le comento que ya trabaja de voluntaria en la biblioteca pública de su barrio. Lee cuentos en inglés a los hijos de inmigrantes que todavía están aprendiendo el idioma. Pero probablemente George también lo sabe.

—Entonces tenemos que ver qué podemos hacer por ella, ¿no? Sería de gran ayuda que permanecieras a su lado durante algún tiempo más, antes de regresar a tus tierras francesas y desaparecer para siempre. ¿Te sientes cómodo con el plan?

—No mucho.

Creo que a George tampoco le gusta demasiado.

Han pasado cinco días y otros dos paseos junto al canal. Vuelvo a encontrarme en los Establos por la noche.

—Tienes que ver si *esto* le parece bien —sugiere George mientras me tiende una página arrancada de una revista quincenal llamada *Gaceta Paranormal*—. Lo has encontrado por casualidad en la sala de espera de un médico, mientras hacías una de tus visitas comerciales. El sueldo es patético, pero sospecho que no le importará demasiado.

La Biblioteca de Investigación Parapsicológica de Bayswater busca una ayudante de bibliotecaria. «Envíe solicitud con fotografía y currículum manuscrito, a nombre de Eleanora Crail.»

—¡Marcel, lo he conseguido! —exclama Liz, riendo y llorando a la vez, mientras agita la carta ante mí en la cafetería del club deportivo—. ¡Lo he conseguido! Mi padre me ha dicho que debería avergonzarme, porque esa biblioteca es un nido de supersticiones burguesas y probablemente de antisemitas. Mi madre, en cambio, me ha dicho que ¡adelante!, que es el primer peldaño. Así que he aceptado. ¡Empiezo el primer lunes del mes que viene!

Después de guardar la carta, se levanta de un salto, me abraza y dice que soy el mejor amigo del mundo. Interiormente me digo que ojalá no hubiera inventado la historia de la novia que me espera en Francia. No es la primera vez que lo pienso, y creo que ella estaría de acuerdo.

No hace falta esforzarse mucho para lograr que yo me irrite, como Tabitha está empezando a descubrir.

—Entonces, después de encandilarla con tus polvillos mágicos, corriste a contarle a tu amigo Alec lo dulce y encantadora que era la chica comunista que le habías conseguido, y que sólo tenía que encontrar trabajo en la misma biblioteca de majaras para llevársela a la cama cuando quisiera. ¿Fue así?

—Nunca le dije nada a Alec. Mi contacto con Liz Gold formaba parte de Carambola y Alec no tenía acceso a Carambola. Lo que sucediera entre ellos dos cuando Alec consiguió empleo en la biblioteca, fuera lo que fuese, no tiene nada que ver conmigo. Yo no estaba informado.

—Entonces ¿cuáles eran exactamente las órdenes que recibiste de Smiley acerca de Alec Leamas y su simulado declive hacia el alcoholismo, el libertinaje y la traición?

—Que continuara siendo su amigo y que me comportara con naturalidad, siguiendo el desarrollo de los acontecimientos y teniendo presente que, a medida que avanzaba la operación, mis acciones podían atraer la atención de nuestros oponentes tanto como las de Alec.

—Mientras tanto, las instrucciones de Control a Leamas podrían haber sido, y corrígeme si me equivoco, las siguientes: «Sabemos que odias a los estadounidenses, Alec, así que sólo te pedimos que lo exageres un poco. Sabemos que bebes como un cosaco, así que simplemente duplica la dosis habitual. Y también sabemos que tienes cierta tendencia a las peleas de taberna, así que no te contengas e intenta montar un buen número». ¿Fue más o menos así?

—Alec tenía que parecer borracho y pendenciero, de la manera que le resultara más cómoda. Es todo lo que me dijo.

—¿Todo lo que te dijo Control?

¿Adónde quiere ir a parar Tabitha? ¿Para quién trabaja? ¿Por qué roza la verdad por momentos y después se desvía bruscamente, como si temiera quemarse?

—Todo lo que me dijo Smiley.

Estoy bebiendo con Alec en una taberna, a la hora de comer, a pocos minutos andando del Circus. Control le ha concedido una última oportunidad para rehabilitarse y lo ha asignado a la sección de Operaciones Bancarias, en la planta baja, con instrucciones de desviar todo el dinero que pueda, aunque eso no me lo cuenta Alec. No estoy seguro de que sepa hasta qué punto estoy informado. Nos hemos encontrado a la una y ya son las dos y media. Cuando uno trabaja en la planta baja, tiene solamente una hora para comer, sin excusas.

Después de un par de pintas de cerveza, empieza con el whisky, pero no ha comido más que una bolsa de patatas chips con tabasco. Despotrica en voz alta contra la caterva de gente rara e inepta que compone el Circus últimamente, se pregunta a gritos dónde estarán los mejores agentes, los que pelearon en la guerra, y finalmente afirma que a los del piso de arriba sólo les preocupa lamerles el culo a los estadounidenses.

Yo lo he estado escuchando sin hablar demasiado, porque no sé muy bien hasta dónde llega el Alec auténtico y dónde empieza su actuación, y creo que él tampoco lo sabe del todo, lo que está muy bien, porque así exactamente es como se debe hacer. Cuando salimos del pub y nos detenemos ante el torrente de tráfico, me agarra por un brazo. Por un momento, tengo la impresión de que va a pegarme un puñetazo. Pero, en lugar de eso, abre los brazos y me estrecha contra su pecho, como corresponde al irlandés sentimental y borracho que está interpretando, mientras le ruedan las lágrimas por las mejillas sin afeitar.

—Te quiero, Pierrot, ¿me oyes?

—Yo también te quiero, Alec —respondo enseguida.

Y antes de apartarme de un manotazo, añade:

—Dime una cosa, sólo por curiosidad. ¿Qué cojones es Carambola?

—Nada. Una fuente de Encubiertas. ¿Por qué?

—Por algo que me dijo el cabrón de Haydon el otro día, cuando estaba borracho. Me dijo que Encubiertas tenía una fuente nueva que al parecer era la leche y que no entendía por qué nadie informaba a la Conjunta. ¿Sabes qué le contesté?

—No. ¿Qué le contestaste?

—Le dije que si yo fuera el director de Encubiertas y alguien de la Conjunta viniera a preguntarme por mi mejor fuente, le daría una patada en los huevos.

—¿Y qué te dijo Bill?

—Que me fuera a tomar por el culo. ¿Sabes qué más le dije?

—No, pero seguro que me lo cuentas.

—Que no se le ocurriera poner sus rechonchas manitas sobre la mujer de George.

Es casi de madrugada en los Establos, como siempre. Los Establos es una casa que vive de noche de manera intempestiva. Podemos pasar horas enteras muertos de aburrimiento por la espera, y de repente oímos un ruido en la puerta delantera, alguien nos llama y a continuación entra Jim Prideaux con la última remesa de joyas de la corona de Carambola, en microfilm o en copia carbónica. Jim las ha sacado personalmente de un buzón de entregas clandestinas en territorio enemigo, o las ha recibido de manos del propio Carambola en un encuentro de un minuto en un oscuro callejón de Praga. Subo y bajo la escalera para enviar y recibir telegramas; aviso por la línea verde a nuestros clientes de Whitehall; las máquinas de escribir manuales de las hermanas Carambola vuelven a repiquetear a toda velocidad, y la máquina de cifrado de Ben resuena a través de las tablas del techo. Durante las próximas doce horas, trocearemos la materia prima de Mundt y la repartiremos en un abanico de fuentes ficticias: un poco de inteligencia de señales por aquí, un micrófono o un teléfono interceptado por allá, y sólo de vez en cuando, para mantener viva la mezcla, un informante fidedigno situado en un cargo importante, y todo ello bajo el mágico nombre de Carambola, que sólo conocen los iniciados. Ésta es una noche de calma entre tormentas. Por una vez, George está solo en la Sala Central.

—Me encontré con Alec hace un par de días —empiezo.

—¿No habíamos quedado en que dejarías que tu amistad con Alec se enfriara?

—Hay un aspecto de la operación Carambola que no entiendo y que creo que debería entender —digo continuando con el discurso que traía preparado.

—¿Un aspecto que *deberías* entender? ¿Con qué autoridad? ¡Dios santo, Peter!

—Es una cosa muy sencilla, George.

—No sabía que nos ocupábamos de cosas sencillas.

—El papel de Alec. Nada más.

—Su papel es hacer lo que está haciendo, como ya sabes: convertirse en un fracasado, un desecho del Servicio, un hombre resentido, vengativo y susceptible de ser convencido y comprado.

—¿Con qué propósito, George? ¿Con qué fin?

Su impaciencia comienza a traicionarlo. Empieza a responder, se interrumpe para hacer una inspiración profunda y empieza de nuevo.

—Tu amigo Alec Leamas tiene órdenes de exhibir sus muchos defectos en todo su esplendor para asegurarse de captar la atención de los cazatalentos del enemigo, con una pequeña ayuda del traidor o traidores que tenemos entre nosotros. De ese modo, pondrá en el mercado su considerable capital de información secreta, al que nosotros añadiremos un par de elementos desinformativos de nuestra cosecha.

—Entonces ¿se trata de una operación estándar de desinformación con agente doble?

—Con algunos detalles añadidos, sí. Una operación estándar.

—Pero él parece convencido de estar participando en una misión para matar a Mundt.

—Y así es, ¿no? —replica, sin hacer una pausa para reflexionar ni alterar el tono.

Me está mirando con furia a través de sus gafas redondas. A estas alturas ya deberíamos habernos sentado, pero seguimos de pie, y yo soy bastante más alto que él. Aun así, lo que más me llama la atención es la aridez de su voz, que me recuerda nuestra reunión en el cuarto de estar de una casa antigua de New Forest, pocas horas después de que firmara su pacto con el diablo, es decir, con Mundt.

—Alec Leamas es un profesional como tú y como yo, Peter. Si Control no lo ha invitado a leer la letra pequeña de su misión, mucho mejor para él y también para nosotros.

Así no podrá dar ningún paso en falso ni traicionarnos. Si su misión tiene éxito de una manera imprevista para él, no se sentirá decepcionado. Sentirá que ha cumplido con lo que se le exigía.

—¡Pero Mundt es *nuestro*, George! Es nuestro peón. ¡Es Carambola!

—Gracias por recordármelo. Hans-Dieter Mundt es un agente de este Servicio y, como tal, debe ser protegido a toda costa de los que sospechan acertadamente de él y sueñan con ponerlo contra la pared y quedarse con su puesto.

—¿Y qué me dices de Liz?

—¿De Elizabeth Gold? —pregunta, como si se le hubiera olvidado el nombre o yo lo hubiera pronunciado mal—. De Elizabeth Gold se espera que actúe de la manera más natural para ella: que diga la verdad y nada más que la verdad. ¿Tienes ya toda la información que necesitas?

—No.

—Te envidio.

12

Es otra mañana gris, para no variar, y una fina llovizna cae sobre Dolphin Square mientras subo a mi autobús. Llego antes de hora a los Establos, pero Tabitha ya me está esperando, muy satisfecha por haber conseguido un montón de informes de vigilancia de la Rama Especial de la policía que, según dice, alguien depositó delante de su puerta. No sabe si son auténticos, por supuesto, ni si podrá utilizarlos en un juicio, pero por ningún motivo debo revelarle a nadie que están en su poder, todo lo cual me hace pensar que tiene un amigo en la Rama Especial y que los informes son exactamente lo que dicen ser.

—Muy bien. Empecemos por el primer día de acción, que es éste. No tenemos ninguna indicación de quién pidió a la Rama Especial que vigilara a Alec. Sólo sabemos que la vigilancia se llevó a cabo por encargo de la Caja... Supongo que la Caja era el nombre que la policía daba al Circus en aquella época, ¿no?

—Así es.

—¿Tienes una idea de quién de la Caja pudo haber solicitado algo así a la Rama Especial?

—La Dirección Conjunta, probablemente.

—¿Quién en concreto?

—Pudo haber sigo cualquiera de ellos: Bland, Alleline, Esterhase..., incluso el propio Haydon, aunque lo más probable es que lo delegara en uno de sus subordinados, para no ensuciarse las manos.

—¿Y por qué encargar la vigilancia a la Rama Especial de la policía y no a vuestros queridos amigos del Servicio de Seguridad? ¿Era normal ese procedimiento?

—Totalmente.

—¿Por qué?

—Porque los dos servicios se llevaban mal.

—¿Y nuestra espléndida policía?

—A la policía no le gustaba el Servicio de Seguridad, por entrometidos, ni tampoco el Circus, porque éramos una panda de pijos afeminados con la única misión en la vida de quebrantar la ley.

Reflexionó un momento sobre lo que acababa de decirle y después sobre mí, mientras me estudiaba abiertamente con sus ojos azules y tristes.

—A veces pareces muy *seguro*. Cualquiera diría que tienes un conocimiento profundo de las cosas. Tendremos que corregir esa impresión. Lo que pretendemos transmitir es que eras un agente joven, atrapado en una serie de sucesos históricos, y no una persona con un gran secreto que ocultar.

Comandante Rama Especial a Caja. Máximo secreto. Archivar

Asunto: OPERACIÓN GALAXIA

Antes de ocupar sus puestos, mis agentes indagaron discretamente las actividades conocidas de la pareja en cuestión en lo referente a empleo, costumbres y cohabitación.

Ambos sujetos trabajan actualmente a jornada completa en la Biblioteca de Investigación Parapsicológica de Bayswater, institución de titularidad privada dirigida por Eleanora Crail, mujer soltera de cincuenta y ocho años, excéntrica en su apariencia y en su conducta, sin antecedentes policiales. Sin sospechar que se estaba confiando a uno de mis agentes, la señorita Crail ofreció la siguiente información sobre la mencionada pareja.

VENUS, a quien se refiere como su «querida Lizzie», es empleada suya desde hace seis meses, como auxiliar de bibliotecaria a tiempo completo. La describe como una persona sin tacha: puntual, respetuosa, inteligente y pulcra en sus hábitos. Dice que aprende rápido y bien, que tiene una hermosa caligrafía y que su lenguaje es «muy cuidado, teniendo en cuenta su clase social». La señorita Crail no pone objeción alguna a sus ideas comunistas, que la persona en cuestión no oculta, «siempre que no las traiga a mi biblioteca».

MARTE, al que llama «el desagradable señor L.», trabaja como segundo auxiliar de bibliotecario, también a jornada completa, a la espera de que finalice la remodelación de la biblioteca. En su opinión, su trabajo «deja mucho que desear». Se ha quejado en dos ocasiones a la oficina de empleo de Bayswater por su conducta, sin resultados. Lo describe como un hombre desaliñado e incívico, que siempre vuelve tarde de la pausa para comer y con frecuencia «huele a brebajes alcohólicos». Le fastidia su costumbre de exagerar el acento irlandés cada vez que ella le reprende por su conducta, y lo habría despedido al cabo de una semana si su querida Lizzie (Venus) no hubiera intercedido por él. Por lo visto, pese a la gran diferencia de edad y de maneras de ser, existe entre ambos una «malsana» atracción mutua, que en opinión de la señorita Crail ya debe de haber propiciado una mayor intimidad. ¿De qué otra manera podría explicarse que hayan empezado a llegar juntos por las mañanas, después de tan sólo dos semanas de conocerse? Además, en más de una ocasión, la señorita Crail ha observado que se cogen de la mano, incluso cuando no se están pasando libros.

Ante la pregunta de mi agente sobre el tipo de trabajo que ha podido tener previamente Marte, la señorita Crail respondió que, según la oficina de empleo, trabajaba en «un puesto insignificante en una entidad bancaria», ante lo cual sólo podía decir que no le sorprendía que los bancos estuvieran en el estado lamentable en que se encontraban últimamente.

Vigilancia

Como primer día de observación, mis agentes eligieron el segundo viernes del mes, por tratarse del día en que la sección local de Goldhawk Road del Partido Comunista Británico celebra una asamblea abierta, a la que asisten simpatizantes de todo el espectro de la izquierda política, en el Oddfellows Hall de Goldhawk Road. De hecho, Venus ha trasladado recientemente su militancia de la sección local de Cable Street a la de Goldhawk Road, al instalarse en su nuevo domicilio de Bayswater. Entre los asistentes habituales a la reunión figuran miembros del Partido Socialista de los Trabajadores, de la organización Militant y de la Campaña por el Desarme Nuclear, así como dos agentes encubiertos de nuestra Fuerza: un hombre y una mujer, para asegurarnos el acceso a ambos lavabos.

Al salir de la biblioteca a las 17.30 horas, la pareja vigilada entró en la taberna Queen's Arms de Bayswater Street, donde Marte bebió un whisky grande, y Venus, una copa de sidra de pera, para después dirigirse al Oddfellows Hall, adonde llegaron a las 19.12, tal como se preveía. El tema de la tarde era «Paz, ¿a qué precio?», y el auditorio, que tiene capacidad para 508 personas, albergaba en esta ocasión un total estimado de 130 personas, con una gran diversidad de colores de piel y posición social. Marte y Venus se sentaron juntos en una de las últimas filas, cerca de la salida. Venus fue objeto de numerosos saludos y sonrisas, por ser una persona conocida entre sus camaradas.

Después de una breve introducción a cargo de R. Palme Dutt, periodista y activista comunista, que de inmediato abandonó el local, se sucedieron en el estrado otros oradores menos importantes, el último de los cuales fue Bert Arthur Lownes, propietario de la tienda de alimentación Lownes, conocida como «la tienda del pueblo», en Bayswater Road. Este hombre, que se define a sí mismo como trotskista, es un viejo conocido de la policía por incitación a la violencia, disturbios y otros actos de alteración del orden público.

Hasta el momento en que Lownes cogió el micrófono, Marte mantuvo un aire torvo y aburrido. Bostezaba, cabeceaba y de vez en cuando echaba un trago de una petaca de contenido desconocido. Sin embargo, la perorata de Lownes lo sacó de su sopor, según palabras de mi agente, y lo incitó a levantar la mano para pedir el uso de la palabra a la persona que presidía la reunión, Bill Flint, que también es tesorero de la sección local de Goldhawk Road. Flint invitó a Marte a decir su nombre y le transmitió su pregunta al orador, de acuerdo con las normas de las asambleas abiertas. Los testimonios de mis dos agentes sobre el intercambio que se produjo acto seguido, y sobre lo sucedido una vez concluida la asamblea, son coincidentes. Los transcribo a continuación.

Marte [Acento irlandés. Dice su nombre]: Bibliotecario. Tengo una pregunta para ti, camarada. Nos estás diciendo que tenemos que dejar de armarnos hasta los dientes para detener la amenaza soviética porque los rusos no son una amenaza para nadie. ¿Es así? ¿Tenemos que suspender ahora mismo la carrera armamentista y gastarnos el dinero en cerveza?

[Risas.]

Lownes: Bueno, lo que acabas de decir es una simplificación exagerada, camarada, pero en el fondo es así. Si quieres expresarlo en esos términos, así es.

Marte: Pero, desde tu punto de vista, el verdadero enemigo que debería preocuparnos es Estados Unidos: el imperialismo yanqui, el capitalismo, la agresión norteamericana. ¿O eso también es una simplificación exagerada?

Lownes: ¿Cuál es tu pregunta, camarada?

Marte: Mi pregunta es la siguiente. ¿No deberíamos armarnos hasta los dientes contra la *amenaza de Estados Unidos*, si los malos son ellos?

La respuesta de Lownes quedó sofocada entre un bullicio de risas, exclamaciones airadas y aplausos dispersos. Marte y Venus salieron por la puerta trasera. Una vez en la calle, parecieron enzarzarse en una acalorada discusión. Sin embargo, sus diferencias no duraron demasiado, ya que al poco tiempo se dieron el brazo y se dirigieron andando hacia la parada del autobús, con una única pausa para besarse.

Añadido

Al comparar sus anotaciones, dos de mis agentes advirtieron que habían registrado por separado la presencia del mismo hombre de estatura mediana, de unos treinta años, bien vestido, de cabellera rubia ondulada y aspecto afeminado, que abandonó la reunión inmediatamente después que la pareja, los siguió hasta la parada, subió al mismo autobús que ellos y se sentó en el piso de abajo, mientras la pareja se instalaba en el de arriba para que Marte pudiera fumar. Cuando nuestros vigilados se bajaron del autobús, el sujeto también se bajó. Los siguió hasta su casa y esperó a que se encendiera la luz en el tercer piso, después de lo cual dirigió sus pasos hacia una cabina telefónica. Como mis agentes no tenían órdenes de efectuar seguimientos de objetivos secundarios, no intentaron identificar al individuo ni localizar su domicilio.

—Entonces, el gran plan estaba funcionando. La cabra atada en medio de la selva empezaba a atraer a las fieras, en la persona de un hombre bien vestido, de unos treinta años y aspecto afeminado. ¿Correcto?

—La cabra no era mía, sino de Control.

—¿Y de Smiley no?

—En lo referente a infiltrar a Alec entre nuestros oponentes, el papel de Smiley era secundario.

—¿Y era justo lo que él quería?

—Presumiblemente.

Estoy descubriendo a una nueva Tabitha, o tal vez a la Tabitha real, que empieza a enseñar las garras.

—¿Habías visto antes este informe?

—Lo había oído mencionar. Los puntos esenciales.

—¿Aquí, en esta casa? ¿Junto a tus colegas con acceso autorizado a Carambola?

—Sí.

—Supongo que la satisfacción debió de ser generalizada. ¡Bravo, han mordido el anzuelo!

—Más o menos.

—No pareces muy seguro. Personalmente, ¿te incomodaba la operación? ¿Tenías ganas de zafarte, pero no veías la manera de hacerlo?

—Íbamos bien. Todo se desarrollaba según lo planeado. ¿Por qué iba a sentirme incómodo?

Pareció a punto de cuestionar mi argumento, pero cambió de idea.

—Éste me encanta —dijo mientras me pasaba otro informe.

Comandante Rama Especial a Caja. Máximo secreto. Archivar
Asunto: OPERACIÓN GALAXIA. INFORME N.° 6
Agresión no provocada contra Bert Arthur LOWNES, propietario de la tienda de alimentación LOWNES, «LA TIENDA DEL PUEBLO», comercio gestionado con métodos cooperativos, situado en Bayswater Road, a las 17.45 horas del 21 de abril de 1962

La siguiente información procede de interrogatorios informales efectuados a testigos presenciales, que no serán citados a testificar, dado que no se ha interpuesto denuncia.

A lo largo de la semana previa al incidente, parece ser que Marte había adquirido la costumbre de presentarse en el comercio de Lownes a diferentes horas del día, en notorio estado de ebriedad, con el propósito aparente de comprar con cargo a una cuenta personal mensual abierta a nombre de Venus, a la que tenía acceso, pero con el objetivo auténtico de enzarzarse en airadas discusiones con Lownes, con su provocativo acento irlandés. El día en cuestión, mi agente observó que Marte llenaba una cesta con gran cantidad de productos, incluida una botella de whisky, por valor de cuarenta y cinco libras. Al preguntársele si pensaba pagar en efectivo o a crédito, con cargo a la cuenta de Venus, su respuesta exacta fue la siguiente: «A crédito, pedazo de imbécil, ¿o qué cojones pensabas?», a lo que añadió que, en su carácter de miembro de pleno derecho de las masas oprimidas, merecía una participación equitativa en la riqueza del mundo. Haciendo oídos sordos a la advertencia de Lownes, según el cual la cuenta de Venus estaba en números rojos y ya no podía concederle más crédito, Marte recogió la cesta cargada de productos sin pagar y se dirigió a la puerta del local. En ese momento, el mencionado Lownes salió de detrás del mostrador y, en términos inequívocos, le ordenó a Marte que dejara el contenido de la cesta y que se marchara del establecimiento. En lugar de eso, y sin mediar palabra, Marte le propinó una lluvia de puñetazos en el abdomen y el área de la entrepierna, que remató con un codazo en la cara.

Sin hacer ningún intento de escapar mientras los clientes gritaban y la señora Lownes llamaba al 999, Marte siguió insultando a su infortunada víctima y no mostró la menor señal de arrepentimiento.

Uno de mis oficiales más jóvenes comentó posteriormente que se alegraba de no haber estado presente en la escena, porque se habría sentido obligado a darse a conocer como agente del orden e intervenir. Además, dudaba de su capacidad para reducir él solo al agresor.

En la práctica, una patrulla de policías uniformados acudió rápidamente al lugar de los hechos y el atacante no opuso resistencia a la detención.

—Así pues, mi pregunta es la siguiente: ¿sabías de antemano que Alec iba a pegarle al pobre señor Lownes?

—En principio, sí.

—¿Qué quieres decir con eso?

—Querían que Alec quemara sus últimos puentes, para que estuviera sin blanca y sin posibilidades de volver atrás cuando saliera de la cárcel.

—Cuando dices «querían», ¿te refieres a Control y a Smiley?

—Sí.

—Pero no a ti. No se trató de una brillante idea tuya, que tú concebiste y tus superiores desarrollaron.

—No.

—Lo que me preocupa es que tú personalmente hayas podido empujar a Alec, ¿entiendes? O que la acusación sugiera que lo hiciste, que condujiste a tu pobre amigo a profundidades aún mayores de depravación. Pero no fue así. Y es un alivio. Lo mismo digo del dinero que Alec desvió de la sección de Operaciones Bancarias del Circus. Había otras seis personas ordenándole que lo hiciera. Tú no, ¿verdad?

—Control, supongo.

—Bien. Por tanto, Alec estaba escenificando su autodestrucción por orden de sus superiores. Tú eras su amigo y no su genio maligno. Y, presumiblemente, Alec era consciente de todo ello. ¿Es así?

—Sí, supongo que sí.

—Entonces ¿Alec sabía que tú tenías acceso a la información de Carambola?

—¡Claro que no! ¿Cómo iba a saberlo? ¡No sabía absolutamente nada de Carambola!

—Sí, bueno, ya suponía que te indignarías. Ahora, si no te importa, voy a ocuparme de unos asuntos mientras tú hojeas este horror. La traducción al inglés es espantosa, pero tengo entendido que el original también lo es. Te hace echar de menos la magia de la Rama Especial con las palabras.

FRAGMENTOS DE UNOS ARCHIVOS DE LA STASI HASTA AHORA NO REVELADOS, MARCADOS COMO SECRETOS HASTA 2050, TRADUCIDOS POR ZARA N. POTTER Y ASOCIADOS, TRADUCTORES E INTÉRPRETES JURADOS, POR ENCARGO DE LOS SEÑORES SEGROVE, LOVE Y BARNABAS, ABOGADOS. LONDRES

Cuando la puerta se cerró tras ella, me invadió una cólera irracional. ¿Adónde iba, maldita sea? ¿Por qué se marchaba y me dejaba plantado? ¿Para ir con la lengua fuera a rendir cuentas a sus amigos del bastión? ¿Era ése su juego?

¿Le habían dado un fajo de informes de la Rama Especial y le habían dicho: «Enséñaselos, a ver cómo reacciona»? ¿Así funcionaban las cosas? Pero no, no funcionaban así. Y yo lo sabía. Tabitha era el ángel guardián que todo acusado desea tener. Y sus ojos de mirada suave y triste veían un poco más allá que los de Conejo y Laura. Eso también lo sabía yo.

Alec está inclinado sobre el cristal sucio de la ventana y contempla la calle. Yo ocupo el único sillón. Nos encontramos en un dormitorio del piso de arriba de un hotel de Paddington para viajantes de comercio que alquila habitaciones por horas. Esta mañana me ha llamado a Marylebone, por una línea reservada para la comunicación con los peones: «Ven a verme al Duchess, a las seis». El Duchess of Albany, en Praed Street, es uno de los lugares que solía frecuentar. Está demacrado, tiene los ojos enrojecidos y parece inquieto. El vaso tiembla en su mano. Habla con frases cortas, que escupe a regañadientes entre largas pausas.

—Hay una chica —dice—. Una maldita comunista. No la culpo, teniendo en cuenta de dónde viene. En cualquier caso, ya nadie puede culpar a nadie de nada.

Espera. No preguntes. Él mismo te contará lo que quieres saber.

—Se lo dije a Control. Le pedí que la dejara fuera de esto. No confío en el viejo cabrón. Nunca se sabe qué está tramando. Probablemente ni él mismo lo sabe.

Pasa un buen rato contemplando la calle, más abajo. Yo sigo escuchándolo en silencio, con simpatía.

—¿Dónde cojones se ha metido el maldito George?

—Se vuelve hacia mí con expresión acusadora—. Había una reunión con Control en Bywater Street la otra noche y no se presentó.

—Tiene muchas cosas que hacer en Berlín en este momento —miento, y sigo esperando.

Alec ha decidido imitar el tono erudito y refinado de Control:

—«Quiero que me hagas el favor de acabar con Mundt, Alec. Hazlo por el bien del mundo. ¿Estás dispuesto, muchacho?» ¡Claro que estoy jodidamente dispuesto! Ese cabrón de mierda mató a Riemeck, ¿no? Asesinó a la mitad de mi puta red de peones. También lo intentó con George, hace un par de años. No podemos permitirlo, ¿verdad que no, Pierrot?

—No, no podemos —convengo efusivamente.

¿Habrá notado un matiz de falsedad en mi tono? Bebe un trago de whisky y sigue mirándome fijamente.

—¿Tú la conoces, Pierrot?

—¿A quién?

—A mi chica. Sabes perfectamente de quién hablo.

—¿Cómo demonios quieres que la conozca, Alec? ¿De qué diablos estás hablando? No te entiendo.

Y por fin dice lo que pretendía decir desde el principio:

—Conoció a una persona. Un hombre. Por cómo lo pinta, me recuerda un poco a ti. Eso es todo.

Niego con la cabeza, con cara de asombro. Me encojo de hombros. Sonrío. Alec vuelve a su contemplación, absorto en los transeúntes que pasan bajo la lluvia.

ASUNTO: FALSAS ACUSACIONES HECHAS CONTRA EL CAMARADA HANS-DIETER MUNDT POR AGENTES FASCISTAS DE LA INTELIGENCIA BRITÁNICA. EXONERACIÓN TOTAL Y SIN RESERVAS DE H.-D. MUNDT POR EL TRIBUNAL DEL PUEBLO. ELIMINACIÓN DE ESPÍAS IMPERIALISTAS CUANDO INTENTABAN HUIR. PARA SU PRESENTACIÓN AL PRESIDIUM DE LA RDA. 28 DE OCTUBRE DE 1962

Si el tribunal que juzgó a Hans-Dieter Mundt fue una farsa, el informe oficial era todavía peor. La introducción parecía escrita por el propio Mundt. Quizá realmente la escribió él.

Los fieles agentes de la Stasi que habían conseguido el falso testimonio de ese Judas maligno habían actuado de buena fe y no se les podía reprochar que hubieran introducido una serpiente venenosa entre los que combatían contra las fuerzas del imperialismo fascista.

El juicio fue una victoria de la justicia socialista y un aviso para intensificar el estado de alerta ante las intrigas de espías y provocadores capitalistas.

La mujer que se hacía llamar Elizabeth Gold era políticamente una ingenua de tendencias proisraelíes, con el cerebro lavado por los servicios secretos británicos y por un amante mayor que ella que la había engatusado para participar en un complicado entramado de intriga occidental.

Incluso después de que el impostor Leamas confesara todos sus crímenes, la mujer lo había ayudado arteramente en su fuga y había pagado el precio de su duplicidad.

El informe terminaba con unas palabras finales de enhorabuena para el intrépido guardián del socialismo democrático, que no había dudado en dispararle a la mujer cuando la había descubierto mientras intentaba huir.

—Entonces, Peter, ¿quieres que recapitulemos en lenguaje sencillo y directo esa farsa de juicio? ¿Te apetece?

—No especialmente.

Pero su voz era animada y enérgica, y se había plantado delante de mí, al otro lado de la mesa, como un comisario del pueblo.

—Alec llega a la sala del tribunal como testigo estrella de Fiedler, con todo preparado para cubrir de mierda a Mundt, ¿de acuerdo? Revela ante los jueces todo lo que sabe acerca de la falsa pista de dinero que conduce hasta la puerta de Mundt, ¿no es así? Habla de la misión pseudodiplomática de Mundt en Inglaterra, durante la cual, según la versión de Fiedler, fue abordado y comprado por las fuerzas del imperialismo reaccionario, es decir, por el Circus. A continuación, Fiedler añade una lista de todos los escandalosos secretos de Estado que supuestamente Mundt vendió a sus amos occidentales, por treinta monedas de plata, y los jueces se lo van tragando todo, hasta que... ¿Hasta cuándo?

Hace tiempo que se le ha borrado la dulce sonrisa.

—Hasta que llega Liz, supongo —contesto a regañadientes.

—En efecto. Hasta que llega Liz. La pobre Liz hace su entrada en la sala y, como no tiene ni idea de lo que está haciendo, destroza toda la historia que su adorado Alec acaba de contarle al jurado. ¿Tú sabías que lo haría?

—¡Por supuesto que no! ¿Cómo quieres que lo supiera?

—Tienes razón. ¿Cómo ibas a saberlo? Pero ¿sabes cuál fue el momento de la declaración que supuso el hundimiento definitivo para ella y también para su querido Alec? El instante en que mencionó el nombre de George Smiley. Su admisión absolutamente inocente ante el tribunal de que un tal George Smiley, acompañado de un hombre joven, había ido a verla a su casa poco después de la misteriosa desaparición de Alec y le había dicho que Alec estaba haciendo un gran trabajo (implícitamente, para su país) y que todo estaba yendo sobre ruedas. Después, tu George le dejó su tarjeta de visita, como para asegurarse de que no olvidara su nombre. Sin embargo, Smiley es un nombre muy fácil de recordar y, además, muy conocido por la Stasi. Un gazapo tremendo para un viejo zorro como George, ¿no crees?

Dije algo así como que todos podemos meter la pata alguna vez, incluido alguien como George.

—¿Y no serías tú, por casualidad, el joven que lo acompañaba?

—¡Claro que no! ¿Cómo podría haber sido yo? Yo era Marcel, ¿recuerdas?

—Entonces ¿quién era el hombre joven?

—Jim Prideaux, probablemente. Ya se había pasado.

—¿Pasado? ¿Adónde?

—De la Conjunta a Encubiertas.

—¿Y también tenía acceso a la información de Carambola?

—Creo que sí.

—¿Sólo lo crees?

—Tenía acceso.

—Entonces dime algo más, si puedes. Cuando Alec Leamas recibió la misión de acabar con Mundt a cualquier precio, ¿quién era, en su opinión, la fuente anónima que estaba proporcionando al Circus todo el valioso material de Carambola?

—Ni idea. Nunca lo hablé con él. Quizá le mencionó el tema a Control. No lo sé.

—Te lo diré de otra manera, a ver si resulta más sencillo. ¿Sería razonable afirmar en líneas generales, por deducción, por un proceso de eliminación o por alguna insinuación suya, que en el momento de partir hacia su última misión Alec Leamas había concebido en su aturdida mente que Josef Fiedler era la fuente de vital importancia que debía proteger, mientras que el execrable Hans-Dieter Mundt tenía que ser eliminado?

Oí mi propia respuesta, sin poder interrumpirme:

—¿Cómo demonios quieres que sepa lo que pensaba o creía Alec? Él era un hombre de acción. Cuando trabajas sobre el terreno, no te pones a pensar. Estás en medio de la guerra fría. Tienes un trabajo que hacer. Lo haces y punto.

¿Estaba hablando de Alec? ¿O de mí mismo?

—Entonces hazme el favor de ayudarme a resolver este pequeño enigma. Tú, Peter Guillam, tenías acceso a la información de Carambola, ¿verdad? Eras uno de los pocos, una de las poquísimas personas que tenían acceso. ¿Puedo continuar? Sí, continúo. Alec, en cambio, *no* tenía acceso. No lo tenía en absoluto. Sabía que había una «superfuente» en Alemania Oriental, o tal vez un grupo de fuentes, reunidas bajo el nombre genérico de Carambola. Sabía que Encubiertas tenía esa fuente o fuentes en su poder. Pero ignoraba la existencia de este lugar donde nos encontramos ahora y tampoco sabía para qué se utilizaba. ¿Es cierto?

—Sí, supongo que sí.

—Y era vital que Alec no tuviera acceso a Carambola, como te has empeñado en repetir desde el principio.

—¿Por qué lo dices? —me oigo decir con voz mortalmente cansada.

—Porque si tú tenías acceso a Carambola y Alec Leamas no lo tenía, entonces tú tenías información que Alec no podía conocer. ¿Qué información era ésa? ¿O piensas ejercer tu derecho a guardar silencio? No te lo recomendaría ante una comisión parlamentaria dispuesta a despedazarte, ni tampoco cuando tengas que declarar ante un jurado.

Estoy pensando que Alec pasó por lo mismo: defender un caso perdido que se te deshace en las manos, con la diferencia de que ahora nadie va a morir, salvo de viejo. Me aferro con todas mis fuerzas a una gran mentira insostenible que prometí mantener a toda costa y que se está hundiendo bajo su propio peso. Pero Tabitha es implacable:

—Pasemos ahora a los sentimientos. ¿Te parece que hablemos de ese tema, para variar? Siempre he creído que los sentimientos son mucho más esclarecedores que los hechos. ¿Qué sentiste tú, personalmente, cuando te contaron que la pobre Liz había echado por tierra, con su declaración, todo el maravilloso trabajo de Alec? Y que de paso se había llevado por delante al pobre Fiedler.

—No me lo contaron.

—¿Perdón?

—Nadie cogió el teléfono para decirme: «¿Te has enterado de lo que pasó en el juicio?». La primera noticia nos llegó a través de un resumen informativo de Alemania Oriental. «Traidor descubierto.» Era Fiedler, que se iba por el sumidero. «Alto funcionario de las fuerzas de seguridad queda libre de todo cargo.» Era Mundt, que estaba de suerte. Después nos enteramos de la espectacular fuga de los prisioneros y de su búsqueda en todo el país. Y más adelante...

—Los disparos en el Muro, supongo.

—George estaba allí. George lo vio. Yo no.

—¿Y cuáles fueron tus sentimientos, si me permites preguntártelo otra vez, mientras estabas sentado en esta misma habitación, o de pie, o quizá caminando de acá para allá entre estas cuatro paredes, y la terrible noticia iba llegando poco a poco, a retazos? Ahora esto, después aquello..., y así todo el rato.

—¿A ti qué te parece? ¿Piensas que fui a abrir el puto champán? —Hago una pausa para tranquilizarme—. Pensé: «Dios mío, pobre chica, atrapada en todo eso». Hija de una familia de refugiados. Loca por Alec. No le deseaba mal a nadie. ¡Qué horror, tener que hacer algo así!

—¿*Tener* que hacer? ¿Quieres decir que *tenía intención* de declarar ante el tribunal, que *quería* salvar al nazi y matar al judío? No parece muy propio de Liz. ¿Quién pudo haberla convencido para hacer algo semejante?

—¡Nadie la convenció de nada!

—La pobre chica ni siquiera sabía por qué estaba en el

juicio. La habían invitado a un festivo encuentro entre camaradas en la soleada RDA, y de pronto se vio testificando contra su amante en un juicio improvisado. ¿Cómo te sentiste cuando te enteraste de eso? Tú, personalmente. ¿Y cuando supiste después que los dos habían sido asesinados delante del Muro, abatidos cuando supuestamente estaban huyendo? Angustia, supongo. Una intensa angustia, ¿no?

—Por supuesto.

—¿Todos sentisteis lo mismo?

—Todos.

—¿También Control?

—Me temo que no soy ningún experto en los sentimientos de Control.

Ha recuperado la sonrisa triste que le había visto antes.

—¿Y tu tío George?

—¿Qué pasa con él?

—¿Cómo se lo tomó?

—No lo sé.

—¿Por qué no? —pregunta en tono cortante.

—Desapareció. Se fue solo a Cornualles.

—¿Por qué?

—Para caminar, supongo. Es lo que solía hacer.

—¿Por cuánto tiempo?

—Unos días. Quizá una semana.

—Y cuando regresó, ¿parecía alterado?

—George nunca parecía alterado. Siempre recuperaba la compostura.

—¿Y la había recuperado?

—No habló al respecto.

Lo pensó un momento. Parecía reacia a cambiar de tema.

—¿Ni siquiera una pizca de alegría por el triunfo? —dijo finalmente, después de reflexionar unos segundos más—. ¿En el *otro* frente? El frente operativo. ¿No había cierta sensación de..., no sé..., de misión cumplida, pese a los daños colaterales, por muy trágicos y horribles que fueran? ¿No hubo nada de eso, hasta donde nosotros sabemos?

No ha cambiado nada. Ni su tono afable, ni su sonrisa aterciopelada. Sus modales, si acaso, se han vuelto todavía más amables que antes.

—Lo que te estoy preguntando es: ¿en qué momento fuiste consciente de que la aplastante victoria de Mundt en el juicio *no fue* una cagada espectacular, como se quiso hacer ver, sino un golpe encubierto a gran escala, orquestado por los servicios de inteligencia? ¿Y cuándo supiste que Liz Gold era el catalizador necesario para que ocurriera? Necesito saberlo para tu defensa, ¿entiendes? Necesito conocer tu intención, tu conocimiento previo, tu grado de complicidad... Cualquiera de esas cosas podrían salvarte o hundirte.

Se hizo un silencio de muerte que Tabitha interrumpió al cabo de un momento con una pregunta trivial.

—¿Sabes qué soñé anoche?

—¿Por qué demonios iba a saberlo?

—Estaba cumpliendo con mi deber, leyendo ese interminable informe preliminar que Smiley te hizo redactar y que después decidió no hacer circular. Y empezó a llamarme la atención ese extraño ornitólogo suizo que resultó ser miembro del Servicio de Seguridad interna del Circus.

Y me pregunté por qué no querría Smiley que tu informe llegara a conocerse. Entonces seguí cumpliendo con mi deber y estuve curioseando en todos los sitios donde me permiten curiosear y, por mucho que lo intenté, no encontré ni una sola referencia a nadie que tuviera el cometido de poner a prueba las defensas del Campamento 4 durante ese período. Y absolutamente nada acerca de un agente encubierto que se hubiera excedido en sus funciones y hubiera agredido a puñetazos a los guardias de seguridad del Campamento 4. Por tanto, no me hizo falta una epifanía para unir todas las piezas del puzle. No se expidió un certificado de defunción para Tulipán. Es cierto que la pobre chica no había entrado oficialmente en el país, pero también es verdad que no hay muchos médicos dispuestos a firmar certificados de defunción falsos, aunque sean médicos del Circus.

Fruncí el ceño e intenté aparentar que me parecía una locura lo que estaba diciendo.

—Por tanto, mi conclusión es la siguiente. Mundt viene con órdenes de matar a Tulipán. La mata, pero ese día Dios no está de su parte y lo atrapan. George lo pone entre la espada y la pared: pásanos información, o de lo contrario... El hombre accede, pero al poco tiempo todo su suministro de valiosa información peligra. Fiedler lo está acorralando. Entonces hace su aparición Control, con un plan repugnante. Es posible que a George no le guste, pero como pasa siempre con George, el deber es lo primero. No estaba previsto que Liz y Alec murieran como murieron. Ese detalle debió de ser la gran idea de Mundt: mata al mensajero y dormirás mejor por la noche. Ni siquiera Control lo vio venir. Tu George pasó directamente a la reserva y juró no volver a espiar nunca más. Un gesto que apreciamos, aunque no duró mucho. Tuvo que regresar para desenmascarar a Bill Haydon, algo que hizo a las mil maravillas, y de lo que nos congratulamos. Tú te mantuviste a su lado todo ese tiempo, y eso es algo que sólo podemos aplaudir.

No se me ocurrió nada que decir, de modo que no dije nada.

—Y para acabar de retorcer el puñal en lo que ya era una gran herida, cuando el tribunal alemán cerró el caso, Hans-Dieter fue convocado desde Moscú para participar en una conferencia al más alto nivel y no apareció nunca más. ¡Adiós, por tanto, a las últimas esperanzas de que pudiera husmear en el Centro de Moscú para decirnos quién era el traidor dentro del Circus! Presumiblemente, Bill Haydon llegó antes que él. Y, ahora, ¿podemos hablar un poco más sobre ti?

No podía detenerla, así que, ¿para qué intentarlo?

—Si se me permitiera argumentar que Carambola no fue el mayor fracaso de todos los tiempos, sino una operación endiabladamente ingeniosa que resultó muy productiva en términos de información de la más alta calidad y que sólo se descarriló en el último minuto, no me cabe ninguna duda de que todos los miembros de la comisión parlamentaria depondrían las armas. ¿Liz y Alec? Un resultado trágico, sin duda. Pero, dadas las circunstancias, las pérdidas son aceptables, en aras de un bien mayor. ¿Empiezo a convencerte? Veo que no. Dios santo, no es más que una sugerencia. Porque no creo que pueda defenderte de ninguna otra manera. De hecho, estoy convencida de que no podré.

Ha empezado a recoger sus cosas: las gafas, la rebeca de lana, los pañuelos de papel, los informes de la Rama Especial, los documentos de la Stasi...

—¿Has dicho algo, corazón?

¿He hablado? Ninguno de los dos está seguro. Interrumpe lo que estaba haciendo. Deja el maletín abierto sobre el regazo y espera mi respuesta. Tiene un anillo del amor eterno en el dedo índice. Es curioso que no me haya fijado en eso hasta ahora. Me pregunto quién será su marido. Probablemente ha muerto.

—Mira...

—Estoy mirando, corazón.

—Si aceptamos por un momento tu hipótesis absurda...

—¿La de que en realidad fue una operación endiabladamente ingeniosa que funcionó?

—Si la aceptamos en teoría, aunque yo no lo haga..., ¿me estás diciendo seriamente que en la quimérica contingencia de que salga a la luz alguna prueba documental que confirme tu hipótesis...?

—Algo que no sucederá, como ya sabemos. Pero si alguna vez saliera a la luz, tendría que ser irrebatible.

—¿Me estás diciendo que, en esa improbable eventualidad, todos los cargos, las acusaciones y toda la artillería acumulada contra quien sea (contra mí, contra George, en caso de que aparezca, e incluso contra el Servicio) se desvanecerían?

—Encuéntrame las pruebas y yo te encontraré al juez. Los buitres sobrevuelan nuestras cabezas en este mismo instante. Si no te presentas a la audiencia, los miembros de la comisión parlamentaria se temerán lo peor y actuarán en consecuencia. Le he pedido a Conejo tu pasaporte. El muy bruto no quiere soltarlo, pero está dispuesto a prorrogar tu estancia en Dolphin Square, en las mismas mezquinas condiciones. Todo está abierto a negociación. ¿Mañana a la misma hora? ¿Te parece bien?

—¿Sería posible a las diez?

—Aquí estaré —respondió ella, y le dije que yo también.

13

Cuando la verdad te alcance, no te hagas el héroe. Corre. Pero yo tuve la precaución de caminar lentamente hasta Dolphin Square y subir al piso franco donde sabía que no volvería a dormir. Corro las cortinas, suspiro con resignación frente al televisor y cierro la puerta del dormitorio. Extraigo el pasaporte francés de su escondite detrás de las instrucciones en caso de incendio. Las fugas tienen un ritual tranquilizador. Me pongo ropa limpia. Guardo la maquinilla de afeitar en el bolsillo del chubasquero y dejo todo lo demás en su sitio. Bajo al restaurante, pido algo ligero para comer y me enfrasco en la aburrida lectura de mi libro, como un hombre resignado a una tarde solitaria. Hablo un poco con la camarera húngara, por si tiene el cometido de informar sobre mí. En realidad, vivo en Francia —le digo—, pero he venido a hablar de negocios con unos abogados ingleses. ¿Puede haber algo más tedioso? Risas. Pago la cuenta. Salgo al parque, donde hay señoras jubiladas con sombreros blancos y faldas de croquet sentadas de dos en dos en los bancos, disfrutando de un sol muy poco propio de esta época del año. Me dispongo a sumarme al éxodo de gente que baja en dirección al río, para nunca más regresar.

Pero esto último no lo hago, porque acabo de divisar a Christoph, el hijo de Alec, con su largo abrigo negro y su sombrero *homburg*, sentado en un banco a unos veinte metros de distancia, completamente solo, con un brazo extendido afectuosamente sobre el respaldo, las piernas cruzadas y la mano derecha sepultada en el bolsillo del abrigo de una manera que me parece ostentosa. Mira directamente hacia mí y me sonríe, algo que no le había visto hacer hasta ahora, ni de pequeño en el campo de fútbol, ni de mayor, comiendo un filete con patatas fritas. Puede que la sonrisa también sea una novedad para él, porque la combina con una peculiar palidez del rostro, intensificada por la negrura del sombrero, y resulta levemente inestable, como la luz de una bombilla defectuosa que no supiera si encenderse o apagarse.

Estoy tan desconcertado como parece estarlo él. Me ha invadido un cansancio que probablemente es miedo. ¿Finjo no haberlo visto? ¿Le hago un gesto despreocupado de saludo y sigo adelante con mi fuga planeada? Me seguiría. Montaría un alboroto. Él también tiene un plan, pero ¿cuál es?

La sonrisa de palidez enfermiza sigue encendiéndose y apagándose. Hay algo en su maxilar inferior, una irritación que parece incapaz de controlar. ¿Tendrá roto el brazo derecho? ¿Por eso se habrá metido la mano en el bolsillo del abrigo de esa manera tan extraña? No hace ademán de levantarse. Echo a andar hacia él, bajo la atenta mirada de las señoras de sombreros blancos sentadas en los bancos. Somos los únicos hombres en todo el parque y Christoph es un personaje excéntrico, e incluso gigantesco, que ocupa por sí solo todo un rincón del escenario. Se estarán preguntando qué asunto tengo que tratar con él. Yo también me lo pregunto. Me detengo delante de su banco. Nada en él se mueve. Podría ser una de esas estatuas de bronce de personajes históricos sentados en un banco de plaza que a veces se ven en los espacios públicos: un Churchill, un Roosevelt... La misma superficie húmeda, la misma sonrisa poco convincente.

La estatua cobra vida poco a poco, como no lo hacen nunca las otras estatuas. Descruza las piernas y, a continuación, con el hombro derecho en alto y la mano derecha metida todavía en el bolsillo del abrigo, desliza su cuerpo voluminoso hasta dejar suficiente espacio en el banco para que yo pueda sentarme a su izquierda. Y, sí, su palidez es enfermiza; tiene el maxilar crispado, entre una sonrisa y una mueca, y su mirada parece febril.

—¿Quién te dijo dónde podías encontrarme, Christoph? —le pregunto con tanta cordialidad como puedo, porque a estas alturas empiezo a considerar la inverosímil idea de que Conejo y Laura, o incluso Tabitha, hayan podido ponerlo sobre mi pista con el propósito de negociar algún otro tipo de acuerdo secreto entre el Servicio y los litigantes.

—Me acordé. —Su sonrisa se ensancha con orgullo soñador—. Soy un puto genio de la memoria, ¿sabes? Soy el cerebro de la jodida Alemania. Terminé de comer contigo, me dijiste que me fuera a tomar por el culo... (De acuerdo, no me lo dijiste.) Me largué. Me senté un rato con unos amigos. Fumé un poco, esnifé un poco, presté atención... ¿Y a quién oí? ¿No lo adivinas?

Niego con la cabeza. Yo también estoy sonriendo.

—A mi padre. Oí a papá. Su voz. En uno de nuestros paseos juntos alrededor del patio de la cárcel. Estaba cumpliendo una condena y él intentaba recuperar el tiempo perdido, jugar a ser el buen padre que nunca había sido. Estaba hablando de su vida, conversando conmigo, contándome cosas de los años que no pasamos juntos, como si los hubiéramos compartido. Me contó cómo era ser espía. Lo fabulosos que erais todos vosotros y con cuánta entrega y dedicación trabajabais. También que erais unos tipos muy duros. ¿Y sabes qué? Me habló de esta casa, de Hood House, y me dijo que el nombre os hacía mucha gracia, porque *hood* en inglés también significa «pandillero» o «chico malo». Y el Circus tenía varios pisos francos en un lugar llamado Hood House. «Somos todos unos pandilleros», me dijo. «Por eso nos alojan en Hood House, la casa de los chicos malos.» —Su sonrisa se transforma en una mueca de indignación—. ¿Sabes que tu apestoso Servicio te tiene registrado aquí *con tu nombre auténtico*? ¡P. Guillam! Vaya mierda de seguridad, ¿no? ¿Lo sabías? —me pregunta.

No. No lo sabía. Tampoco me sorprende, como quizá debería, que en más de medio siglo el Servicio no haya pensado en cambiar sus hábitos.

—Bueno, ¿por qué no me dices a qué has venido? —le pregunto, incómodo por su sonrisa, que parece incapaz de despegarse de la cara.

—Para matarte, Pierrot —me explica sin levantar la voz ni alterarla—. Para volarte la puta cabeza de un tiro. ¡Pam! Y estás muerto.

—¿Aquí? —le pregunto—. ¿Delante de toda esta gente? ¿Cómo?

Con una pistola Walther P38 semiautomática que acaba de sacar del bolsillo derecho y ahora me está enseñando. Sólo después de concederme un buen rato para admirarla, se la vuelve a guardar en el bolsillo sin soltarla y, en la mejor tradición de las películas de gánsteres, me encañona a través de los pliegues del abrigo. Nunca sabré qué pensarán del espectáculo las señoras de sombreros blancos, si es que están pensando algo. Quizá seamos el equipo de rodaje de una película. O tal vez dos niños grandes jugando tontamente con una pistola de juguete.

—¡Válgame Dios! —exclamo, utilizando una expresión que nunca había utilizado conscientemente en toda mi vida—. ¿De dónde has sacado eso?

La pregunta le molesta y hace que se le apague la sonrisa.

—¿Te crees que no conozco a nadie en esta puta ciudad? ¿Gente dispuesta a prestarme un arma cuando yo quiera? —pregunta, haciendo chasquear el pulgar y el índice de la mano libre delante de mi cara.

Al oír la palabra «prestarme», miro instintivamente a mi alrededor en busca del legítimo propietario de la pistola, ya que no imagino un préstamo a largo plazo. Es entonces cuando distingo un Volvo sedán con parches de distintos colores aparcado sobre una doble línea amarilla, justo enfrente de los arcos, del lado del río. En su interior hay un hombre calvo con las dos manos sobre el volante que mira fijamente hacia delante, a través del parabrisas.

—¿Tienes alguna razón concreta para matarme, Christoph? —le pregunto, manteniendo lo mejor que puedo el mismo tono de conversación informal—. He transmitido tu oferta a los poderes fácticos, si es eso lo que te preocupa —le miento—. La están considerando. Pero ya sabes que los contables de su majestad no sueltan fácilmente un millón de euros de la noche a la mañana.

—En toda su puta vida de mierda, yo era lo mejor que tenía. Él mismo me lo dijo.

—Te quería. Nunca lo he dudado —le aseguro.

—Tú lo mataste. Le mentiste y lo mataste. A tu amigo. A mi padre.

—No es verdad, Christoph. Ni yo ni nadie del Circus matamos a tu padre ni a Liz Gold. Los mató Hans-Dieter Mundt, de la Stasi.

—Los espías estáis todos enfermos. Todos vosotros. No sois el remedio, sois la puta enfermedad. Jugando siempre a vuestros putos juegos, con vuestras pajas mentales, os creéis los amos del universo. Pero no sois nada, ¿me oyes? Vivís en la oscuridad, porque no sabéis vivir a la puta luz del día. A él le pasaba. Me lo dijo.

—¿Te lo dijo? ¿Cuándo?

—En la cárcel, ¿dónde cojones va a ser? Mi primera cárcel. El correccional de menores. Para pervertidos y drogatas como yo. «Tienes visita, Christoph. Dice que es tu mejor amigo.» Me ponen las esposas y me llevan a verlo. Es él, mi padre. «Escúchame bien —me dice—. Eres una causa perdida y ni yo ni nadie podemos hacer nada para sacarte del puto agujero donde te has metido. Pero Alec Leamas quiere a su hijo. Que no se te olvide nunca.» ¿Has dicho algo?

—No.

—Levántate. Mueve el culo y camina. Por ahí. Por lo arcos, como el resto de la gente. Si intentas algo, te mato.

Me pongo de pie. Camino hacia los arcos. Me sigue con la mano en el bolsillo, encañonándome con el arma a través de la ropa. Hay cosas que se supone que debes hacer en estos casos, como girar en redondo y golpearlo con el codo, antes de darle tiempo a disparar. En Sarratt lo ensayábamos con pistolas de agua y, la mayor parte de las veces, el chorro de agua no te alcanzaba y caía sobre la alfombrilla del gimnasio. Pero esto no es una pistola de agua y no estamos en Sarratt. Christoph va caminando a poco más de un metro de distancia, detrás de mí, que es donde debe situarse una persona armada bien entrenada.

Hemos pasado por los arcos. El hombre calvo sentado en el Volvo de distintos colores tiene todavía las dos manos apoyadas sobre el volante y, aunque vamos directamente hacia él, no nos presta atención. Sigue mirando absorto hacia delante. ¿Pensará Christoph llevarme a dar el proverbial paseo antes de poner fin a mis penas? Si es así, el mejor momento para tratar de huir será cuando intente hacerme entrar en el Volvo. Lo conseguí una vez hace mucho tiempo. Le partí la mano a un tipo con la puerta del coche cuando trataba de hacerme entrar en el asiento trasero.

Otros coches pasan en ambas direcciones y tenemos que esperar a que haya un hueco en el tráfico para cruzar la calle. Me pregunto si será posible agarrarlo y, en el peor de los casos, empujarlo contra un coche que venga hacia nosotros. Todavía sigo preguntándomelo cuando llegamos a la acera de enfrente. También hemos dejado atrás el Volvo, sin que Christoph y el conductor calvo intercambien un gesto o un comentario. Quizá me he equivocado y no tienen ninguna relación. Puede que el tipo que le prestó la pistola esté tranquilamente en Hackney o en cualquier otro lugar, jugando a las cartas con sus colegas.

Estamos en el muelle y hay un parapeto de ladrillo de un metro y medio de altura. Me encuentro de cara al parapeto, con el río delante de mí y las luces de Lambeth al otro lado, porque ya empieza a oscurecer. La temperatura es agradable para la hora que es. Sopla una brisa ligera del río y pasan ante nosotros varios barcos bastante grandes. Tengo las manos apoyadas sobre el parapeto y le doy la espalda a Christoph con la esperanza de que se acerque lo suficiente para intentar el truco de la pistola de agua. Pero no siento su presencia, ni tampoco lo oigo hablar.

Sin ocultar las manos de su vista, me vuelvo lentamente y lo veo a unos dos metros de distancia, todavía con la mano en el bolsillo. Su respiración es agitada, y su cara grande y pálida parece húmeda y luminosa a la media luz del atardecer. Los transeúntes pasan a nuestro lado, pero no entre nosotros. Algo les dice que tienen que rodearnos. Tal vez sea la corpulencia, el abrigo y el sombrero *homburg* de Christoph. ¿Ha sacado otra vez la pistola o la tiene en el bolsillo? ¿Mantiene todavía su postura de gánster? Más adelante se me ocurre que si un hombre viste así es porque quiere dar miedo, y si quiere dar miedo es porque está asustado. Puede que ese razonamiento me haya dado valor para enfrentarlo.

—Vamos, Christoph, hazlo de una vez —le digo, mientras una pareja de mediana edad se escabulle a toda prisa a nuestro lado—. Dispara, si para eso has venido. ¿Qué puede importar un año más, a mi edad? Firmo ahora mismo por una muerte rápida y limpia, en cualquier momento. Anda, dispara. Y pasa el resto de tu vida orgulloso de haberlo hecho mientras te pudres en la cárcel. Seguramente habrás conocido a viejos que han muerto entre rejas. Tú podrás ser uno de ellos.

A estas alturas, tengo agarrotados los músculos de la espalda y oigo un golpeteo rítmico del que no podría decir si procede de una barcaza que pasa por el río o del interior de mi propia cabeza. Tengo la boca seca de hablar y debe de habérseme nublado la vista, porque tardo un momento en darme cuenta de que Christoph está a mi lado, encorvado sobre el parapeto, con el cuerpo sacudido por arcadas y sollozos de dolor y de rabia.

Le paso un brazo por los hombros y le saco la mano derecha del bolsillo. Al ver que no saca también el arma, le extraigo yo mismo la pistola y la arrojo al río, lo más lejos que puedo. No dice nada. Rebusco en su otro bolsillo, por si ha traído un cargador de recambio para darse ánimos y, en efecto, lo encuentro. Lo arrojo también al río, y en ese momento, el hombre calvo del Volvo de distintos colores, que a diferencia de Christoph es muy menudo y parece medio desnutrido, intenta llevárselo consigo agarrándolo por la cintura, sin ningún éxito.

Entre los dos lo separamos del parapeto y logramos conducirlo hasta el Volvo. Mientras lo llevamos hacia el vehículo, se pone a dar alaridos. Intento abrir la puerta del acompañante, pero mi colaborador ya ha abierto la trasera. Lo metemos en el coche y cerramos la puerta de un golpe, lo que amortigua en parte los gritos, pero no los silencia. El

Volvo arranca y se va. Me quedo solo en la acera. Poco a poco, vuelvo a notar el tráfico y el ruido. Estoy vivo. Paro un taxi y le pido al conductor que me lleve al Museo Británico.

Primero, el callejón empedrado. Después, el garaje privado que apesta a basura. A continuación, una valla con seis puertas abatibles. La nuestra es la última a la derecha. Si los gritos de Christoph aún resuenan en mis oídos, me niego a oírlos. Chirría el cerrojo de la puerta. Eso sí que lo oigo. Chirriaba siempre, por mucho que lo engrasáramos. Cuando sabíamos que vendría Control, dejábamos la puerta abierta para no tener que oír al viejo amargado comentando el «toque de clarines» que anunciaba su llegada. Losas de arenisca de Yorkshire en el sendero, colocadas por Mendel y por mí, que también sembramos el césped entre las piedras. La casita para aves, donde nunca se rechaza a ningún pájaro. Tres peldaños hasta la puerta de la cocina, y la sombra inmóvil de Millie McCraig mirándome desde arriba a través de la ventana, con la mano en alto para cerrarme el paso.

Estamos en un cobertizo improvisado del jardín, construido contra una pared, para guardar los cubos de basura y los restos de su bicicleta de señora, expulsada por Laura de la casa. La ha envuelto en una lona y le ha quitado las ruedas, para mayor seguridad. Hablamos en murmullos. Quizá siempre hayamos hablado así. El gato clandestino nos observa desde la ventana de la cocina.

—No sé qué han instalado ni dónde, Peter —me dice—.

No confío en mi teléfono. Antes tampoco confiaba, a decir verdad. También desconfío de las paredes. No sé qué aparatos tienen ahora ni dónde los ponen.

—¿Oíste lo que me dijo Tabitha sobre las pruebas?

—En parte. Suficiente.

—¿Sigues teniendo todo lo que te dimos? ¿Las declaraciones originales, la correspondencia y todo lo que George te pidió que guardaras?

—Fotografiado por mí misma en película subminiatura y escondido. He tenido que esconderlo.

—¿Dónde?

—En mi huerto. En la casita de pájaros. En cartuchos. Dentro de los chubasqueros. Ahí. —Señala los restos de la bicicleta—. Los de ahora no saben buscar. No están bien entrenados —añade indignada.

—¿También tienes la conversación de George con Carambola en el Campamento 4? ¿La entrevista de reclutamiento? ¿El pacto?

—La tengo. Entre mi colección de discos clásicos de vinilo. Me la pasó Oliver Mendel. La escucho de vez en cuando. Para oír la voz de George. Todavía me encanta. ¿Te has casado, Peter?

—Sólo tengo la granja y los animales. ¿Y tú, Millie?

—Yo tengo mis recuerdos. Y a mi Creador. Los nuevos me han dado plazo hasta el lunes para que me vaya. No los voy a hacer esperar.

—¿Adónde irás?

—Me moriré, lo mismo que tú. Tengo una hermana en Aberdeen. No dejaré que te lleves nada, Peter, si has venido por eso.

—¿Ni siquiera por un bien mayor?

—No hay ningún bien mayor, a menos que George lo ordene. Así ha sido siempre.

—¿Dónde está?

—No lo sé. Y si lo supiera no te lo diría. Está vivo. De eso estoy segura. Por las tarjetas que recibo por mi cumpleaños y por Navidad. No se le olvida nunca. Se las envía a mi hermana. Aquí no, por seguridad. Sigue siendo el mismo de siempre.

—Si quisiera encontrarlo, ¿a quién debería acudir? Hay alguien, Millie. Tú sabes quién es.

—Quizá Jim. Si quiere decírtelo.

—¿Puedo llamarlo? ¿Tienes su número?

—Jim no es hombre de hablar por teléfono. Ya no.

—Pero ¿sigue en el mismo sitio?

—Eso creo.

Sin añadir una palabra más, me agarra por los hombros con sus manos flacas y feroces y me concede un sobrio beso con los labios apretados.

Esa noche no llegué más allá de Reading. Me alojé en un albergue cerca de la estación, donde nadie se molestó en preguntar mi nombre. Si hasta entonces no habían denunciado mi desaparición de Dolphin Square, la primera persona en notar mi ausencia sería Tabitha, a las diez de la mañana siguiente, y no a las nueve. Si iba a montarse un alboroto, no creía que fuera a estallar antes del mediodía. Desayuné tranquilamente, compré un billete para Exeter y viajé de pie en el pasillo de un tren atestado de gente hasta

Taunton. Salí por el aparcamiento, me dirigí hacia las afueras del pueblo y me quedé paseando por allí, a la espera de que empezara a oscurecer.

No había vuelto a ponerle la vista encima a Jim Prideaux desde que Control lo había enviado a Chequia en una misión desastrosa, que le había costado una bala en la espalda y la atención exclusiva de todo un equipo de torturadores. Los dos éramos mestizos: Jim, medio checo y medio normando, y yo, medio bretón. Pero ahí acababan las coincidencias. El eslavo que había en Jim ocupaba un lugar prominente. De niño, había hecho de correo para la Resistencia checa y había degollado alemanes. Puede que Cambridge lo hubiera educado, pero nunca logró domesticarlo. Cuando ingresó en el Circus, incluso los instructores de combate cuerpo a cuerpo de Sarratt le tenían respeto.

Un taxi me dejó frente a la verja, delante de la puerta principal. Un cartel verde terroso anunciaba: AHORA ABIERTO TAMBIÉN PARA NIÑAS. Un sinuoso sendero lleno de socavones conducía hasta una casa señorial, muy deteriorada, rodeada de pequeñas construcciones prefabricadas. Sorteando baches, pasé junto a un campo de deportes, un pabellón de críquet medio derruido, un par de casas para empleados y un grupo de ponis desgreñados que pacían en un prado. Dos chicos montados en bicicleta pasaron junto a mí, el mayor, con un violín colgado a la espalda, y el pequeño, con un violonchelo. Les hice señas para que pararan.

—Busco al señor Prideaux —les dije. Se miraron y se encogieron de hombros—. Uno de vuestros profesores, tengo entendido. Enseña lenguas extranjeras. O enseñaba.

El chico más grande negó con la cabeza y se dispuso a marcharse.

—No se referirá a Jim, ¿no? —dijo el pequeño—. ¿Un viejo que cojea de un pie? Vive en una caravana en la Torre. Da clases de refuerzo de francés y entrena al equipo de rugby de los pequeños.

—¿Qué es la Torre?

—Un torreón, un poco más allá del edificio del colegio. Siga siempre hacia la izquierda hasta que vea un Alvis antiguo. Y ahora nos vamos, que se nos hace tarde.

Seguí siempre hacia la izquierda. Detrás de los altos ventanales, niños y niñas se afanaban sobre sus pupitres bajo unas blancas luces fluorescentes. Al otro lado del edificio, pasé junto a una hilera de barracones provisionales. Un sendero descendía hacia un bosquecillo de pinos. Delante, bajo una lona, distinguí los contornos de un coche antiguo, y a su lado, una caravana con la luz encendida detrás de una ventana con cortinas. Retazos de Mahler escapaban del interior. Llamé a la puerta y una voz áspera respondió indignada:

—¡Vete, niño! *Fous-moi la paix!* ¡Búscalo en el diccionario!

Rodeé la caravana hasta llegar a la ventana cubierta por las cortinas y, con un bolígrafo que llevaba en el bolsillo, repiqueteé mi clave en el cristal. Después, esperé el tiempo necesario para que Jim guardara el arma, si era eso lo que estaba haciendo, porque con él nunca se sabía.

Sobre la mesa, una botella de slivovitz a medias. Jim va a buscar otro vaso y apaga el tocadiscos. A la luz de la lámpara de queroseno, le veo la cara sombría, desfigurada por el dolor y la edad. Apoya la espalda torcida sobre el mísero tapizado. Los torturados son una clase aparte. Quizá sea posible imaginar dónde han estado, pero nunca se sabe qué han traído de vuelta.

—El maldito colegio se hundió —suelta de repente, antes de estallar en sonoras carcajadas—. Thursgood, se llamaba el tipo. El director. Tenía una mujer perfectamente decente, un par de hijos... Pero resultó ser un condenado mariposón —declara exagerando el tono de burla—. Se largó con el cocinero y se llevó el dinero de las matrículas. A Nueva Zelanda u otro sitio parecido. No dejó ni para cubrir los salarios de una semana. Jamás lo habría dicho de él. ¡Bueno! —ríe entre dientes mientras llena nuestros vasos—. ¿Qué podíamos hacer? No íbamos a dejar a los críos tirados en medio del curso. Había exámenes, partidos del primer equipo, reparto de premios... Yo tenía mi pensión y el extra que me pagan por haber quedado maltrecho. Un par de padres colaboraron. George conocía al encargado de un banco. Después de eso, el colegio no puede echarme, ¿entiendes? —Bebió un trago, mirándome por encima del borde del vaso—. Supongo que no habrás venido para mandarme de regreso a Chequia en otra locura de misión, ¿no?, ahora que han vuelto a hacerse amigos de Moscú.

—Necesito hablar con George —dije.

Por un momento, no pasó nada. Desde el mundo exterior cada vez más oscuro, nos llegaban únicamente el rumor de las hojas de los árboles y los gemidos del ganado. Ante mí, el cuerpo asimétrico de Jim, apoyado contra la pared de la pequeña caravana, con su mirada eslava que me fulminaba por debajo de unas cejas negras y espesas.

—Se ha portado muy bien conmigo a lo largo de los años, el viejo George. Atender a un peón estropeado no es un plato del gusto de todos. Francamente, no estoy seguro de que necesite verte. Tendré que preguntárselo.

—¿Cómo lo harás?

—El bueno de George nunca ha tenido talento natural para el espionaje. No sé cómo se metió en el negocio. Siempre se lo cargaba todo a las espaldas. Eso no se puede hacer en este oficio. No puedes sentir el dolor de los demás como si fuera tuyo. Si quieres seguir adelante, no puedes permitírtelo. Esa maldita mujer suya tendría que dar muchas explicaciones, tal como yo lo veo. ¿Qué demonios pretendía? —preguntó, y se quedó otra vez en silencio con la cara contraída en una mueca, como desafiándome a que le respondiera.

Pero a Jim nunca le habían interesado demasiado las mujeres, y yo no podía darle ninguna respuesta que no incluyera el nombre de su peor enemigo y antiguo amante, Bill Haydon, el hombre que lo había reclutado para el Circus y después lo había traicionado y vendido a sus amos mientras se acostaba con la mujer de Smiley como tapadera.

—Quedó destrozado por lo que pasó con Karla, ¿te lo puedes creer? —continuó en tono quejumbroso, refiriéndose todavía a Smiley—. ¿Te acuerdas de Karla? ¿Te acuerdas del cabrón del Centro de Moscú que reclutaba peones para que trabajaran a largo plazo contra nosotros?

De todos aquellos peones, Bill Haydon fue el más espectacular. El propio Jim podría haberlo dicho si se hubiera atrevido a mencionar el nombre de la persona a la que le había partido el cuello con sus propias manos mientras el traidor languidecía en un calabozo de Sarratt, a la espera de que lo enviaran a Moscú como parte de un acuerdo de intercambio de agentes.

—Primero, el viejo George convenció a Karla para que se pasara a Occidente. Encontró su punto débil y supo trabajarlo. El mérito fue todo suyo. Le sacó la información, cerró la operación y le consiguió una identidad nueva y un trabajo en América del Sur. De profesor de Lengua y Literatura Rusa. Lo instaló bien. No fue demasiado complicado. Pero al cabo de un año, el maldito imbécil se pega un tiro y le parte el corazón a George. No se lo explicaba. Le dije a George: «¿Qué demonios te pasa? ¿Karla se mató? Pues muy bien por él». Pero George siempre ha tenido ese problema. Ve las cosas desde el punto de vista del otro. Y eso acaba con cualquiera.

Con un gruñido de dolor o de reprobación, volvió a llenar los vasos de slivovitz.

—¿Por casualidad estás huyendo? —me preguntó.

—Así es.

—¿A Francia?

—Sí.

—¿Con qué pasaporte?

—Británico.

—¿Ya ha dado el aviso la Oficina?

—No lo sé. Espero que no.

—Te aconsejo Southampton. No llames la atención. Viaja a mediodía, en un ferri atestado de gente.

—Gracias. Es lo que pensaba hacer.

—No será por Tulipán, ¿no? ¿No estarás arrastrando todavía esa historia?

Cerró el puño y lo agitó delante de la boca como si quisiera ahuyentar a puñetazos un recuerdo intolerable.

—Por toda la operación Carambola —dije—. Están organizando una gran comisión parlamentaria para revolver toda la mierda del Circus. En ausencia de George, me han asignado el papel de principal villano de la película.

Todavía no había acabado de hablar cuando Jim descargó un puñetazo sobre la mesa que hizo temblar los vasos.

—¿Qué cojones tiene que ver George con todo eso? ¡Fue el cabrón de Mundt quien la mató! ¡Los mató a todos! ¡Mató a Alec y a su chica!

—Eso deberíamos poder decirlo ante los tribunales, Jim. Me están atacando desde todos los frentes. Quizá a ti también, si logran desenterrar tu nombre de los archivos. Por eso necesito ver a George. —Y como no respondía, añadí—: ¿Cómo puedo ponerme en contacto con él?

—No puedes.

—¿Cómo lo haces tú?

Percibí otro silencio encolerizado.

—Cabinas telefónicas, ya que insistes. Ninguna de por aquí. No se me ocurriría. Nunca usamos la misma dos veces. Siempre elegimos la siguiente por adelantado.

—¿Lo llamas tú a él? ¿Él a ti?

—A veces él, a veces yo.

—¿Su teléfono es el mismo todas las veces?

—Podría ser.

—¿Una línea fija?

—Quizá.

—Entonces sabes dónde encontrarlo, ¿no?

Cogió un libro de ejercicios escolares de una pila que tenía junto al codo, y arrancó una hoja en blanco. Le di un lápiz.

—*Kollegiengebäude drei* —entonó mientras escribía—. En la biblioteca. Una mujer llamada Friede. ¿Suficiente para ti?

Y tras entregarme la hoja arrancada del libro, se recostó contra la pared con los ojos cerrados a la espera de que me marchara y lo dejara en paz.

No era verdad que pensara coger un ferri lleno de gente que saliera a mediodía de Southampton. No era cierto que fuera a viajar con pasaporte británico. No me gustaba engañar a Jim, pero con él nunca se sabía.

Un vuelo matinal me llevó de Bristol a Le Bourget. Cuando bajaba por la escalerilla, me asaltaron los recuerdos de Tulipán. «Aquí te vi con vida por última vez; aquí te prometí que pronto te reunirías con Gustav; aquí recé para que te giraras, pero no te giraste.»

Desde París, cogí un tren para Basilea. Cuando me bajé en la estación de Friburgo, toda la ira y la perplejidad que había reprimido durante los interrogatorios brotaron a la superficie a borbotones. ¿Quién era el culpable de que me hubiera pasado toda la vida ocultando y disimulando? ¿Quién, sino George Smiley? ¿Había sido idea mía hacerme amigo de Liz Gold? ¿Se me había ocurrido a mí mentirle a Alec —nuestra cabra atada en medio de la selva, en palabras de Tabitha— antes de verlo meterse en la trampa que George le había preparado a Mundt?

Finalmente había llegado el momento de ajustar cuentas y exigir respuestas directas a algunas preguntas difíciles, como, por ejemplo: ¿en algún momento tú, George, te propusiste conscientemente suprimir la humanidad que había en mí, o también eso fue un daño colateral? ¿Y qué me dices de tu humanidad, George? ¿Por qué tenía que ocupar siempre un segundo plano, por detrás de un abstracto bien mayor que ahora mismo no sabría reconocer, si es que alguna vez fui capaz de verlo?

O, dicho de otro modo: ¿hasta qué punto dirías tú que podemos prescindir de nuestros sentimientos humanos en nombre de la libertad antes de dejar de sentirnos humanos o libres? ¿O quizá simplemente padecíamos la incurable enfermedad inglesa de querer protagonizar la escena mundial, cuando ya no éramos actores mundiales?

La biblioteca del Kollegiengebäude número tres, según me indicó con cierta energía en la voz la amable señora llamada Friede, en el mostrador de recepción, se encontraba justo al otro lado del patio, después de la puerta grande, a la derecha. No tenía ningún cartel de BIBLIOTECA; de hecho, ni siquiera era una biblioteca, sino una sala de lectura alargada y silenciosa, reservada para investigadores visitantes.

Y, por favor, debía tener presente la norma de guardar silencio.

No sé si George había recibido de Jim algún aviso de mi visita, o si simplemente percibió mi presencia. Estaba sentado delante de una mesa cubierta de papeles, de espaldas a mí, junto a un ventanal, en un ángulo que le proporcionaba luz para leer y, de ser necesario, una amplia vista de las colinas y los bosques circundantes. No había nadie más en la sala, hasta donde yo podía ver, solamente una hilera de mesas entre paneles de madera, cada una con su confortable silla vacía. Me desplacé hasta que los dos pudimos vernos mutuamente. Y como George siempre había aparentado más edad de la que tenía, comprobé con alivio que no me esperaba ninguna sorpresa desagradable. Era el mismo George, cargado finalmente con los años que siempre había aparentado. Un George con jersey rojo de punto y pantalones amarillos de pana, lo que me resultó muy sorprendente, ya que nunca lo había visto con otra cosa que no fuera un traje mal cortado. Y si bien sus facciones en reposo conservaban una tristeza de ave nocturna, no había ni rastro de abatimiento en su saludo cuando se puso de pie en un estallido de energía y me saludó estrechándome la mano con las dos suyas.

—¿Qué haces aquí leyendo? —pregunté vagamente, sin levantar la voz para no quebrantar la norma del silencio.

—¡Ni me lo preguntes, mi querido muchacho! Cuando llegamos a una edad provecta, los viejos espías nos ponemos a buscar las grandes verdades. ¡Pero tú pareces insultantemente joven, Peter! ¿Sigues con tus habituales correrías?

Empezó a recoger libros y papeles y a guardarlos en una taquilla, y yo, movido por la costumbre, me dispuse a ayudarlo.

Como el lugar no era el más adecuado para la confrontación que planeaba, le pregunté por Ann.

—Está bien, Peter, gracias. Así es. Muy bien, teniendo en cuenta... —Cerró la taquilla y se guardó la llave en el bolsillo—. Me visita de vez en cuando. Vamos a caminar por la Selva Negra. Ya no son los maratones de antaño, lo reconozco, pero caminamos.

La conversación que estábamos manteniendo entre susurros finalizó con la entrada de una señora mayor, que se desprendió con dificultad del bolso que llevaba colgado del hombro, distribuyó sus papeles sobre una mesa, se puso las gafas y, con un suspiro audible, se sentó delante de su escritorio. Creo que ese suspiro socavó la poca determinación que me quedaba.

Estamos en el espartano apartamento de soltero de George, en una ladera que domina la ciudad. George sabe escuchar como nadie. Su cuerpo menudo entra en una especie de hibernación, con los grandes párpados entornados. No se le marca ni una arruga en el entrecejo, no inclina la cabeza ni tampoco arquea ni una vez las cejas hasta que hayas terminado. Y cuando has terminado —y él se ha asegurado de que ya no tienes nada más que añadir, tras preguntarte por algún punto oscuro que tal vez has omitido o maquillado—, sigue sin dar señales del más mínimo asombro, ni tiene un momento de aprobación ni de lo contrario. Por eso me resultó particularmente sorprendente cuando, al llegar al final de mi extenso relato —mientras caía la noche ante nosotros y la ciudad desaparecía poco a poco tras una mortaja de niebla vespertina, interrumpida por luces aisladas—, lo vi cerrar enérgicamente las cortinas para dejar fuera el mundo y dar rienda suelta a una furia incontrolada que nunca le había conocido.

—¡Cobardes! ¡Los muy cobardes! ¡Esto es abominable, Peter! ¿Dices que se llama Karen? Intentaré contactar con ella. Quizá me permita ir a verla. O tal vez sería mejor pagarle el billete para que venga aquí, si accede a reunirse conmigo. Y si Christoph quiere que hablemos, debería llamarme. —Y después de una pausa ligeramente inquietante—: También Gustav, por supuesto. ¿Me dices que ya han fijado fecha para las sesiones? Declararé. Testificaré bajo juramento. Me ofreceré como testigo de la verdad ante el tribunal que ellos elijan.

»No sabía nada de esto —prosiguió después de una pausa, con la misma furia en la voz—. ¡Nada! Nadie vino a buscarme, nadie me informó. He estado totalmente localizable, incluso en mi retiro —insistió sin explicar de qué se había retirado—. ¿Los Establos? —añadió con creciente indignación—. Suponía que llevaban mucho tiempo cerrados. Cuando me marché del Circus, devolví a los abogados mis poderes notariales. Ni siquiera imagino lo que pudo pasar a partir de entonces. Nada, aparentemente. ¿Comisiones parlamentarias? ¿Litigios? Ni una palabra, ni un susurro. ¿Por qué? Te diré por qué. Porque no querían que me enterara. Mi puesto era demasiado encumbrado en la escala jerárquica para su gusto. Como si lo viera. ¿Un antiguo jefe de Operaciones Encubiertas en la picota? ¿Admitiendo que sacrificó a un agente fiel y a una mujer inocente por una causa que el mundo prácticamente ya no recuerda? ¿En una misión planificada y aprobada por el jefe del Servicio en persona? Eso no sería del agrado de nuestros jefes actuales. Nada debe ensuciar la sagrada imagen del Servicio. ¡Dios santo! Como podrás suponer, de inmediato daré instrucciones a Millie McCraig para que haga públicos todos los documentos y el resto del material que pusimos bajo su custodia. —Había un poco más de calma en su voz—. Todo lo relacionado con Carambola ha seguido atormentándome hasta el día de hoy. Nunca dejará de atormentarme. Toda la culpa fue mía. Sabía que Mundt era despiadado, pero no esperaba que llegara tan lejos. No pudo resistirse a la tentación de matar a los testigos.

—Pero, George —protesté—, Carambola era una operación de Control. Tú fuiste un simple colaborador.

—Y me temo que ése es el mayor pecado. ¿Puedo ofrecerte mi sofá para pasar la noche, Peter?

—Tengo una habitación reservada en Basilea. El trayecto es muy corto. Mañana por la mañana cogeré el tren a París.

Era mentira, y creo que él lo notó.

—El último tren para Basilea sale a las once y diez. ¿Cenarás conmigo antes de irte?

Por razones demasiado arraigadas en mí, no me había parecido muy oportuno describirle el fracasado intento de Christoph de asesinarme, ni menos aún las invectivas que había lanzado su padre Alec contra el Servicio, al que sin embargo llevaba en el corazón. Aun así, las siguientes palabras de George podrían haber sido una respuesta a la diatriba de Christoph.

—No éramos despiadados, Peter. Nunca fuimos despiadados. Teníamos una piedad más amplia. Quizá mal dirigida. Y sin duda inútil. Ahora lo sabemos. Pero entonces no lo sabíamos.

Por primera vez desde que yo recordaba, se atrevió a apoyarme una mano en el hombro, sólo para retirarla enseguida, como si mi contacto quemara.

—¡Pero tú lo sabías, Peter! Por supuesto que sí. Tú y tu buen corazón. ¿Por qué, si no, fuiste a buscar al pobre Gustav? Me pareció admirable que lo hicieras. Fiel a Gustav y a su pobre madre. Estoy seguro de que fue una gran pérdida para ti.

No tenía ni idea de que estuviera al corriente de mi torpe esfuerzo de ofrecerle a Gustav mi ayuda, pero no me sorprendió en exceso. Tenía ante mí al George que recordaba: el que siempre lo sabía todo acerca de la fragilidad de los demás, pero se negaba estoicamente a reconocer la suya.

—¿Y tu Catherine está bien?

—Muy bien, gracias.

—¿Y su hijo? Tiene un hijo, ¿verdad?

—Una hija. También está bien.

¿Se le había olvidado que Isabelle era una niña? ¿O debía de estar pensando todavía en Gustav?

Una antigua posada para viajeros cerca de la catedral. Trofeos de caza sobre los paneles de madera oscura de las paredes. El edificio resiste desde tiempos remotos, o quizá ha sido arrasado por las bombas y reconstruido utilizando como guía viejos grabados. La especialidad del día es civet de ciervo. George me lo recomienda y sugiere un vino de Baden para acompañarlo. «Sí, George, sigo viviendo en Francia.» Parece satisfecho conmigo. Le pregunto si se ha instalado en Friburgo. Duda. Dice que sí, temporalmente. ¿Hasta qué punto será temporal su estancia? Aún está por verse. Y entonces, como si se le acabara de ocurrir, aunque sospecho que la idea lleva un rato flotando entre nosotros, añade:

—Creo que has venido a acusarme de algo, Peter. ¿Me equivoco? —Dudo sin saber qué contestar—. ¿Por las cosas que hicimos? ¿O por los motivos que teníamos? —me pregunta con la mayor amabilidad—. Mejor dicho, los motivos que tenía yo. Tú eras solamente un fiel soldado raso. No te correspondía a ti preguntar por qué salía el sol cada mañana.

Podría contradecirlo, pero temo interrumpir su explicación.

—¿Por la «paz mundial», sea lo que sea? Sí, claro. «No habrá guerra, pero en la lucha por la paz no quedará piedra sobre piedra», como decían nuestros amigos rusos. —Guarda silencio un momento, pero vuelve a empezar enseguida con más vigor aún—. ¿O lo hicimos tal vez en nombre del grandioso capitalismo? Espero que no. ¿O de la cristiandad? ¡Dios no lo quiera!

Bebe un sorbo de vino, con una sonrisa de desconcierto que no va dirigida a mí, sino a sí mismo.

—Entonces ¿fue todo por Inglaterra? —dice a continuación—. En su momento, sí, por supuesto. Pero ¿la Inglaterra *de quién*? ¿*Qué* Inglaterra? ¿Inglaterra sola, perdida en ninguna parte? Yo soy europeo, Peter. Si alguna vez he tenido una misión, si he sido consciente de alguna responsabilidad más allá de nuestros contenciosos con el enemigo, ha sido con Europa. Si he tenido un ideal inalcanzable, ha sido el de sacar a Europa de su oscuridad para llevarla hacia una nueva edad de la razón. Todavía lo tengo.

Hace una pausa más profunda y prolongada que cualquiera que le recuerdo, incluso en los peores momentos. Tiene el contorno de la cara congelado, la frente inclinada, los ensombrecidos párpados caídos. Con gesto ausente, se lleva el dedo índice hasta el puente de las gafas como para comprobar que aún siguen en su sitio. Y finalmente, tras sacudir la cabeza como para quitarse de encima un mal sueño, sonríe.

—Perdóname, Peter. Te estoy echando un discurso. Son diez minutos de aquí a la estación. ¿Me dejas que te acompañe?

14

Escribo esto sentado a mi escritorio de la granja de Les Deux Églises. Los hechos que describo ocurrieron hace mucho tiempo, pero son tan reales para mí en este momento como ese tiesto de begonias sobre el alféizar de la ventana, o las medallas de mi padre que brillan en su caja de caoba. Catherine ha comprado un ordenador. Dice que está haciendo progresos. Anoche hicimos el amor, pero yo tenía a Tulipán entre mis brazos.

Todavía bajo a la cala. Llevo el bastón. El camino es difícil, pero me las arreglo. A veces mi amigo Honoré llega antes que yo y lo encuentro agazapado en su roca habitual, con una jarra de sidra entre las botas. La primavera pasada, fuimos en autobús a Lorient y, por insistencia suya, bajamos al frente marítimo, al que solía llevarme mi padre para ver los grandes barcos que partían hacia tierras de Oriente. Actualmente está desfigurado por los monstruosos bastiones de hormigón que construyeron los alemanes para sus submarinos. Todas las bombas aliadas que arrasaron la ciudad no fueron suficientes para hacerles mella. Por eso siguen ahí, con sus seis pisos de altura, eternos como las pirámides.

Justo cuando me estaba preguntando para qué me habría llevado Honoré a ese lugar, se paró en seco y se puso a gesticular airadamente contra las construcciones.

—¡El canalla les vendió el cemento! —exclamó indignado con su fuerte acento bretón.

¿El canalla? Tardé un momento en comprenderlo. ¡Claro! Se refería a su difunto padre, ahorcado por colaborar con los alemanes. Su propósito era escandalizarme, pero se alegró al ver que no lo conseguía.

El domingo tuvimos la primera nevada del invierno. Las vacas están tristes porque tienen que quedarse encerradas en los establos. Isabelle ya es una niña mayor. Ayer, cuando le hablé, me sonrió mirándome a la cara. Estamos convencidos de que algún día se decidirá y al final hablará. Y aquí viene monsieur le Général, subiendo la cuesta con su furgoneta amarilla. Puede que traiga una carta de Inglaterra.

AGRADECIMIENTOS

Mi más sincero agradecimiento a Théo y a Marie Paule Guillou, por la generosa y esclarecedora visita guiada por el sur de Bretaña; a Anke Ertner, por sus incansables investigaciones sobre Berlín Oriental y Occidental durante los años sesenta y sus valiosos recuerdos personales; a Jürgen Schwämmle, explorador extraordinario, por encontrar la ruta que siguieron Alec Leamas y Tulipán en su fuga de Berlín Oriental a Praga, y por llevarme a ver todo el recorrido, y a nuestro impecable conductor, Darin Damjanov, que convirtió el nevado trayecto en una auténtica delicia. También debo dar las gracias a Jörg Drieselmann, John Steer y Steffen Leide, del Museo de la Stasi en Berlín, por haberme enseñado sus oscuros dominios y haberme regalado mi propio *Petschaft*. Y, por último, un agradecimiento especial a Philippe Sands, que, con ojo de jurista y comprensión de escritor, me guio a través de la espesura de las comisiones parlamentarias y los procesos legales. Los conocimientos son suyos. Los errores, en caso de haberlos, son míos.

JOHN LE CARRÉ